I0602199

SEI MEIN, COWBOY

Die Cowboys von Mule Hollow Serie
Buch Sieben

DEBRA CLOPTON

Sei mein, Cowboy

Copyright © 2020 Debra Clopton Parks

Dieses Buch ist ein fiktionales Werk. Namen und Charaktere sind der Fantasie der Autorin entsprungen oder werden fiktional verwendet. Jede Ähnlichkeit mit einer wirklichen Person, lebend oder tot, ist rein zufällig.

Alle Rechte vorbehalten. Kein Teil dieser Publikation darf ohne die vorherige schriftliche Genehmigung des Herausgebers reproduziert, vertrieben oder in irgendeiner Form oder mit irgendwelchen Mitteln, einschließlich Fotokopie, Aufzeichnung oder anderen elektronischen oder mechanischen Methoden übertragen werden, außer im Falle von kurzen Zitaten in Rezensionen und für bestimmte andere nichtkommerzielle Nutzungen, die vom Urheberrecht erlaubt sind. Für Genehmigungsanfragen kontaktieren Sie bitte die Autorin über ihre Website: debraclopton.com/deutsch

Sei mein, Cowboy

Sheri Marsh ist nach Mule Hollow gekommen, um mit ihrer besten Freundin Lacy Brown ein Geschäft zu eröffnen, und nicht, um sich in einen der Cowboys aus dem Ort zu verlieben. Ihre Vergangenheit hat sie gelehrt, dass es sie für immer und ewig nicht gibt.

Doch jetzt haben die Kupplerinnen des Ortes sie ins Visier genommen, obwohl sie ihnen gesagt hat, dass sie nicht interessiert sei. Nur, um ihnen eine Lektion zu erteilen, heckt sie einen eigenen Plan aus — alles, was sie braucht, ist ein Cowboy, der sich die Kupplerinnen genauso vom Leib halten will wie sie.

Der Pferdetrainer Pace Gentry ist genau der Mann, den sie braucht, damit ihr Plan funktioniert. Jetzt muss sie nur noch den eigenbrötlerischen Cowboy davon überzeugen, dass es eine gute Idee ist, sich als Paar auszugeben und den alten Damen eine Lektion zu erteilen.

Noch unerwarteter als die üblichen Eskapaden in Mule Hollow…

KAPITEL EINS

Sheri Marsh starrte mit großen Augen die drei Frauen an, die mit ihr am Tisch in Sam's Diner saßen. Sie waren ihr offizieller Alptraum.

Wie wahr das doch war! Diese täuschend unschuldig aussehenden kleinen alten Damen waren die berüchtigten Kupplerinnen von Mule Hollow. Und sie hatten Sheri gerade darüber informiert, dass sie einen Plan hatten, ihre Sorgen zu vertreiben. *Ob sie es nun wollte oder nicht!*

„Okay", sagte Esther Mae Wilcox und streckte die Hände vor sich aus, als wollte sie die größte Schlagzeile aller Zeiten liefern. „Bist du bereit? Hier ist der Plan." Sie machte eine Pause, als wartete sie auf einen imaginären Trommelwirbel. „Norma Sue und ich haben letzte Nacht eine Liste zusammengestellt. Und, Sheri, du wirst sie einfach *lieben*!"

Also, dachte Sheri und versuchte, es positiv zu sehen. Wenigstens war jetzt die Wahrheit raus – keine Andeutungen mehr, kein um den heißen Brei Herumreden mehr. Die Truppe hatte die Karten auf den Tisch gelegt. Sie hatten zugegeben, was sie bereits vermutet hatte.

Sie wollten sie verkuppeln!

Sheri rang ihr aufbrausendes Temperament nieder und sah nacheinander die Frauen am Tisch an. Zuerst konzentrierte sie sich auf Esther Mae. Sie war wie Lucille Ball und ihre Freundin Ethel in Personalunion.

Dann warf Sheri einen Blick auf Esther Maes Komplizin, Norma Sue Jenkins. Sie hatte eine rundliche Figur und die Willenskraft einer Dampfwalze. Sheri konnte sich vorstellen, plattgewalzt zu sein, nachdem Norma Sue sie mit ihren Kuppelideen überrollt hatte.

Zu guter Letzt richtete Sheri ihren Blick auf Adela Ledbetter. Mit ihrer Gelassenheit und Weisheit wirkte sie ausgleichend auf die beiden anderen. Okay, zumindest bisher hatte sie immer ausgleichend gewirkt. Doch im Moment sah Adela gar nicht so aus mit diesen funkelnden Augen! Nein, Sheri konnte sehen, dass Adela offensichtlich wichtigere *persönliche* Dinge im Kopf hatte, wie Sam, der süß wie eine runzlige Rosine und der Besitzer des einzigen Restaurants in dem rustikalen Örtchen Mule Hollow in Texas war.

Ja, Adela saß nur da und sah zu, wie Sam einen dampfenden Kaffee vor ihr abstellte, in einer speziellen Porzellantasse, die Sam nur für Adela benutzte. Es war kein Geheimnis, dass zwischen ihm und dieser so besonderen älteren Dame Romantik in der Luft lag. Tatsächlich schien niemand zu verstehen, was sie davon abhielt, zusammen zum Altar zu gehen. Ihre Komplizinnen schienen es auch nicht eilig zu haben, Adela und Sam in ein hübsches kleines Mule-Hollow-Kuppel-Paket zu verschnüren, anders als sie es mit Sheri vorhatten. Doch Sheris Meinung nach brauchten Adela und Sam Hilfe. Bei dem Tempo, mit dem diese beiden unterwegs waren, würden sie sich für immer nur verliebte Blicke zuwerfen. Für sie würden nie die Hochzeitsglocken läuten, wenn nicht jemand einschritt und ihnen Feuer unter dem Hintern machte.

Sheri biss sich auf die Lippe. War es zu viel verlangt, dass die Aufmerksamkeit von ihrem Singlestatus genommen und auf Adela gelenkt wurde?

Schließlich starrte Sheri ihre beste Freundin Lacy an, die auf einem Hocker am Tresen saß und sich zu ihnen umgedreht hatte. Sie war genauso entschlossen wie die Seniorinnen, Sheri einen Ehemann zu suchen. Ihr schelmisches Grinsen und ihre funkelnden Augen, als sie Sheris finsterem Blick begegnete, bewiesen es.

„Was wir getan haben", fuhr Norma Sue gedehnt fort, als ob sie im Begriff wäre, eine wichtige Bekanntmachung zu verkünden. „War, eine Liste von allen alleinstehenden Cowboys hier zu machen. Dann haben wir alle ihre wirklich wundervollen Eigenschaften aufgelistet. Lass mich dir sagen, Sheri, da draußen gibt es immer noch ein paar tolle Jungs. Du brauchst dir keine Sorgen zu machen, dass du keinen mehr abbekommst."

„Ganz genau", mischte sich Esther Mae ein. „Liebe ist schließlich eine sehr idiosynkratische

Sichtweise–"

„Eine was?", rief Norma Sue aus.

Die einst überaus runde Esther Mae warf ihre erst kürzlich erschlankten Schultern zurück und sah Norma Sue herablassend an. „I-dio-syn-kratisch", sagte sie langsam, als ob sie es einem Kind erklären würde. „Das bedeutet subjektiv." Sie lächelte stolz und ignorierte Norma Sues Stirnrunzeln. „Ich lerne neue Wörter mit Reader's Digest. Das soll meinen Verstand wachhalten, also macht euch alle auf was gefasst. Ich werde ab und an ein neues benutzen, wenn sich die Gelegenheit ergibt."

Sheri starrte Esther Mae mit offenem Mund an. Es war eine bekannte Tatsache, dass Esther Mae selbst die Worte, die sie bereits kannte, oft nicht in den richtigen Kontext bringen konnte. Was sie mit „größeren" Worten anstellen würde, konnte niemand auch nur ansatzweise erahnen.

„Ich finde, das ist eine großartige Idee", sagte Lacy schließlich und brach die Stille. „Erst lernst du sie, dann bringst du sie uns bei."

„Hast du sie noch alle?", fragte Norma Sue

ungläubig, als sie ihre Stimme wiederfand. „Esther Mae–"

Esther Mae schnaubte. „Jetzt beruhig dich, Norma Sue Jenkins. Nur, weil ich hier und da ein Wort verwechsle, ist das kein Grund zur Aufregung."

Sheri wollte lachen, doch sie wagte nicht, sie auf sich aufmerksam zu machen. Zumindest für den Moment konzentrierten sie sich nicht auf sie und die Liste der Junggesellen.

„Vollkommen richtig, meine Damen", mischte sich Adela ein und fing damit ihre Freundinnen ein. „Niemand ist verrückt. Doch nun zurück zum eigentlichen Thema. Sheri, ich bin sicher, dass du weißt, dass Liebe eine dauerhafte Verbindung ist, die Gott zwischen einem Mann und einer Frau initiiert. Wir geben den Leuten einfach nur einen kleinen Schubs in die richtige Richtung. Niemand versteht das Geheimnis, das Paare zusammenhält, außer den beiden Menschen selbst."

Soviel dazu, dass du nicht auf dem heißen Stuhl sitzt, dachte Sheri trocken.

„Stimmt, das bringt uns zurück zu unserer Liste."

Norma Sue klopfte Sheri auf den Rücken und lächelte ihr Megawattlächeln. „Das Beste für ein gebrochenes Herz ist, sich wieder in den Sattel zu schwingen, und wir glauben, dass wir das Feld für dich eingegrenzt haben. Ich muss dir sagen, dass es keine leichte Aufgabe war. Du weißt so gut wie wir, dass nicht jeder mit dir mithalten kann, Sheri Marsh."

Lacy schmunzelte. „Ich denke, die meisten der Jungs haben Angst vor dir."

Esther Mae hielt eine Gabel voll Apfelkuchen mitten in der Luft an. „Das stimmt wahrscheinlich. Ich habe Simon Putts gefragt, ob er mit dir auf ein Date gehen möchte. – Ihr hättet sein Gesicht sehen sollen. Er war blasser als Norma Sues Knödel."

Das reichte! Sheri sprang so schnell vom Tisch hoch, dass er erbebte. Sie konnte nicht fassen, dass Esther Mae jemanden nach einem Date für sie fragte. Und ausgerechnet Simon Putts? Der Name passte perfekt zu ihm. „Okay, hört zu", sagte sie. „Ihr habt euren Spaß gehabt, aber zum letzten Mal, lasst mich aus euren Spielchen raus. Ich bin mehr als fähig, meinen eigenen Cowboy zu finden. Falls und wenn ich einen finden will–"

„Wir haben ja nie gesagt, dass du keinen Cowboy finden könntest", fiel Esther Mae ihr ins Wort. „Aber du scheinst einfach nicht den richtigen Cowboy zu finden. Weißt du, den *Einen*. Wir wissen, dass dir jemand das Herz gebrochen hat–"

Jetzt war Sheri an der Reihe, ihr ins Wort zu fallen, grenzenlos frustriert. „Okay, okay. Ja, mein Herz tut mir noch immer weh wegen J. P. Ich gebe es ja zu. Ich hoffe, dass ihr jetzt zufrieden seid." Sie wich in Richtung Tür zurück und fühlte sich, als würde sich eine Schlinge um ihren Hals zuziehen. Sie brauchte ihre Freiheit. „Und da mein Herz gebrochen war, sollte euch klar sein, dass ich nicht – und ich wiederhole es noch einmal – *nicht* nach *dem Einen* suche. Ich suche gar nichts. Meine Güte, ich bin gerade ein bisschen verwirrt." Da hatte sie mehr zugegeben als sie wollte, und sie sahen sie immer noch an, als wäre sie der nächste Star ihres außer Kontrolle geratenen Plans *Wie man ein Mädchen in zehn Tagen verheiratet, ob es will oder nicht!*

Gerade rechtzeitig stieß sie gegen die Tür.

„Warum hast du es so eilig, Sheri? Deine nächste Pediküre ist erst in einer Stunde", sagte Lacy.

Sheri warf ihrer bald ehemaligen besten Freundin Lacy einen vernichtenden Blick zu, stieß die Schwingtür auf und eilte hinaus. Lacy kicherte und folgte ihr auf den Bürgersteig.

Diese Frauen waren außer Kontrolle! Ja, wirklich. Das war einfach nicht richtig. Glückliche Alleinstehende sollten dasselbe Recht haben wie alle anderen auch, *allein* durch die Straßen von Mule Hollow zu gehen. Und zwar ohne die Befürchtung, dass diese Kupplerinnen sich auf sie stürzen. Jemand sollte etwas dagegen unternehmen. Menschen könnten verletzt werden… *wie sie*!

Nein, es war einfach nicht richtig, dass sie dachten, dass sie jeden in Mule Hollow zu ihrer kleinen Marionette machen konnten, die sie hierhin und dahin führen konnten, wie sie es für richtig hielten. Sheri marschierte empört den beplankten Gehsteig hinunter. Wie würde es ihnen gefallen, wenn der Spieß umgedreht wäre? Ihnen würde es ganz und gar nicht gefallen, wenn jemand sie manipulierte! Oh nein, das würde es nicht. Sie hätte es verdient, wenn jemand so tun würde, als würde er sich aufgrund ihrer Intrigen verlieben. Und gerade, wenn sie anfingen, einander auf den Rücken zu klopfen, würden sie herausfinden, dass sie die Angeschmierten waren.

Das war's!

Sheri blieb stehen. Ihre Wut ließ nach, als sie über die Idee nachdachte, die ihr gerade gekommen war.

Es war ein brillanter Plan.

Ein Plan, für den die Zeit mehr als reif war.

Doch er kam ihr hinterlistig vor. Der Gedanke dämpfte ihr anfängliches Vergnügen. Andererseits, sagte sie sich, war das eine Lektion, die die alten Damen lernen mussten. Und es schien, als würden sie eine solche Lektion nur durch etwas so Drastisches wie ihren Plan lernen können ... da sie mit Sicherheit nicht auf das, was sie zu sagen hatte, hören würden.

Es stimmte. Sheri stand mitten auf der Hauptstraße von Mule Hollow und ließ den Blick über die bunt bemalten Gebäude schweifen, die die Straße auf beiden Seiten säumten. Sie musste zugeben ... es hatte nichts Vergleichbares gegeben, bevor Lacy in die Stadt gekommen war und den zweistöckigen Schönheitssalon flamingopink gestrichen hatte. Danach hatte sie alle überredet, den Rest des Ortes in allen Farben des Regenbogens zu streichen.

Es waren die alleinstehenden Cowboys des einsamen Ortes gewesen, die an diesem Tag umgehauen worden waren. Doch dies, ihr Plan, würde die Kupplerinnen aufrütteln, woraufhin sie sie in Ruhe lassen und aufhören würden, das Ende ihres Singlelebens zu planen.

Sich wieder in den Sattel zu schwingen, wie Norma Sue es ausgedrückt hatte. Also für ein Mädchen, das es geliebt hatte, im Sattel zu sitzen, bis J.P. es abgeworfen hatte, kämpfte sie sich hier auf neuem Terrain ab, und sie halfen nicht.

Sie hatte versucht, dankend abzulehnen, oder? Sie hatte versuchte, sie nett zu bitten, und sie hatte versucht zu verlangen, dass sie sie in Ruhe ließen. Aber nein, diese kleine Gruppe begeisterter Wohltäterinnen hatte nur die Ohren verschlossen, als hätte sie nichts gesagt, und weiter an ihren Plänen gearbeitet.

Die Zeit zu reden war vorbei, das erkannte Sheri jetzt. Es war Zeit zu handeln, und sie hatte die Nase gestrichen voll. Es wäre eine dringend benötigte Ablenkung für sie und gleichzeitig ein dringend benötigter Dienst an den wenigen glücklichen Singles von Mule Hollow, die Singles bleiben wollten.

Jetzt musste sie nur noch genau den richtigen Mann für den Job finden.

Genau. Sie brauchte einen Mann und nicht irgendeinen. Sie brauchte einen Mann, der genauso wenig heiraten wollte wie sie. Sie dachte einen Moment über ihre Idee nach und gewöhnte sich an den Gedanken. Sie würde es tun.

Ganz bestimmt.

Sie würde den perfekten Mann für ihre kleine Scharade finden – einen Mann, der nicht Simon Putts hieß. Nein, es würde ein Mann sein, mit dem sich der Haufen von Kupplerinnen Sheri vorstellen konnten. Er musste ein Mann sein, der seine Freiheit und seine Entscheidungsfreiheit ebenso schätzte wie sie.

Jetzt musste sie nur noch herausfinden, welcher der Cowboys in Mule Hollow diese Bedingungen erfüllte. Gemeinsam konnten sie den übereifrigen alten Damen beibringen, dass Sheri diejenige war, die die Kontrolle über ihr Leben hatte.

Und die würde sie für niemanden aufgeben. Niemals.

Pace Gentry beobachtete die Landschaft auf der letzten Etappe der Reise von Idaho nach Texas. Er hatte vor ein paar Stunden die Staatsgrenze überquert und hätte spüren sollen, wie sich seine Stimmung aufhellte. Immerhin würde die lange Fahrt innerhalb einer Stunde ein Ende haben. Doch so einfach war das nicht. Das Ende der Fahrt würde auch das Ende des einzigen Lebens bedeuten, das er jemals gekannt hatte. Das einzige Leben, das er jemals gewollt hatte. Und mit diesem Gedanken war seine Stimmung mit jeder Meile gesunken.

Bis vor wenigen Monaten war er mit seinem Leben so zufrieden gewesen, wie es ein Mann nur sein konnte. Er hatte ein einfaches Leben gelebt, größtenteils allein, aber frei in einem der schönsten, unberührten Gebiete, die Gott jemals geschaffen hatte. Doch dieser Teil seines Lebens war vorbei. Er war auf einem neuen Weg.

Er gab seiner mürrischen Stimmung die Schuld, dass er reisemüde war. Doch er wusste, dass es nicht daran lag.

Er hatte sich dieses neue Leben ausgesucht. Doch das bedeutete nicht, dass es für einen einsiedlerischen Mann wie ihn einfach werden würde. Doch um das Leben zu führen, das er jetzt führen musste, musste er das einfache Leben aufgeben, in dem es nie nötig gewesen war, zu weit aus seiner Komfortzone herauszutreten.

Das sollte sich ändern.

Und um ehrlich zu sein, hatte er ein mulmiges Gefühl dabei.

Sheri zog sich sofort ihre Laufkleidung an, als sie von der Arbeit nach Hause kam. Sie brauchte einen Lauf mehr als alles andere. Sie musste Dampf ablassen.

„Junge, muss ich Dampf ablassen", murmelte sie, zerrte an den Schnürsenkeln ihres linken Laufschuhs und attackierte dann den anderen genauso heftig.

Wenn sie geglaubt hatte, indem sie Sam's Diner verließ, würde sie die Kupplerinnentruppe abschrecken, hatte sie ach so falsch gelegen. Diese Frauen waren sowas von hartnäckig. Sie waren ihr bis zum Salon, den sie und Lacy besaßen, gefolgt und hatten den Rest des Nachmittags damit verbracht, sie zu belästigen. Es hatte sie all ihre Kraft gekostet, sich zur Wehr zu setzen. Interessierte es sie, dass sie bis zum Ellenbogen in einem Fußbad steckte und keine Zeit hatte, sich mit ihnen zu befassen?

Nein, das hätte sie kaum weniger kümmern können. Sie waren wirklich außer Kontrolle. Sie rollten bergab und nahmen Fahrt auf, um ihr Leben zu manipulieren. Wie zuvor im Diner hatten sie auch im Salon jedes Wort des Protests ignoriert. Das reichte, um ein Mädchen dazu zu bringen, sich die Haare zu raufen! Sheri riss stattdessen an ihrem Schnürsenkel und stampfte mit dem Fuß auf. Konnten sie das nicht verstehen, dass nur, weil sich ihr Exfreund J.P. in eine andere verliebt hatte, das nicht bedeutete, dass ihr Herz dabei gebrochen worden war? Ihr ging es gut.

Es war die Wahrheit.

Nicht wirklich. Ja, es tat weh, viel mehr, als sie zugeben wollte. Doch Sheri wollte kein Benzin in dieses kleine geheime Feuer gießen.

Nein. Sie mussten nicht wissen, dass sie zum ersten Mal in ihrem Leben geglaubt hatte, sie könnte verliebt sein. *Könnte* war das entscheidende Wort hier.

Zuerst sagte sie sich, dass ihr Herz nur schmerzte, weil ihr Stolz einen Tritt in die Magengrube bekommen hatte. Immerhin hatte sie es gewagt, sich J.P. mehr als jedem anderen vor ihm zu öffnen. Sie war sogar kurz davor gewesen, ihm zu sagen, dass sie der Idee einer Ehe gegenüber aufgeschlossen sein *könnte*. *Könnte*, und *kurz davor* zu sein war ein großer Durchbruch für sie gewesen. In ihren 26 Jahren hatte sie noch nie geglaubt, dass sie sich *beinahe* so binden würde. J.P. hatte ihre Gefühle vollkommen verstanden. Sie hatten beide ihre Gründe gehabt, sich vor Bindungen zu scheuen.

Armer J.P.

Es war auch nicht so, als ob er geplant hätte, sich zu verlieben. Er war genauso überrascht gewesen wie sie.

Trotzdem war es passiert. Alle, die an diesem Hochzeitsempfang teilgenommen hatten, sahen, dass die Liebe ihn auf den ersten Blick wie einen Blitz getroffen hatte. Nur, dass es nicht mit Sheri war.

Sheri fühlte sich immer noch ein wenig benommen, wenn sie darüber nachdachte. Sie waren zusammen zu einem Hochzeitsempfang gegangen, und sie hatte J. P. gebeten, ihr eine Tasse Punsch zu holen. Nur eine unschuldige Tasse Punsch. Er war süß wie immer gewesen und zum Punschholen gegangen. Bam! Und einfach so war es passiert.

Liebe an der Punschausgabe.

Bizarr, aber wahr. Tara, eine Freundin der Braut aus Houston, war zur Hochzeit angereist und servierte Punsch. Als Tara und J.P. einander ansahen, war es um sie geschehen. „Die beiden hat's erwischt", hatte Applegate Thornton so treffend gesagt.

Doch das war jetzt schon nichts Neues mehr. Wirklich, wirklich nichts Neues. Es war zwei Monate her, dass der Blitz eingeschlagen hatte. Doch gestern war ihre Hochzeit gewesen, und anstatt das Kapitel für die arme kleine sitzengelassene Sheri abzuschließen, hatte das nur die Entschlossenheit der Kupplerinnen bestärkt. Der ganze Ort hatte immer noch Mitleid mit ihr. Der alte Applegate und Stanley Orr hatten ihr heute Morgen wieder diese mitfühlenden Blicke zugeworfen.

Mule Hollows mürrische alte Männer, Applegate und Stanley, spielten morgens und in letzter Zeit nachmittags am Fenster neben dem Eingang zu Sam's Diner Dame. Wenn sie sie ansahen, als ob sie eine arme bemitleidenswerte Seele wäre, war es fast mehr, als sie ertragen konnte.

Was war falsch daran, Single zu sein, ein glücklicher Single? Warum waren verheiratete Frauen und alte Männer davon überzeugt, dass die Ehe der einzige Weg zum Glück war? Sie hatte mehr als genug Ehen mit ihren Eltern durchlebt. Neun, um genau zu sein, und nicht eine davon hatte zum Glück geführt.

Wie ihre Mutter immer sagte: „Manche Leute sind einfach nicht gut darin, gefesselt zu sein." Wie oft hatte Sheri diesen Satz gehört? Es war so wahr. Vor J.P. hatte sie sich immer gelangweilt und war nach ein paar Monaten weitergezogen. Sheri erkannte, dass sie wie ihre Eltern war. Dieser plötzliche Schmerz in ihrem Herzen bedeutete nur, dass sie törichterweise geglaubt hatte, vielleicht mehr zu wollen. Dass sie sich verändert hatte, dass ihre Vergangenheit keine Rolle spielte ... Sie hatte sich vorher nicht davon runterziehen lassen, doch in letzter Zeit begann es, sie immer mehr zu stören.

Als sie die Schotterstraße hinunter joggte, hatte Sheri das Gefühl, vor Frustration platzen zu müssen. In den letzten zwei Monaten hatte es Zeiten gegeben, in denen sie diese Straße entlang gerannt war und laut hatte schreien wollen. Sie hatte es tatsächlich ein paarmal getan – und dabei die Kühe fast zu Tode erschreckt. Trotzdem hatte es ihr eine gewisse Freiheit gegeben, loszulassen.

Als sie der Biegung der Straße folgte, konzentrierte sie sich auf die ungewollten Pläne der Kupplerinnen für ihr Leben. Jetzt war ein wirklich guter Zeitpunkt, um etwas von dieser Freiheit zu spüren, dachte sie.

Sie öffnete den Mund, um zu schreien – und sah zum Glück rechtzeitig den Truck, bevor sie losschreien und sich in Verlegenheit bringen konnte.

Sie lief langsamer. Der staubige Truck parkte abseits der Straße zwischen dem alten Trainingspaddock und der Hütte, die sie immer an etwas erinnert hatte, das die ersten Siedler gebaut hatten, als sie in den Westen kamen. Sie wurde langsamer und starrte den Cowboy an, der an der Heckklappe stand. Sie war mehr als froh, dass sie nicht geschrien hatte. So, wie dieser Cowboy aussah, wäre er wahrscheinlich mit gezückten Waffen zu ihrer Rettung geeilt, wenn sie ihn erschreckt hätte. Bei näherer Betrachtung trug er natürlich kein Holster, doch das änderte nichts an dem Eindruck, den er erweckte.

Sie kniff die Augen zusammen, erkannte ihn jedoch nicht. Sie ging in seine Richtung. Es tat nie weh, im Auge zu behalten, wer sich hier am Rand von Mule Hollow herumtrieb.

Er lud irgendwelche Ausrüstung von der Ladefläche seines Trucks, was seltsam war, da das eine

Zufahrtsstraße zum Herzen der Ranch von Lacy und Clint war. Lacy hatte ihr gegenüber nicht erwähnt, dass jemand einziehen würde.

Erleichtert, dass es etwas Neues gab, das sie von ihrem eigenen Dilemma ablenken konnte, lief Sheri die Auffahrt hinauf.

„Hi, wie geht's, Cowboy?", rief sie, bevor sie ihn erreichte. „Sieht aus, als würden Sie hier einziehen." Sie blieb ein paar Meter hinter ihm stehen und stützte ihre Hände in die Hüften, um auf eine Antwort zu warten. Es kam keine.

Stattdessen griff er nach einem Seil, das neben einem Seesack und einem Sattel auf der Heckklappe lag, als hätte er sie nicht gehört. Er hängte das Seil über seine Schulter und drehte sich schließlich zu ihr um.

Wenn sie hohe Absätze getragen hätte, wäre sie direkt runtergefallen. Der Mann war atemberaubend schön! Der kernige, schwarzhaarige Cowboy neigte den Kopf und begegnete ihrem erschrockenen Blick mit Augen in der Farbe eines stürmischen Nachthimmels.

Oh, mein Gott, mein Gott, ein Blick auf diesen attraktiven Fremden bestätigte, was sie ihr ganzes Leben lang gewusst hatte. Was sie versucht hatte, den Kupplerinnen klarzumachen.

Sie war nicht zum Heiraten geschaffen.

Ganz ehrlich, wenn es nur eines Blickes in die Augen eines Fremden bedurfte, um sie an den Hauptgrund zu erinnern, warum sie sich nicht band – dann war das wohl der beste Beweis. Es war klar.

Wie ihre Mutter immer sagte: „Manche Leute sind einfach nicht gut darin, gefesselt zu sein" — doch es war nicht nur das Echo ihrer Mutter.

Sheri mochte es einfach, mit Männern auszugehen. Da, das Geheimnis war keines mehr.

Das war genau, was sie gebraucht hatte, um zu wissen, dass die Mission der Kupplerinnen letztendlich scheitern würde. Und warum sollte sie deswegen nicht traurig sein, weil sie wirklich gerne mit Männern ausging. Sie liebte es. Es gab einfach nichts Aufregenderes als den ersten Funken des Interesses zwischen einem Mann und einer Frau. Wie jetzt war es atemberaubend. Andererseits bemerkte Sheri plötzlich, dass der Cowboy unbeeindruckt zu sein schien.

Sheri zügelte ihre außer Kontrolle geratene Begeisterung und fand ihre Bodenhaftung wieder. Ihre Reaktion auf diesen gutaussehenden Fremden war so stark gewesen, dass es eine Sekunde dauerte, bis sie begriff, dass er nicht von demselben Käfer gebissen worden zu sein schien.

Mist.

Stattdessen musterten seine stahlgrauen Augen sie mit bestenfalls mäßigem Interesse – als betrachtete er die neueste Lieferung von Pestiziden.

Sheris Augen weiteten sich, als er das Seil auf seiner Schulter zurechtrückte und dann wortlos den Sattel über seinen Rücken warf und ging.

Sheri wurde plötzlich klar, dass ein wenig Vorsicht angebracht gewesen sein könnte.

Sie lebte schon eine Weile nicht mehr in der Stadt, und offensichtlich war sie nicht mehr so wachsam wie früher. Sein kalter Blick riss sie aus ihren Vorstellungen und schleuderte sie zurück in die Realität. Sie stand allein im Nirgendwo mit einem Mann, der aussah, als könne er eine Wildkatze anstarren, ohne dabei auch nur einmal mit der Wimper zu zucken.

Wem versuchte sie, etwas vorzumachen? Er sah aus, als könne er eine Wildkatze erschießen, häuten und zum Abendessen essen. Und das roh!

Endlich reagierte sie wie eine intelligente Frau und wich einen Schritt zurück. Doch dieser abweisende Blick ... störte sie. Sheri war nicht mehr das schüchterne kleine Mädchen von einst, das erwartet hatte, dass es ignoriert wurde, darum passte ihr das einfach nicht.

Oh ja, Baby. Gefahr oder nicht, Sheri Marsh weigerte sich, von irgendjemandem, irgendwo oder irgendwann ignoriert zu werden. Sie konnte fast alles verzeihen, selbst, wenn sich jemand in eine andere verliebte, doch sie würde einem Typen nicht durchgehen lassen, dass er sie ignorierte. Ihre hart erarbeitete „Ich bin hier, ich bin wichtig"-Einstellung verlangte mehr.

„Hey, Cowboy", rief sie und starrte seinen Rücken an. „Ich weiß nicht, woher du kommst, aber hier haben Cowboys Manieren. Wenn jemand einen begrüßt, ist in der Regel eine Antwort angemessen."

Das erregte seine Aufmerksamkeit, und er warf ihr einen Blick über die Schulter zu. Sie straffte ihren Rücken, zog ihre Schultern zurück und forderte ihn heraus, sie noch einmal zu ignorieren.

„Pace Gentry", sagte er, ohne anzuhalten. „Nicht, dass es Sie etwas anginge."

Okay, als würde sie sich dadurch besser fühlen. Sheris Augen verengten sich zu Schlitzen. Der Mann war einfach weitergegangen und in der Hütte verschwunden. Eine Unverfrorenheit! Sie fühlte sich wie der Deckel eines Schnellkochtopfs, der kurz vor dem Explodieren stand, während sie darauf wartete, dass er wieder auftauchte.

Im nächsten Moment kehrte er zurück und ging wieder zu seinem Truck … stolzieren traf es besser. Ging an ihr vorbei, ohne sie auch nur eines Blickes zu würdigen. Da wurde ihr bewusst, dass er anders war als alle anderen Cowboys, denen sie je begegnet war. Anders, was sein Verhalten und seine Kleidung anging. Die Unterschiede waren subtil, doch sie waren deutlich.

Zum einen waren da sein kragenlanges Haar und sein markantes Kinn, das von einem schwarzen Stetson ohne die traditionelle Falte beschattet wurde. Um seinen Hals trug er ein locker gebundenes, kariertes Halstuch, als würde er es jeden Moment hochziehen, um sich vor dem Staub eines anstrengenden Viehtriebs zu schützen – oder mit dem gefährlichen Schimmer in seinen Augen vielleicht eine Bank auszurauben!

Dann waren da die Sporen, die unter seinen Chaps hervorragten. Sie waren reicher verziert als alle anderen, die Sheri an den Cowboys um Mule Hollow herum gesehen hatte. Entweder trug er sie zur Show oder für intensiven Gebrauch. Sheri konnte sich bei seinem Gesichtsausdruck nicht vorstellen, dass er sie zur Show trug.

Nein, dieser Mann war kein Aufschneider. Man hätte ihn leicht für einen Cowboy halten können, der vor hundert Jahren gerade von der Arbeit gekommen war. Trotzdem waren es seine intensiven grauen Augen, die die Geschichte erzählten ... Er war ein hundert Prozent authentischer, Leg-dich-nicht-mit-mir-an-Cowboy.

Wieder ermahnte sie ihre Vernunft, kehrt zu machen und sofort zu verschwinden.

Ja, klar!

„Das Land gehört meinen Freunden, und ich will nur sichergehen, dass sie wissen, dass Sie hier draußen Ihr Lager aufschlagen."

Zufrieden beobachtete sie, wie er stehenblieb und sie finster ansah. Plötzlich fühlte es sich an, als hätte er sie gerade gewogen und vermessen und hätte sie für mangelhaft befunden.

„Wie schon gesagt", sagte er mit kühlem Blick. „Nicht, dass es Sie jetzt mehr anginge als vor zwei Minuten, doch Clint weiß, dass ich hier bin."

Seine raue Stimme ließ Sheri erschauern, doch es hatte nichts mit Angst zu tun. „Lacy hätte mir gesagt, wenn jemand auf der Ranch um die Ecke von mir einziehen würde."

Er schwang einen Seesack über seine Schulter und schlug die Heckklappe zu. Seine Sporen sangen bei jedem Schritt, den er von ihr machte, ein kleines Lied.

Wie unhöflich!

„Hey, Mister, diese Macho-Nummer funktioniert

nicht wirklich für mich."

Er blickte von der Veranda auf sie herab. „Lady, ich bin hier, um Pferde zuzureiten. Wenn Sie ein Problem damit haben, wenden Sie sich bitte an Clint Matlock."

Bevor sie reagieren konnte, verschwand er in der kleinen Hütte und schloss die Tür. Zuschlagen traf es besser. Praktisch vor ihrer Nase. „Von all den unhöflichen, ungehobelten..." Sie hielt mitten im Gezeter inne. Er beobachtete sie wahrscheinlich durch das Fenster. Zweifellos lachte er über den Anblick, den sie bieten musste, als sie mit offenem Mund und geballten Fäusten vor der Hütte stand. Wenn sie nur einen Spiegel hätte; sie war sicher puterrot vor Empörung.

Das Schlimmste an der gesamten Situation war, dass er Recht hatte. Junge, machte sie das wütend. Nein, ganz Recht hatte er nicht, tröstete sie sich. Fakt war, dass Clint und Lacy ihre Freunde waren und sie nur sichergehen wollte, dass hier auf ihrem Grundstück keine krummen Geschäfte abliefen.

Doch da dieser Neandertaler tatsächlich aus einem

guten Grund hier zu sein schien, hatte sie kein Recht, ihn weiter zu verhören. Sie machte kehrt und fuhr sich mit der Hand durch den Pferdeschwanz. Dann lief sie zurück auf die Straße und nach Hause. Sie hatte gerade erst mit dem Laufen begonnen, doch plötzlich war sie nicht mehr in Stimmung zu joggen. Nein. Sie war in Stimmung, einen Anruf zu tätigen und herauszufinden, warum Lacy es nicht für nötig hielt, ihr mitzuteilen, dass sie einen neuen Nachbarn hatte.

Wenn *Nachbar* das richtige Wort war, um diesen verbissenen Cowboy, dem sie gerade begegnet war, zu beschreiben.

KAPITEL ZWEI

Pace Gentry legte noch ein paar Holzscheite auf das Lagerfeuer und sah zu, wie die Glut funkelte, als er zum Schlafen in seinen Schlafsack kroch. Er verschränkte die Hände auf die Brust, entspannte sich und blickte zum Baldachin von Sternen empor, die über ihm glitzerten. Er hätte in der Hütte schlafen können, doch heute Nacht musste er draußen sein.

Er brauchte die Verbindung zu dem, was er zurückgelassen hatte.

Er hatte das Bedürfnis zu spüren, wie die Brise über die Weiden nördlich von ihm flüsterte, das einsame Lied der Kojoten und das gelegentliche Gemuhe des Viehs, das auf den dunklen Wiesen um ihn herum weidete.

Die Laute, die ihm das Gefühl gaben, zu Hause zu sein.

Die Laute, die ihn für einen Moment glauben ließen, dass er wieder im Great Basin war, verloren in der Hochwüste der Berge von Idaho. Allein, mit sich selbst, seiner Herde ... und seinen Pferden.

Er liebte seine Pferde. Es lag ihm im Blut. Er konnte sich nicht vorstellen, glücklicher zu sterben, als als alter Mann auf einem Ritt – genauso war es seinem Vater ergangen. Sein Vater hatte zu seinen Bedingungen gelebt und war genauso gestorben. Wie sein Vater verstand Pace, dass das Zureiten von Broncos eine schwere Art war, seinen Lebensunterhalt zu verdienen. Er hatte sich trotzdem dafür entscheiden.

Er lebte und atmete es.

Durch die nomadische Lebensweise seines Vaters hatte Pace nie wirklich ein anderes Leben gekannt, aber das war egal. Selbst wenn er sich als der schlechteste Cowboy erwiesen hätte, hätte er einen Weg gefunden, daran festzuhalten.

Pace beobachtete, wie eine Sternschnuppe über den Himmel schoss – etwas, das er verpasst hätte, wenn er drinnen gewesen wäre. Das Heulen des Kojoten wurde zu einer ausgewachsenen Serenade. Pace war ewig dankbar für das Leben, das er führte. Oder gelebt hatte, erinnerte er sich, und sein Magen zog sich einen Moment lang vor Zweifeln zusammen. Er war auf einem neuen Weg. Wie ein mürrischer Bronco spürte er zum ersten Mal in seinem Leben das Zaumzeug in seinem Mund und kämpfte hart, um sich an das Gefühl zu gewöhnen.

Wenn seine Begegnung vorhin ein Maßstab dafür war, wie seine Umstellung verlaufen würde, standen die Aussichten nicht sonderlich gut. Pace gab offen zu, dass er Ecken und Kanten hatte. Tiere, mit denen konnte er umgehen, aber Menschen — er hatte wenig Geduld mit lästigen Menschen. Die Begegnung mit seiner aufdringlichen Nachbarin hatte bewiesen, dass sich diese Ecken und Kanten auf der langen Strecke von Idaho nach Texas nicht abgeschliffen hatten.

Er war sein übliches unverblümtes Selbst gewesen, etwas, das er nur schwer würde ändern können.

Er zog seinen Stetson über die Augen, schlug

seine Stiefel übereinander und machte es sich für die Nacht bequem. Morgen würde es besser laufen. Er hatte einfach seinen angeborenen Dickkopf, und wie die Mustangs, die er zähmen wollte, war diese natürliche Wildheit ein Instinkt, der stark und tief in seiner Seele verwurzelt war.

Trotz Pace' neuer Bereitschaft zur Veränderung versprach die Umstellung, ein steiniger Weg zu werden.

„Raus aus den Federn, Sheri", trällerte Lacy. „Die Mustangs kommen!"

Sheri schreckte aus einem tiefen Schlaf auf und blinzelte die Gestalt von Lacy an, die im grellen Licht stand, das sie zum Aufwecken eingeschaltet hatte.

Sie blinzelte, und mit mordlustigen Gedanken spähte sie auf die roten Ziffern ihres Weckers. „Lacy! Es ist fünf Uhr morgens. Hast du den Verstand verloren?"

„Oh, jetzt nicht so", lachte Lacy. Sheri kniff die Augen zu, ließ sich wieder auf das Bett fallen und presste sich ihr Kissen aufs Gesicht. Sie war keine Frühaufsteherin ... und schon gar nicht vor dem Morgengrauen – das war noch tiefe Nacht für sie.

Eine Tatsache, die Lacy sehr wohl wusste, aber offensichtlich ignorierte.

„Komm schon, Sheri. Auf, auf. Die Mustangs kommen, und ich will, dass du dabei bist, wenn sie ankommen. Auf geht's–"

Sheri kreischte, als ihr Kissen und ihre Decke abrupt weggerissen wurden und keine Barriere gegen die Hundert-Watt-Glühbirne zurückblieb, die sie von oben blendete. Sie musste die Glühbirne wechseln, und zwar schnell.

Wie eine Schildkröte ohne Panzer starrte Sheri Lacy vorwurfsvoll an. Ihr weißblondes Haar spitzte unter ihrer orangefarbenen Baseballmütze hervor wie schlecht gewordenes Tortenbaiser. Ein Bild, das Sheri sich in diesem Moment leicht vorstellen konnte, denn sie hätte nichts lieber getan, als Lacy eine Sahnetorte in ihr unerträglich gut gelauntes Gesicht zu werfen.

Doch natürlich würde sie das nicht tun. „Es ist viel zu früh", stöhnte sie stattdessen.

„Raus aus den Federn, Weib!"

Okay, vielleicht hätte sie sie doch gerne mit einer Torte beworfen, dachte sie, öffnete ein Auge und sah zu, wie Lacy die Decke zu Boden fallen ließ. Als Lacy nach ihrer Hand griff, blickte Sheri sie finster an, während die üppige Sahnetorte vor ihrem inneren Auge auf Lacys Gesicht zuflog.

„Oh Lacy, stress mich nicht so", stöhnte sie erneut, musste aber bei dem Blick, den Lacy ihr zuwarf, kichern. Es war ihr *das habe ich schon mal irgendwo gehört*-Blick.

Dieser Tage würde niemand auf die Idee kommen, dass Sheri ein äußerst schüchternes Kind gewesen war, bis Lacy sich mit ihr angefreundet hatte. Sheri, das schüchterne Mädchen, das gelernt hatte, mit dem Hintergrund zu verschwimmen und nicht gesehen zu werden, war nach und nach aus ihrem Schneckenhaus herausgekommen. Es war eine langsame Entwicklung gewesen.

Aber es gab Zeiten wie jetzt, in denen Sheri sich daran erinnern musste, wie dankbar sie war, dass Lacy in ihr Leben gekommen war und es zum Besseren verändert hatte. Sheri verkeilte ihre Füße im Durchgang zum Bad und starrte Lacy an. „Dafür werde ich mich bei dir revanchieren, das weißt du schon, oder?", gähnte sie.

„Glaub mir, Sheri. Ich habe da so eine Ahnung, dass du dich bei mir bedanken wirst, wenn du einen Kaffee getrunken hast und siehst, was in den Paddocks wartet. Jetzt ins Bad mit dir, und wenn du rauskommst, wartet ein Kaffee auf dich. Aber du musst dich beeilen, beeilen, beeilen!"

Bevor Sheri antworten konnte, gab Lacy einen letzten Schubs und riss die Tür zu. „Denk nur, Sheri. Wilde Mustangs! Echtes, lebendiges amerikanisches Erbe auf unserer Ranch. Cooler geht's nicht mehr."

„Yippy yiyay und yada, yada, yada", murmelte Sheri, als sich das Klappern von Lacys Stiefeln auf dem Dielenboden entfernte.

Endlich Ruhe und Frieden. Sheri seufzte. Sie ließ sich gegen die Tür sinken, fuhr sich mit den Fingern durch die Haare, gähnte und dachte an Kaffee.

Lacy machte wirklich guten Kaffee ...

Nach einer kurzen Dusche fühlte sie sich etwas

menschlicher und ging in Richtung Küche. Auch wenn sie sich nicht sicher war, ob sie menschlicher aussah. Aus Zeitgründen und der frühen Stunde wegen hatte sie sich dafür entschieden, ihr Haar zu einem Pferdeschwanz zusammenzubinden und ihre rosa Baseballmütze darüber zu stülpen. Und wozu Make-up? Sie und Lacy würden beide furchtbar aussehen, denn es war einfach viel zu früh am Morgen, um sich Sorgen um Äußerlichkeiten zu machen.

„Okay, meine Liebe", sagte sie und betrat die Küche. „Warum bist du den ganzen Weg hierher gefahren, um mich aufzuwecken und auf deine Ranch zu schleppen? Besonders, wo du weißt, dass ich kein Morgenmensch bin." Sie klammerte sich an den dampfenden Humpen, den Lacy ihr entgegen hielt, hob ihn unter ihre Nase und ließ das reiche Aroma in ihre Sinne sickern.

„Nachdem sich das ganze Gespräch auf dich und J.P. konzentriert hat, hatte ich keine Chance, dir von Pace und den Pferden zu erzählen. Sie werden in den Paddocks um die Ecke von deinem Haus sein."

Sheri trank einen Schluck Kaffee und zuckte bei

der Erinnerung an den Cowboy zusammen. „Wo wir gerade davon reden, ich habe gestern Abend versucht, dich anzurufen. Wie konntest du mir nicht sagen, dass da drüben jemand eingezogen ist? Ist die Hütte überhaupt in einem Zustand, in den man einziehen kann?"

„Hey, ich wollte es dir sagen."

„Wollen reicht nicht, Schwester."

Lacy verzog das Gesicht. „Ich kann es nicht ändern. Die Mädchen sind reingekommen und fingen von der J.P.-Sache an, und ich bin gar nicht zu Wort gekommen. Ich hab dir doch erzählt, dass Clints Freund hergezogen ist, um sich mit dem Zureiten von Pferden selbständig zu machen. Das ist eine Weile her, und glaub mir, nach dem, was Clint sagt, ist die Hütte ein Palast verglichen mit Pace' Unterkunft in Idaho. Der Junge hat praktisch wie ein Höhlenmensch gelebt."

„Das glaube ich gern."

Lacy lächelte. „Du bist ihm begegnet, was?"

Sheri lächelte nicht. „Japp. Der Typ ist definitiv ein Neandertaler. Er ist so ... wütend."

„Er ist nicht wütend."

„Das sagst du. Der Mann ist ein Grizzly. Ein wütender Grizzly."

„Sheri, er ist es einfach gewohnt, allein zu sein. Und er ist nicht freiwillig hier, doch er ist bereit dazu, also ist er nicht wütend. Er ist nur ein bisschen aus seinem Element. Wie ein Fisch auf dem Trockenen."

„Vielleicht ein Barrakuda." Sheri trank noch einen Schluck Kaffee und ignorierte die Erinnerung an seine ernsten grauen Augen.

„Aber er ist süß, findest du nicht?"

Sheri verdrehte die Augen und ging zur Tür.

„Komm schon. Gib's zu, Sheri. Er ist ein Adonis, und seit wann erkennst du einen Adonis nicht mehr auf zehn Meilen Distanz?"

Seit mir fast das Herz zertrampelt worden ist.

Sheri verdrängte den Gedanken und ging auf ihre Veranda, immer noch geschockt von der Dunkelheit und der Tatsache, dass es unter normalen Umständen noch lange nicht Zeit zum Aufstehen war. „Lacy, wir sind vor dem Hahnenschrei auf. Du bist dir dessen schon bewusst, oder?"

„Hey, das ist gut für dich."

„Lass das Hey mal schön stecken. Und Aufstehen vor Tagesanbruch ist was für Verrückte", brummte Sheri und öffnete die Beifahrertür von Lacys geliebtem rosa 1958er Caddy. Sie wollte keinen kostbaren Tropfen Kaffee vergeuden und wartete, während Lacy sich wie üblich über die Fahrertür schwang. Sobald sie mit einem fröhlichen Plumps gelandet war, setzte sich Sheri neben sie – eine Routine, die sie nach vielen Tassen übergeschwapptem Kaffee und bespritzten Tops gelernt hatte.

„Ich kann nicht glauben, dass du versuchst zu leugnen, dass Pace Gentry ein Adonis ist", fuhr Lacy fort, als sie das große Auto umlenkte und aus der Einfahrt fuhr. Sheri hatte im Laufe der Jahre gelernt, dass es am besten war, einige Dinge für sich zu behalten, sonst hätte Lacy zu viel Munition. Jetzt war nicht die Zeit zuzugeben, dass Pace Neandertal Gentry trotz seines Mangels an Manieren der größte Adonis war, der ihr je über den Weg gelaufen war. Auch wenn das kindisch und unreif klang, war es die Wahrheit.

Eine dünne, leuchtende Linie erstreckte sich am

Horizont, als sie die hundert Meter die Schotterstraße hinunter und um die Ecke zu den Paddocks fuhren. Ihr wurde bewusst, dass sie vorhin wie ein Stein geschlafen haben musste, da sie keine Lastwagen an ihrem Haus vorbeifahren gehört hatte und es offensichtlich eine ganze Parade gewesen sein musste.

Überall tummelten sich Cowboys, während Lacy das große Auto in jedes Schlagloch steuerte, das sie finden konnte. Sie grinste schelmisch und sah zu, wie Sheri darum kämpfte, ihren Kaffee in ihrem Becher zu behalten. Sheri kicherte. „Wie schon gesagt, das bekommst du zurück. Das weißt du schon, oder?"

„Wäre nicht lustig, wenn dem nicht so wäre. Zumindest siehst du ein bisschen wacher aus."

„Dank des Kaffees könnte ich es schaffen", sagte Sheri, als der Wagen ruckartig anhielt.

„Hey, Sheri", riefen mehrere Cowboys zur Begrüßung, als sie die Autotür zuschlug.

„Morgen, Jungs", rief sie, während sie ihnen zuwinkte. Sie war gerne bereit, einem freundlichen Cowboy ein Lächeln zu schenken, auch wenn die Kupplerinnenclique des Ortes kurz davor stand ein

„Ehemann gesucht" Poster mit ihrem Namen drauf auszuhängen.

„Wie viele Pferde bekommt ihr?", fragte sie und starrte auf den einen Cowboy, der vielleicht ein Adonis war, sich jedoch auch in einer Million Jahre nicht als freundlich einstufen ließ. Er stand neben dem hölzernen Paddock und unterhielt sich mit Clint. Widerwillig bewunderte Sheri sie. Zusammen gaben sie ein beeindruckendes Bild von purer Stärke und Männlichkeit ab. Beide waren fast zwei Meter groß, schlank in den Hüften und an den Schultern breit. Außergewöhnlich gutaussehend. Aber es war Pace, auf den sie fixiert war, und sie bemerkte seinen stählernen Blick, der ihr folgte, als sie neben Lacy stehenblieb. Sheri musste zugeben, dass sie noch nie einen besser aussehenden Mann gesehen hatte. Doch ein guter Mann musste mehr bieten als sein Aussehen, und diesem hier – ja diesem hier fehlte so Einiges um in die Kategorie guter Mann zu passen. Das war sicher.

An diesem Morgen trug er Jeans und kürzere Chaps, die knapp unter den Knien endeten und an deren Seiten ein breites Band aus Fransen mit silbernen Conchos entlanglief. Seltsamerweise fand Sheri sie süß. Sie gaben seinem ansonsten praktischen Outfit ein gewisses Extra. Trotzig hob sie die Hand und wackelte mit den Fingern in seine Richtung. Er war vielleicht am Vortag unhöflich zu ihr gewesen, doch er täuschte sich gewaltig, wenn er sich einbildete, dass die Sache für sie mit einer vor der Nase zugeschlagenen Tür erledigt wäre.

Er nickte kurz und nahm ihr Winken zur Kenntnis, doch das war alles. Kein Lächeln. Nicht, dass sie eines erwartet hätte, doch es gab nicht einmal einen Hinweis auf eine Veränderung von Pace' Gesichtsausdruck. Was war sein Problem? Der Junge war auf jeden Fall eigenartig.

„Clint hat was von zwölf Mustangs gesagt", sagte Lacy. „Man kann normalerweise nur vier Mustangs pro Jahr adoptieren, doch Clint und Pace haben vom Bureau of Land Management die Sondergenehmigung erhalten, ein paar zusätzliche aufzunehmen, auch wenn sie nicht für alle Papiere bekommen. Die Regierung will die Mustangs beschützen. Pace hat jede Menge Pferde zu trainieren. Die Leute stehen Schlange und warten darauf, dass er mit ihren Pferden arbeitet, weil er so gut ist. Sheri, hörst du mir überhaupt zu?"

„Ähm – ja, sicher." Sie riss ihren Blick von Pace los und hoffte, dass Lacy nicht bemerkt hatte, dass sie ihn anstarrte. Dann fragte sie sich, warum es ihr etwas ausmachte. Sie konnte anstarren, wen sie anstarren wollte.

Ein Neunachser kam um die Kurve gekrochen. Lacy drehte sich zusammen mit allen anderen dem Geräusch zu.

„Wo wir gerade von Pace reden, was ist seine Story?", fragte Sheri. Ihr Blick wanderte zurück zu dem Cowboy, der jetzt den Truck beobachtete. Trotz seiner schlechten Manieren konnte sie nicht leugnen, dass er sie faszinierte. Als sie sich wieder dem Truck zuwandte, begegnete sie Lacys Blick. Verflixt, sie hatte sie ertappt. Das Letzte, was sie brauchte, war, dass Lacy auf dumme Gedanken kam. Doch Lacy lächelte nicht. Stattdessen bemerkte sie einen nachdenklichen Schimmer in ihren Augen.

„Ich weiß nicht wirklich viel", sagte Lacy und schüttelte ihren ernsten Blick ab. „Außer dem, was ich dir bereits gesagt habe. Wie er monatelang allein in dieser Hütte in Idaho gelebt hat, ist mir ein Rätsel. Ich würde die Wände hochgehen. Kannst du dir vorstellen – kein Telefon oder fließend Wasser? Er wäscht seine Klamotten im Fluss. Im zugefrorenen Fluss. Er ist wirklich wie ein Almöhi. Aber wir reden hier von riesigen Ranches. Fünfhundert Quadratmeilen oder mehr, nicht Hektar. Meilen von kargem, einsamem Land.

Deswegen hat er in dieser kleinen Hütte gelebt. Sie haben Männer gebraucht, die sich im Winter über das Land verteilen. Selbst im Sommer hat er nicht viel mehr als eine Handvoll Leute gesehen. Mich würde das verrückt machen. Ich muss mit Leuten reden."

Sheri wusste, dass das zutraf. Ihr fiel es leichter, alleine zu leben, als Lacy. Lacy würde den Bäumen die Rinde abschwatzen, wenn sie keine Menschen hätte, die ihr zuhören würden. Wenn Lacy wie Pace leben würde – oh, Junge, die Kühe, die über einen langen Winter mit ihr allein eingeschneit waren, würden im Frühling wahrscheinlich der englischen Sprache mächtig sein. Sheri lächelte und dachte darüber nach.

Der große Truck und sein riesiger Anhänger hielten an, und der Lärm übertönte ihre Stimmen. Sheri beugte sich vor, damit Lacy ihre Frage hören konnte. „Also pachtet er das Land und reitet Pferde zu?" Sie war neugierig. Sie sagte sich, es lag nur daran, weil er ihr Nachbar sein würde. Doch sie musste zugeben, dass er trotz allem etwas an sich hatte, das sie ansprechend fand.

Lacy knuffte sie in die Rippen, und Sheri bemerkte, dass sie Pace wieder angestarrt hatte. Und wenn schon, sie sah ihn gern an. Es war nicht nur, dass er gut aussah, sondern er hatte auch die Haltung eines Mannes, der sich in seiner Haut wohl fühlte. Das allein übte eine große Anziehung auf Sheri aus.

„Ja, so ist es, Sheri. Clint sagt, dass Pace einer der Besten ist, was das Zureiten von Pferden angeht. Als er Clint angerufen und ihm gesagt hat, dass er sich selbständig machen will, dafür aber eine Basis braucht, hat er die Chance genutzt, ihn nach Mule Hollow zu holen. Er hat ihm einen Pachtvertrag im Austausch für das Zureiten von ein paar Hengsten angeboten. Sie haben da irgendwas ausgehandelt. Außerdem kennen sie sich laut Clint schon eine Ewigkeit. Pace' Vater hat ein paar Sommer lang Pferde für Clints Vater zugeritten."

Sheri beobachtete Pace erneut; sie konnte nicht anders. Er ging zu dem großen Truck hinüber. Sein Hut war tief über die Augen gezogen, und da war ein kleines Stocken in seinem Schritt, das die Fransen seiner Chaps zum Tanzen brachte und die Sporen an seinen Stiefeln zum Klingen.

Okay, der Mann war faszinierend.

Das waren Stachelschweine aber auch. Beide konnten einen stechen, wenn man nicht vorsichtig war.

Die Pferde wieherten im Viehtransporter und scharrten aufgeregt. Sheri dachte jedoch nicht an die Mustangs, als Pace sein Pferd vom Zaun losband und in den Steigbügel stieg. Mit einem anmutigen Schwung saß er im Sattel.

Sheri stockte bei dem Anblick der Atem. Wenn es jemals einen Mann gegeben hatte, der für den Sattel bestimmt war, war er das. Beeindruckend. Groß und gerade saß er da und erinnerte Sheri dabei an die Helden des wilden Westens. Sie konnte dieses Bild von ihm einfach nicht loswerden. Sie schluckte und kämpfte gegen den Seufzer an, der ihren Lippen zu entfleuchen versuchte. *Reiß dich zusammen, Mädchen!*

„Komm, Sheri, lass uns zum Zaun gehen, damit wir ihnen beim Abladen zusehen können."

„Ähm, klar", sagte sie und blinzelte. Sie folgte Lacy zum Paddock, stieg auf die zweite Sprosse und hielt sich mit einer Hand am oberen Brett fest. Sie trank den letzten Rest ihres jetzt kalten Kaffees, während sie das Geschehen beobachtete.

Die Luft knisterte vor Energie, als Pace sein Pferd in den Pferch ritt und es dann zur Seite bewegte, als die Türen des Transporters geöffnet wurden. Als der erste schwarze Mustang herausschoss, war Sheri beeindruckt. Das war amerikanische Geschichte. Majestätisch und wild galoppierten die stolzen Pferde aus dem Viehtransporter heraus. Mit hoch erhobenem Kopf und fliegenden Mähnen trabten sie die Rampe hinunter und bewegten sich im Kreis des großen Paddocks. Es war fantastisch. Einfach fantastisch!

„Wird Pace diese Pferde zureiten?", keuchte sie. Plötzlich schien es eine Schande, so ursprünglich unberührte Tiere zu zähmen. Diesen stolzen Tieren einen Sattel aufzuzwingen kam ihr fast kriminell vor. Sie sollten wild und frei sein –

„Clint sagt, niemand kann, was Pace kann. Er ist der Beste, wenn es darum geht, einem Pferd Manieren beizubringen, ohne, dass es dabei seine Würde und seinen Charakter verliert."

„Das ist also seine Entschuldigung", sagte sie leise.

„Was meinst du?", fragte Lacy und sah sie seltsam an. Erst dann merkte Sheri, dass sie es laut ausgesprochen hatte.

Sie lächelte. „Er hat das falsche Buch gelesen."

„Was?"

Sheri lachte. „So, wie er sich gestern benommen hat, nehme ich an, dass Pace hier zu viel Zeit damit verbracht hat, das Buch über die Manieren von Pferden zu lesen, und das Buch über die Manieren von Cowboys noch nicht einmal angefasst hat."

Lacy blickte von ihr zu Pace und wieder zurück, ein Funkeln in ihren Augen. „Naja, Sheri, vielleicht braucht er einfach jemanden, der das Buch für ihn aufschlägt."

„Oh nein, komm bloß nicht auf dumme Gedanken." Sheri stieg kopfschüttelnd vom Zaun herunter. „Ich erkenne Schwierigkeiten, wenn ich sie sehe. Dieser Mann mag nett anzusehen sein, aber er ist ein Herzensbrecher."

Lacy folgte ihr, als sie sich vom Pferch entfernte. „Das glaube ich nicht."

„Komm, Lacy, man sieht es ihm an. Dieser Typ würde schneller vor einer Verpflichtung zurückscheuen als ..." Sheri hielt inne und dachte über das nach, was sie gerade gesagt hatte.

„Du?", beendete Lacy den Satz für sie und grinste, als hätte sie gerade im Kuhfladenweitwurf gewonnen. Im Kuhfladenweitwurf verlor sie nie.

„Ja", gab Sheri zu und wandte sich ihrem Nachbarn mit einer völlig neuen Perspektive zu. Pace war zur perfekten Zeit aufgetaucht, und egal wie sehr er sie irritierte, sie war nicht dumm. Sie würde sich nicht eine goldene Gelegenheit entgehen lassen, wenn sie direkt auf sie zukam. Passt auf, Kupplerinnen von Mule Hollow, das Spiel hat begonnen.

KAPITEL DREI

Pace sah sich jeden Mustang an und bewertete sie, während er mit seiner Stute um sie herum ritt. Sie sahen trotz der langen Fahrt von der Oklahoma Field Station gesund aus. Ein bisschen mitgenommen, aber gesund. Sie waren jedoch ängstlich und argwöhnisch. Sie drängten sich aneinander und bewegten sich als eine Einheit im Paddock.

Weil sie eine so lange Reise unternommen hatten und sich nun auf unbekanntem Gebiet befanden, wollte er ihnen die Umstellung so leicht wie möglich machen. Seine eigene Erfahrung gab ihm noch mehr Einfühlungsvermögen für diese armen Kreaturen. Er trieb die ersten sechs in den zweiten Paddock und wartete darauf, dass die nächste Gruppe aus dem zweiten Abteil des Anhängers entlassen wurde. Als er sich davon überzeugt hatte, dass auch sie die Reise ohne Verletzungen überstanden hatten, ritt er zum Tor und nickte dem jungen Ranchhelfer zu, damit er ihn herausließ.

„Mr. Gentry", sagte er, als Pace sein Pferd durch das Tor ritt, das er für ihn aufhielt. „Ich würde gerne rauskommen und zusehen, wie Sie arbeiten, wenn das okay für Sie ist. Ich meine, Sir, Clint hat gesagt, dass er mir jederzeit erlauben würde, Ihnen zu helfen, falls Sie Hilfe brauchen."

Pace stieg ab und musterte den jüngeren Mann. Er erkannte das vertraute Leuchten in seinen Augen. „Du kannst gerne hier rauskommen — wir werden sehen, ob ich Hilfe brauche. Aber nenn mich Pace. Mein Vater war Mr. Gentry. Wie heißt du?" Pace streckte ihm die Hand entgegen.

„Jake, Sir."

Er schüttelte Pace' Hand, und Pace stellte zufrieden fest, dass er einen angenehm festen Händedruck hatte. Das war gut im Umgang mit einem verängstigten Pferd. „Du willst Pferde zureiten?"

„Wenn ich es so machen kann wie Sie, Sir. Ich habe ein paar zugeritten, aber ehrlich gesagt, als ich die Doku mit Ihnen gesehen habe, wusste ich, dass ich keine Ahnung habe, wie man es richtig macht."

„Hast du Geduld?"

„Ähm, ja, Sir. Habe ich."

Pace nickte. „Dann komm Ende nächster Woche raus. Im Moment möchte ich ein bisschen Zeit mit ihnen alleine verbringen. Sie brauchen Zeit, um sich nach dem Transport auf die neue Umgebung einzustellen."

Jake strahlte und nickte, als hätte er gerade das beste Geschenk unter dem Weihnachtsbaum gefunden. „Ja, Sir. Ich werde da sein. Und wenn Sie sonst irgendwas brauchen, rufen Sie mich an. Ich bin in Clints Schlafbaracke."

Als der jüngere Mann ging, blickte Pace ihm nach und erinnerte sich an sich selbst und das Leuchten in seinen eigenen Augen.

„Hallo Nachbar. Was haben Sie da gerade von Geduld gesagt?"

Pace drehte sich um, als er die Stimme seiner

neugierigen, hübschen Nachbarin erkannte. Er war am Tag zuvor nicht wirklich freundlich gewesen, doch das bedeutete nicht, dass er sie nicht bemerkt hatte. Das hatte er.

Er hatte sie beobachtet, seit sie aus Lacys furchtbarem Auto gestiegen war.

Er musterte sie, nahm sich Zeit und überlegte, dass sie ihn vielleicht in Ruhe lassen würde, wenn er sie ausreichend beleidigte ... Sie starrte ihn mit einem spielerischen Schmunzeln auf den Lippen an, das zu dem angenehmen Singsang ihrer Stimme passte. Ein ganz anderer Ton als der gereizte vom Vortag. Heute hatte sie eine rosa Baseballmütze auf, auf der etwas von störrischen Morgenhaaren stand, und das traf zu. Von ihren kastanienbraunen, schulterlangen Haaren waren mehr außerhalb als innerhalb ihres Zopfgummis. Es erinnerte ihn an einen Pferdeschwanz, der mit einem Dornengebüsch getanzt hatte.

„Mein Name ist übrigens Sheri Marsh. Ich dachte, ich hole die Vorstellung nach, da Sie gestern diesen plötzlichen Notfall in Ihrer Hütte gehabt haben müssen und keine Zeit hatten, mich danach zu fragen."

Ihre Augen blitzten verschmitzt, als sie ihm ihre Hand entgegenstreckte. Sie hatte lange, schlanke Finger, und er zögerte, bevor er widerstrebend seine schwieligen Finger um ihre schloss. Er schluckte schwer bei ihrer Berührung und fühlte eine unerwartete Verbindung, als ihre weiche Hand in seiner lag.

„Geduld mit Menschen–", begann er. Er begegnete ihrem Blick, und plötzlich fühlte sich sein Magen so an, wie in dem Moment, bevor er sich in den Sattel eines Broncos schwang. „–ist etwas ganz anderes für einen Einzelgänger wie mich." Erst dann wurde ihm bewusst, dass er noch immer ihre Hand hielt. Er ließ sie wie ein heißes Brandeisen fallen und überprüfte den Sattelgurt seines Pferdes. Seine Bewegungen waren abrupt, und er zwang sich, sich auf das zu konzentrieren, was er tat, anstatt auf die Frau, die neben ihm stand.

Sie trat näher und strich mit der Hand über die Flanke seines Pferdes. „Glauben Sie mir, darauf bin ich selbst schon gekommen", sagte sie trocken.

Er warf ihr einen Seitenblick unter seinem Stetson hervor zu. Sie stand nahe genug, dass er ihren frischen

Duft wahrnahm. Etwas Spritziges und Herbes, wie die Persönlichkeit, die von ihr ausstrahlte.

„Naja, wie auch immer, Cowboy. Ich wollte Ihnen nur sagen, dass es mir leid tut, Sie gestern gestört zu haben. Ich wollte nur sichergehen, dass niemand ohne Erlaubnis auf Clints und Lacys Land rumlungert."

Er nickte und versuchte, den Willen aufzubringen, zu sagen, dass er sein Verhalten bedauerte. Doch bevor er antworten konnte, wirbelte sie auf ihren knallroten Stadtstiefeln herum und schritt davon.

Er rief sie nicht zurück, sondern blickte ihr nach. Sie ging, als hätte sie Sprungfedern in ihren Absätzen.

Plötzlich wurde ihm klar, dass er nicht der einzige war, der Sheri Marsh hinterher blickte, als sie davonschlenderte. Fast jeder Cowboy in seiner Sichtlinie und wahrscheinlich auf dem Grundstück hatte mit dem, was er tat, innegehalten und rief seiner bemerkenswerten Nachbarin zum Abschied zu. Und sie wusste es. Sie nickte, lächelte jedem einzelnen zu und winkte.

Die Frau benahm sich so, als wäre sie auf einem roten Teppich. Es bestand kein Zweifel, dass sie sich pudelwohl fühlte, wenn sie im Rampenlicht stand. Doch auch das überraschte ihn nicht.

Pace hatte Sam's Diner schon immer gemocht. Es war ein Diner und eine Apotheke, eine Kombination, die vor langer Zeit nicht unüblich gewesen war. Dieses Diner war perfekt mit dem original verchromten Getränkespender auf einer Marmortheke und drehbaren Barhockern. Er konnte sich noch gut an das erste Mal erinnern, als er als Kind den Laden betreten hatte. Er war zehn gewesen, und er und sein Vater waren achtzehn Stunden am Stück unterwegs gewesen. Pace hatte Hunger gehabt, und der Geruch von Speck und Eiern hatte seinen Magen zum Knurren gebracht, als sie durch die schwere Schwingtür gegangen waren. Schon als Kind war er größer gewesen als der kleine Mann mit den Säbelbeinen, der hinter der Theke hervorgebraust war und die Hand seines Vaters ergriffen hatte. Er hatte sie so heftig geschüttelt, dass es ausgesehen hatte wie ein Wettkampf.

Pace lächelte bei der Erinnerung an den drahtigen

kleinen Sam, der sich mit seinem fast zwei Meter großen Vater angefreundet hatte. Bis heute hatte er niemanden getroffen, der Hände schüttelte wie Sam.

„Wie geht es dir, mein Junge?", begrüßte ihn Sam herzlich, als er die Hand ergriff, die Pace ihm entgegenstreckte. Auch wenn Sam gealtert war, sein Griff war nur fester geworden. Pace war sich ziemlich sicher, dass das auf jahrelange Übung mit allen seinen Gästen zurückzuführen war. „Das mit deinem Vater tut mir leid", sagte er und schüttelte weiter. „Furchtbar traurig. Er war ein guter Mann."

„Danke, Sir. Er ist bei dem gestorben, was er geliebt hat. In dieser Hinsicht hatte er mehr Glück als die meisten anderen. Ich glaube nicht, dass er bereut hat, wie er sein Leben gelebt hat."

Sam ließ endlich seine Hand los, verschränkte die Arme und nickte nachdenklich. „Da hast du recht, Sohn."

Vom Fenstertisch aus hörte Pace ein Schnauben und warf einen Blick auf die beiden alten Männer, die über ein Dame-Spiel gebeugt saßen. Manche Dinge in Mule Hollow änderten sich scheinbar nie.

„Sam wäre ziemlich schlau, wenn er deinem Vater da nacheifern würde", polterte Applegate Thornton, während sein Gegner, Stanley Orr, nickte.

Vor fünf Jahren war Pace durch Mule Hollow gekommen, und er war sich nicht sicher, ob sich die beiden alten Männer seit seiner Abreise auch nur einen Zentimeter bewegt hatten. „Schalt dein Hörgerät ein, App, du schreist laut genug, um Tote aufzuwecken", befahl Sam und wandte sich dann wieder Pace und Clint zu. „Was kann ich euch Gutes tun, Jungs?"

Es war eigentlich zu früh zum Mittagessen und zu spät zum Frühstücken, doch sie entschieden sie sich für Burger mit sautierten Zwiebeln und Pommes. Sie suchten sich eine Nische im hinteren Teil des Diners aus, in der sie schon als Teenager regelmäßig gesessen hatten. Wenn er Idaho nicht so sehr vermissen würde, hätte Pace das Gefühl gehabt, nach Hause zu kommen. Doch so sehr er sich auch bemühte, er musste immer gegen die Sehnsucht nach dem, was er zurückgelassen hatte, ankämpfen.

„Wie geht es dir mit dem Umzug?", fragte Clint, als hätte er seine Gedanken gelesen.

Pace legte seinen Hut auf den Sitz neben sich und begegnete dem wissenden Blick seines alten Freundes. „Ich würde lügen, wenn ich behaupten würde, dass es mir leicht fällt. Ich frage mich immer wieder, was ich hier mache."

„Du warst der Überzeugung, dass du herkommen solltest, und du bist gekommen. Meine Lacy hatte ein ähnliches Gefühl, und sie hatte genug Gottvertrauen, um hierher zu kommen und dem Ort zu helfen. Ganz zu schweigen davon, dass sie mein Leben verändert hat."

Pace hatte das nicht bemerkt. „Ja, wirklich?"

„Ja. Sie würde sagen, zweifle nicht an dem, was du in deinem Herzen fühlst. Es gibt einen Plan, und du bist auf dem Weg, herauszufinden, was dieser Plan ist. Du musst nur Geduld haben."

„Ja, mein Vater hat etwas Ähnliches gesagt, kurz bevor er gestorben ist." Pace spürte den vertrauten Ruck in seinem Herzen, wenn er an die letzten Tage mit seinem Vater dachte. Er war ein äußerst ruhiger Mann gewesen, der Pace allein großgezogen hatte, nachdem seine Mutter bei seiner Geburt gestorben war.

„Wenn ich nur die Geduld meines Vaters geerbt hätte."

Clint lachte darüber genauso so, wie Pace es erwartet hätte.

„Ja, wenn, ja, wenn."

„Ich meine es ernst, Clint. Habe ich dir erzählt, dass ich meiner neuen Nachbarin bei unserer ersten Begegnung fast den Kopf abgebissen habe?"

„Sheri?" Clints Augen weiteten sich. „Ich kann nur sagen, pass auf. Das Mädchen beißt zurück."

„Das habe ich auch schon gemerkt."

Sam kam mit zwei großen Tellern und einer Flasche Ketchup aus der Küche. Er stellte sie auf den Tisch und wandte sich zum Gehen.

„Sam", sagte Clint, und er drehte sich wieder zu ihm um. „Hast du gehört, dass Adelas Tochter ihr im Nacken sitzt, dass sie nach Abilene ziehen soll?"

Sam erstarrte.

„Natürlich hat er es gehört", rief Stanley.

„Aber glaubst du, es hätte ihn dazu angespornt, endlich die Frage aller Fragen zu stellen?", polterte Applegate. „Natürlich nicht. Er blieb stumm wie ein alter Narr."

Ein beinahe wehmütiger Blick huschte über Sams Gesicht, bevor er seine beiden Freunde böse anstarrte. „Kann ein Wirt in seinem eigenen Diner nicht ein bisschen Frieden haben? Warum geht ihr eigentlich nicht mehr um neun?"

„Das nennt man Ru-he-stand", blaffte Applegate. „Und es ist langweilig."

„Ja", seufzte Stanley. „Diese goldenen Jahre sind nicht gerade, was wir erwartet haben."

„Also, wenn das der Grund ist, warum ihr andauernd hier rumsitzt, dann wünsche ich dir, ihr würdet wieder arbeiten", knurrte Sam.

„Wir sitzen hier rum, weil wir deine Freunde sind", blaffte Applegate. „Du liebst diese süße Frau und musst sie bitten, dich zu heiraten. Und ich werde dir auf die Nerven gehen, bis du es tust."

Sam ging brummend zurück in die Küche. „Was ist da los?"

Clint zuckte mit den Schultern. „Ehrlich gesagt, wir wissen es nicht. Er hat Adela schon immer geliebt. Ihr Mann ist seit ungefähr 16 Jahren tot, doch Sam kann sich nicht überwinden, sie zu bitten, ihn zu heiraten. Jeder weiß, dass sie Ja sagen würde. Es ist so irritierend, vor allem, weil wir wissen, dass er es will. Doch nach dem, was er in den letzten Monaten einigen der Jungs erzählt hat, kommt er nicht darüber hinweg, dass sie ihren ersten Mann so geliebt hat."

„Glaubst du, das ist alles?"

„Ich weiß nicht, Pace, es ergibt einfach keinen Sinn. Ich denke, da ist noch mehr, aber du kennst Sam. Er redet nur, wenn er bereit dazu ist."

Das konnte Pace gut nachvollziehen.

„Das Einzige, was mir Sorgen macht, ist, dass es ihm das Herz brechen würde, falls Adela sich entschließt, zu gehen. Er war in den letzten Monaten furchtbar launisch, und ich denke, es geht ihm gar nicht gut. Das oder irgendwas anderes stimmt nicht mit ihm, und er spricht nicht darüber."

„Vielleicht solltest du mit ihm reden."

„Glaub nicht, dass ich es nicht versucht habe."

Pace fuhr eine Stunde später nach Hause und dachte weiter an Sam. Der Mann hatte im Grunde siebzig Jahre als Junggeselle gelebt. Vielleicht konnte er sich nach all der Zeit einfach nicht vorstellen, etwas an seiner Situation zu ändern. Er hatte das Gefühl, als wäre der ganze Ort vom Heiraten besessen, und er konnte verstehen warum. Er erinnerte sich an das erste Mal, als er und sein Vater hier gelebt hatten. Damals floss das Öl, und auf den Weiden hatte es fast so viele Ölquellen gegeben wie Mesquite Bäume. Männer waren nötig gewesen, um die Quellen zu betreiben, und die Stadt platzte vor Familien aus allen Nähten. Das war nicht mehr so gewesen, als sie das letzte Mal gekommen waren, um ein paar Pferde für Clints Vater zuzureiten. Die Quellen waren versiegt und die Familien weggezogen, und nur die Ranches und ein Ort waren übriggeblieben, der wie ein Schatten dessen wirkte, was er einmal gewesen war. Er war damals erst achtzehn gewesen, doch er hatte es bemerkt. Es war schön zu sehen, dass Mule Hollow wieder zum Leben erwachte.

Er musste nur hoffen, dass niemand auf die Idee kam, ihn zu verkuppeln. Er fuhr an dem kleinen weißen Haus vorbei, in dem seine Nachbarin wohnte. Sie hatte allen möglichen Kram in ihrem Garten.

Seltsam glitzerndes Zeug hing in den Bäumen, das wie aus Spiegeln und Kupferblech geschnittene Dreiecke aussah. Ein großer Baum glitzerte so sehr, dass es aussah, als trüge er Ohrringe. In den Blumenbeeten steckten dünne Kupferrohre, auf die sie Tassen mit Untertassen geklebt hatte, und die wohl skurrile Vogeltränken darstellen sollten. Ihr Garten schien voller Geräusche und Bewegung zu sein, als sich die Sommerbrise durch den Hindernisparcours schlängelte.

Entlang des Zauns waren hell gestrichene Vogelhäuschen montiert, und ihr Briefkasten war hellviolett und mit gelben Gänseblümchen bemalt. Über der Veranda hing eine Sammlung von Kolibrifutterstellen.

So etwas hatte er noch nie gesehen. Er schüttelte den Kopf und fuhr am Haus vorbei. Die Frau war entweder hobbyverrückt oder gab ihr ganzes Geld für Flohmarktkrimskrams aus. Weder das eine noch das andere Bild passte zu der Frau, die er getroffen hatte. Vielleicht gehörte das ganze Zeug zum Haus. Das kam ihm wahrscheinlicher vor, da Sheri Marsh ihm nicht so vorkam, als würde sie Gartendekorationen basteln.

Andererseits hatte er auch nicht das Gefühl, dass sie jemand war, der Blumen pflanzte, doch an ihren Fenstern hingen bunt bepflanzte Blumenkästen, und sie blühten in Blumenbeeten und Pflanzkübeln. Selbst, wenn sie auch zum Haus gehörten, musste sie sich um sie kümmern. Doch sie schien keine Hüterin zu sein, keine Nährerin.

Sein Gewissen meldete sich zu Wort. Woher sollte er das wirklich wissen? Er war gestern unhöflich zu ihr gewesen, doch sie war wie eine Wildkatzenmutter, die ihre Jungen beschützt, aufgebraust, und das war ihm sauer aufgestoßen.

Er sollte sich entschuldigen.

Er fuhr weiter und bog um die Kurve zu seiner Hütte und den Pferden, die dort warteten. Die Arbeit, das Gewohnte. Er war es nicht gewohnt, darauf zu achten, was er sagte. In Idaho wäre es nicht nötig, auf seine Worte zu achten oder sich zu entschuldigen. Er wäre alleine da draußen, würde mit den Pferden arbeiten und auf seine Kühe aufpassen. Draußen in der Weite der endlosen Ebenen müsste er sich keine Sorgen machen, dass seine Nachbarin unangekündigt auftauchte und irgendetwas von ihm wollte. Es war ein einfacheres Leben. Die Art von Leben, die für einen Mann wie ihn am besten geeignet war – einen Mann, der dazu erzogen worden war, nach seinen eigenen Regeln zu leben…

Was tat er hier? Pace trat vor den Paddocks auf die Bremse.

Er war nicht hierher gekommen, um zu verschwinden. Er war nicht hierher gekommen, um sich nach Einsamkeit zu sehnen und sich zu wünschen, dass alles wieder so wurde, wie es gewesen war. Doch genau das tat er, und trotz seiner Entschlossenheit, sich zu ändern, hatte diese Sehnsucht nach seinem alten Leben in den letzten Tagen nicht nachgelassen. Besonders angesichts des drohenden Konflikts mit seiner Nachbarin.

* * *

Pace sattelte sein Pferd Yancy und ritt hinaus in die Weite. Clints Ranch war eine der größten in Texas, und im Inneren fühlte Pace sich beinahe wie im Great

Basin. Das Gelände war weitläufig, mit Hügeln und Tälern, die sich an Felsen und Graten rieben. Es war nicht Idaho, doch Reiten half ihm immer, sich zu entspannen.

Er ritt am Grenzzaun entlang auf dem Weg zurück zu seiner Hütte, als er Sheri beim Joggen auf der Straße entdeckte. Sie war weit weg von ihrem Haus und sah nicht so aus, als ob sie überhaupt müde wäre. Er hatte das Gefühl, dass Sheri Marsh nie müde wurde. „Hey, Cowboy", rief sie, als sie ihn entdeckte.

Er kämpfte gegen den Drang an, Yancy umzudrehen und davonzugaloppieren, während er beobachtete, wie sie zum Zaun lief, der sie trennte. Die selbstbewusste Frau, die grinsend dastand, ließ ihn denken, dass jeder Mann, der auch nur annähernd bei Verstand war, ganz schnell davonlaufen würde. Doch Sheri zog ihn genauso an, wie es jedes widerspenstige Stutfohlen in einer Herde tat. Er liebte eine gute Herausforderung, und die Herausforderung ging von seiner Nachbarin aus wie Flammen von einem brennenden Gebäude.

„Sie reden nicht viel, oder?", sagte sie.

„War schon immer ein Problem von mir", sagte er und legte seine Hände auf das Sattelhorn.

Sie kickte einen Stein und sah zu, wie er über die trockene Erde schlitterte. „Früher war ich auch so."

Sein Unglaube muss ihm anzusehen gewesen sein, denn ihr Grinsen wurde breiter.

„Es ist wahr", sagte sie.

„Ich habe nichts gesagt."

„Oh doch, das haben Sie. Ich habe Sie laut und deutlich gehört."

„Was hat das geändert?"

„Lacy Brown. Naja, jetzt Matlock. Sie hat mir die Schüchternheit einfach ausgemobbt. Hat mich mit sich rumgeschleift und mich gezwungen, mich zu ändern. Sie kann ein ziemlicher Rüpel sein."

„Wusste Clint das, bevor er sie geheiratet hat?"

„Oh ja. Glauben Sie mir, er hat versucht, dagegen anzukämpfen, aber sie ist ansteckend. Gott sei Dank. Jetzt mag ich es, meine Meinung zu sagen und bemerkt zu werden."

„Das ist mehr als offensichtlich."

Sie musterten einander, bis sie den Blick hob und

beobachtete, wie ein Blauhäher einen Spatz aus seinem Revier jagte. „Rüpel!", rief sie, als sie vorbeischossen. Der Spatz machte Ausweichmanöver, und der Blauhäher kreischte laut auf der Jagd hinter ihm her. Pace lachte leise, bevor er sich zurückhalten konnte.

Sie warf ihm einen empörten Blick zu. „Das sind Sie. Sie verjagen immer irgendwas oder meckern andere Vögel an."

„Ich habe nichts gesagt."

„Doch, haben Sie. Vergessen Sie nicht, ich kann Sie hören, Pace Gentry. Also, ist es wahr, dass Sie der Beste sind, den es je gab, wenn es darum geht, einen Bronco zuzureiten?"

„Naja, das weiß ich nicht. Aber ich kann das schon."

„Werden Sie an dem Rodeo teilnehmen, das Ende des Monats in Mule Hollow stattfindet?"

Hinter ihm kam die Sonne hinter einer Wolke hervor, und Sheri hob eine Hand, um ihre Augen zu beschatten. Sie war süß, selbst mit der furchtbaren Grimasse, die sie dabei schnitt. Es war leicht nachvollziehbar, warum sie bei den Cowboys so beliebt war. „Nehmen Sie teil?", fragte er, und sie bog sich vor Lachen, bevor sie sich wieder mit funkelnden Augen aufrichtete.

„Ich?"

„Was ist so lustig an meiner Frage?"

„Das einzige, was ich mit einem Cowgirl gemein habe, ist meine Liebe zu Stiefeln. Ich weiß kaum welches Ende welches ist bei dem Pferd, auf dem Sie sitzen."

Pace' Mundwinkel hob sich auf einer Seite. „Yancy könnte das als Beleidigung auffassen." Er mochte die Art und Weise, wie ihre Augen schelmisch leuchteten. „Also leben Sie zwischen Vieh und Pferden, sind aber kein Cowgirl."

Sie lächelte schief. „Vollkommen korrekt, Kumpel. Ich jogge auf meinen eigenen zwei Beinen. Ich habe es mal mit einem Pferd versucht und bin runtergefallen."

„Haben Sie dabei diese roten Möchtegerncowboystiefel getragen?"

„Möchtegerncowboystiefel? Wollen Sie damit sagen, dass meine Stiefel hässlich sind?"

„Wenn Sie das glauben…"

Sie stemmte ihre Hand in die Hüfte. „Hey, jetzt aber mal langsam machen, ja. Die Schuhe einer Frau als hässlich zu bezeichnen, ist fast so schlimm wie zu sagen, dass sie ein hässliches Baby hat."

„Das würde ich nicht tun wollen." Er konnte sein Grinsen jetzt nicht mehr unterdrücken. Er hatte in den letzten zehn Minuten mehr gelächelt, als seit er beschlossen hatte, Idaho zu verlassen.

„Schlauer Mann."

Nicht so sehr, entschied er, als er bemerkte, dass ihm ihre Bissigkeit ein bisschen zu sehr gefiel. Er richtete sich im Sattel auf und zog seinen Kopf aus den Wolken. „Ich muss wieder an die Arbeit." Er setzte seinen Hut auf und trieb Yancy an, während er sich mehr als bewusst war, dass sie von seinem plötzlichen Abgang überrascht war.

Er konnte ihre Augen in seinem Rücken spüren, als er davonritt, blickte jedoch nicht zurück. Das Letzte, was er brauchte, war, sich Gedanken über seine Nachbarin zu machen. Er brauchte keine weiblichen Komplikationen, wenn er ein Geschäft aufbauen und sich darüber klar werden wollte, warum er hierher gekommen war.

KAPITEL VIER

Also, so viel zu dem Gedanken, dass sie Fortschritte machten und ein anständiges Gespräch führten! Er hatte gerade dichtgemacht und war losgeritten, ohne ihr auch nur einen schönen Tag zu wünschen.

„Hey, Cowboy", rief Sheri Pace nach. Als er sich trotz der beinahe angenehmen Unterhaltung nicht die Mühe machte, sich umzusehen, spürte Sheri, wie ihr Gesicht heiß wurde. „Sie sind der unhöflichste Mann, der mir je begegnet ist", rief sie ihm hinterher und sorgte dafür, dass er sie laut und deutlich hörte.

Er nickte nicht, winkte nicht und nahm in keiner Weise zur Kenntnis, dass sie ihn gerade beleidigt hatte. Was für ein Idiot.

Sie presste ihre Lippen zu einer harten Linie aufeinander und musste sich furchtbar zusammenreißen, um die spitze Bemerkung zurückzuhalten, die darum bettelte, herausgelassen zu werden. Stattdessen zwang sie sich, ihn gehen zu lassen, und setzte ihren Lauf fort. Der Mann war unmöglich.

Vielleicht musste sie es überdenken, Pace in ihren Plan einzubeziehen. Sicherlich konnte sie jemand anderen finden, der den Anforderungen entsprach. Selbst, als sie es dachte, wusste sie, dass er – so unhöflich er war – einfach der richtige Mann für den Job war.

Es war klar, dass er niemals heiraten würde – nicht mit dieser Gemütsstörung. Sicherlich würde er nicht wollen, dass die Kupplerinnenclique versuchte, ihn zu verkuppeln, und das machte ihn zum perfekten Kandidaten für ihren Plan.

Ihr Gewissen regte sich, als sie darüber nachdachte. Die ganze Nacht hatte sie sich gesagt, dass sie gute Gründe hatte, den Frauen eine Lektion zu erteilen ... doch es war kompliziert, und sie war sich nicht sicher, ob sie es schaffen konnte. Sie musste daran glauben, wenn sie es durchziehen wollte.

„Ich glaube daran", sagte sie laut.

Sie war keine Mathematikerin, doch sie konnte addieren – anders als die Kupplerinnen. Wenn alle heiraten sollten, wäre das Verhältnis von Männern zu Frauen gleich. Richtig? Richtig. Es mochte albern klingen, doch, nachdem sie mitangesehen hatte, wie ihre Eltern scheinbar so viele Partner wie möglich heirateten und sich wieder von ihnen scheiden ließen, passte es. Es war widerlich.

Sheri erkannte die Wahrheit. Die Angst, in die Fußstapfen ihrer Eltern zu treten, spielte eine große Rolle in ihren Gründen, sich nicht verlieben zu wollen. Und sie rationalisierte es aus gutem Grund. Sie langweilte sich zu schnell. Egal wie wunderbar der Typ war, ihre Unruhe hatte es immer ruiniert. Offensichtlich ein genetisches Merkmal, angesichts der Historie ihrer Eltern und allem. Ein Einstein brauchte man nicht zu sein, um zu dem Schluss zu kommen, dass manche Menschen einfach kein Heiratsmaterial waren. Sie hatte vor langer Zeit die Wahrheit über sich selbst erkannt und Frieden damit geschlossen. Sie wollte einfach zu dem zurückkehren, was es gewesen war. Sie hatte immer Spaß daran gehabt, mit den Jungs auszugehen, mit denen sie sich verabreden wollte, und dann weiterzuziehen, wenn die Zeit gekommen war. Ihre überraschende *Beinahe*-Bindung mit J.P. war für sie ein großer Schritt gewesen. Jetzt erkannte sie, dass es durch die Happy End Atmosphäre von Mule Hollow ausgelöst worden war. Es war in den Wasserkreislauf eingedrungen und lag auch in der Luft. Liebe. Das musste es sein. Eine Liebeskrankheit ging um, und sie hatte sie kurz aufgeschnappt. Einen anderen Grund konnte sie sich nicht vorstellen, um zu erklären, warum sie die Grenze überschritten hatte und sich beinahe gebunden hätte.

Diese Gefühle, die sie erlebte, waren eine gute Lehre, warum sie so vorsichtig gewesen war. Herzschmerz. Genau genommen kein gebrochenes Herz, Gott sei Dank. Trotzdem hätte sie nicht unvorsichtig werden dürfen. Wirklich, von jetzt an könnte der Spaß, den sie beim Daten hatte, gedämpft sein, aus Angst, sie könnte versucht sein, diese Grenze wieder zu überschreiten. Arrgggh! Es war frustrierend. Sie war zufrieden mit ihrem Leben gewesen. Das war sie.

Und sie würde es wieder sein. Es gab ein Leben nach J.P.! Sie konnte wieder klar sehen, und sie würde sich bewusst dafür entscheiden, niemals so zu leben, wie ihre Eltern gelebt hatten. Sie würde niemals ein Kind in eine potentielle Zeitbombe bringen. Das war ihre Motivation – die Angst, dass sie die Unzufriedenheitsgene ihrer Eltern geerbt hatte. Die Worte ihrer Mutter gingen ihr wieder einmal durch den Kopf… *Manche Leute sind einfach nicht gut darin, gefesselt zu sein.* Das mochte stimmen, doch Wissen war Macht, und Sheri würde diese Macht nutzen, um ihr Leben zu kontrollieren.

Diese plötzliche Faszination für Pace, so kurz, nachdem sie geglaubt hatte, dass sie J.P. vielleicht geliebt hatte, war ein sicheres Anzeichen für ihre genetische Disposition. Es gab nur einen Weg für jemanden wie sie, eine ganze Reihe von Scheidungen zu vermeiden: die Institution Ehe wie die Pest zu meiden.

Das war der Grund, warum sie diesen Plan durchziehen würde.

Dieser Kupplerinnenhaufen brauchte jemanden, der ihnen zeigte, dass sie die Entscheidungen anderer Menschen respektieren sollten. Als Kind hatte es zu weh getan, zwischen Mom und Dad hin und her geschoben zu werden, und es hatte zu sehr wehgetan, als dass ihr Herz glaubte, es könnte je ein märchenhaftes Happy End für sie geben.

Sie würde den alten Damen klar machen, dass es jemanden verletzen konnte, wenn man ihn zu etwas drängte, das für ihn nicht richtig war. Und der missmutige Pace Gentry war genau der Mann, der ihr dabei helfen würde. Jawohl.

Sie wirbelte herum und joggte ihm hinterher. Er war perfekt dafür, und sie würde ihn überzeugen, ihr zu helfen. Keine Bedenken mehr. Es war die richtige Entscheidung. Mit einem bereits halb ausformulierten Plan im Kopf lief Sheri Pace' Auffahrt hinauf und machte sich auf die Suche nach ihm. Sie fand ihn hinter dem Haus in einem runden Paddock, der mit dünnen, gespaltenen Baumstämmen ausgekleidet war.

Als sie Pace' Stimme hörte, bewegte sie sich auf den Paddock zu, fand einen Spalt, durch den sie hindurchspähen konnte, und stand mucksmäuschenstill. Pace stand ungefähr zehn Meter von ihr entfernt vor einem kastanienbraunen Pferd.

Sie hatte nicht vorgehabt, ihm nachzuspionieren, konnte ihn aber wohl kaum unterbrechen, jetzt, wo sie sehen konnte, dass er arbeitete. Sie konnte auch nicht verhindern, dass ihre Neugier siegte. Sie interessierte sich dafür, wie er arbeitete. Er war schließlich angeblich der Beste.

Also stand sie da, die Wange gegen den Spalt gedrückt, beobachtete und lauschte, wie er leise mit dem nervösen Tier sprach. Trotz seines Mangels an Manieren gefiel ihr, was sie sah – wahrscheinlich, weil er sie an die Helden aus den alten Filmen erinnerte, die sie so gerne sah. Sie war verrückt nach Filmen. Vor allem Western. Nicht, dass er wie Gary Cooper oder John Wayne aussah, aber irgendwie schien er ihre Essenz zu besitzen ...

Okay, ihr Verstand war dahin. Sie hatte sie wirklich nicht mehr alle, doch was sollte sie dagegen tun? Unbewegt und ohne einen Laut von sich zu geben sah sie ihm weiter zu.

Pace hielt ein aufgerolltes Lasso in der Hand, mit dem er über den Torso des Pferdes rieb, während er mit sanfter Stimme auf das Tier einredete. Sie erinnerte sich an dieses Pferd. Es war als erstes aus dem Transporter gestürmt, so weit weg von Menschen wie möglich. Dass es Pace bereits gelungen war, ihm so nahe zu kommen, überraschte sie. Was für einen Unterschied ein paar Tage doch machen konnten. Oder war es der Unterschied, den Pace machte? Er stand vollkommen ruhig da, damit das Pferd sich an ihn gewöhnen konnte. Er behandelte das Pferd so, wie sie einen verängstigten Welpen behandeln würde.

Pace hielt das aufgerollte Lasso hoch und ließ es das Pferd sehen. Dann berührte er mit dem Lasso den Hals des Pferdes, dann seine Schulter. Sie bemerkte, dass er das gewickelte Seil auch benutzte, um das Pferd anzuschieben. Sie wusste, dass hinter jeder seiner Berührungen ein Grund steckte.

Seine seidenweiche Stimme war so anders als die Grobheit, die er ihr gegenüber an den Tag gelegt hatte, dass es sie erschreckte. Als Sheri ihn in Aktion sah, konnte sie absolut glauben, dass er der Beste war. Er strahlte eine Sanftmut aus, die sie mit Sicherheit nie an ihm gesehen hatte. Sheri beobachtete das Schauspiel mindestens eine Stunde lang. Sie konnte nicht anders. Die Zeit verging wie im Fluge. Es war das Bemerkenswerteste, was sie jemals gesehen hatte.

Nach einer Weile kehrte ihre Vernunft zurück, und sie begriff, dass sie, ohne ihn zu unterbrechen, keine Gelegenheit bekommen würde, mit ihm zu reden. Schließlich zog sie sich zurück und lief unbemerkt die Auffahrt hinunter. Als sie um die Kurve nach Hause lief, war sie von einem leisen Gefühl des Staunens erfüllt.

Es war eine schöne Atempause nach all der Unruhe, die sie erlebt hatte.

Pace Gentry. Was für ein Widerspruch. Sie dachte nicht, dass sie je in ihrem Leben etwas Außergewöhnlicheres sehen würde als den Ausdruck auf seinem Gesicht, als er mit diesem Pferd gearbeitet hatte.

Es war nicht das verschlossene, angespannte

Gesicht, das er außerhalb des Paddocks zur Schau trug. Es war ein Ausdruck totaler Zufriedenheit. Er war zu Hause innerhalb der Grenzen dieses Paddocks. Er war entspannt und hatte die Kontrolle. Es war klar, dass Pace zum Zureiten geboren war.

Sie bog in ihre Einfahrt, joggte an den duftenden Geißblattranken vorbei, die sich um ihren Briefkasten wanden, und lief den Zaun mit ihren bunten Vogelhäuschen – ihrem eigenen Mini-Mule Hollow – entlang. Sie lauschte lächelnd ihren Windspielen, die leise im Wind sangen, und betrachtete im Vorbeigehen ihre Blumen.

Was Pace tat, führte die Pferde zu einer Erkenntnis. Genau! Seine Gabe war, dass er mit den Tieren arbeitete, bis sie von sich aus bereit waren, einen Sattel zu tragen. Er betörte sie, bis sie sagten: „Wirf den Sattel auf und schwing dich auf meinen Rücken, Cowboy."

Es schien fast lächerlich, aber genau so sah es aus.

Jetzt kannte sie sein Geheimnis.

Pace Gentry war wie ein Dr. Dolittle, wenn es um Pferde ging. Er konnte praktisch mit den Tieren sprechen. Nur wie man mit Menschen redete, wusste er nicht.

Oder er wollte nicht mit Menschen reden. Oder vielleicht einfach nur nicht mit ihr.

Hmm, der Mann war verwirrender und interessanter als jeder andere, dem Sheri jemals begegnet war.

Das gefiel ihr irgendwie.

Am nächsten Tag war im Salon viel los. Sheri war abgelenkt zur Arbeit gekommen. Sie hatte in der Nacht zuvor nicht gut geschlafen, und es war die Schuld ihres Nachbarn. Anstatt zu schlafen hatte sie darüber nachgedacht, was einen Mann wie ihn dazu bringen würde, ein Leben hinter sich zu lassen, das er liebte. Während sie an Edith Musgroves Zehennägeln arbeitete, zwang sie sich, sich auf ihre Gründe zu konzentrieren, ihn um seine Hilfe bei der Umsetzung ihres Plans zu bitten. Sie waren nicht persönlich, erinnerte sie sich, es war quasi geschäftlich. Sie musste das im Hinterkopf behalten. Zu jeder anderen Zeit hätte sie auf jeden Fall versucht, mit ihm auszugehen. Sie wäre neugierig gewesen zu sehen, wie er wirklich war.

Doch um ihr Ziel zu erreichen, musste sie all diese Gedanken über Pace Gentrys Privatleben wirklich aus der Mischung heraushalten. Das würde alles nur verkomplizieren. Sie hatte ihn ausgewählt, weil er zum Profil passte. Er war ein Mann, der wie sie seine Freiheit schätzte. Das war offensichtlich. Obwohl sie das nicht sicher wusste, fügte sich das, was sie beobachtet hatte, und das, was sie über ihn gehört hatte, zu einem sinnvollen Bild zusammen. Jetzt musste sie ihn nur noch überreden, ihr zu helfen.

Als sich der Tag dem Ende zuneigte, war Lacy bereits mit ihren Kundinnen fertig und ging nach Hause. Sheri würde den Laden abschließen. Mit der festen Absicht, mit ihrem Nachbarn zu reden, hatte sie gerade abgeschlossen und ging zu ihrem Jeep, als die mit einem Overall bekleidete Norma Sue vor Petes Futterladen über die Main Street kam und ihren Strohhut festhielt, während sie rannte.

„Sheri, einen Moment", rief sie.

Sheri stieg in ihren Wagen und bemerkte, dass ein Witzbold mit dem Finger *Wasch mich* auf die staubbedeckte rote Farbe geschrieben hatte. „Wahnwitzig witzig", murmelte sie und fragte sich, welcher Cowboy im Vorbeigehen seine Spuren hinterlassen hatte.

Staub gehörte hier draußen im August einfach dazu, besonders wenn man wie sie an einer unbefestigten Straße lebte. Trotzdem liebte sie Texas im August. Sheri war schon immer vom Outback Australiens begeistert gewesen, doch sie hatte Höhenangst und hasste das Fliegen. So weit zu fliegen kam nicht in Frage, darum würde sie dem Outback nie näherkommen, als dadurch, die trockene Hitze von Westtexas im August zu erleben.

Sie genoss die Hitze, atmete die trockene Luft ein und sah zu, wie Norma Sue schwitzend auf sie zukam. Ein Bild stieg in Sheris Kopf auf, in dem die Kupplerinnen sie fesselten und an Bord des erstbesten Flugzeugs nach Australien schleppten, um mit ihrer Flugangst einen weiteren Aspekt ihres Lebens zu *reparieren.*

„Puh-puh! Diese Hitze macht mich ganz fertig ", keuchte Norma Sue und fächelte sich mit ihrem Hut

Luft zu, als sie neben Sheri stehen blieb. „Ich wollte dich nur für morgen in die Kirche einladen. Wir haben dich in letzter Zeit ziemlich vermisst."

War ja wohl klar, dachte Sheri zerknirscht. Das war nur eine weitere Sache, die sie an ihr reparieren wollten.

„Norma Sue", seufzte sie, „das haben wir doch schon lang und breit diskutiert."

„Sheri, du bist nicht in die Kirche gekommen, seit du und J.P. Schluss gemacht habt. Du kannst nicht am Herrn auslassen, was passiert ist."

Das tat sie auch nicht. Sie wusste nur, dass sie in letzter Zeit am Sonntagmorgen keine Lust hatte aufzustehen und in die Kirche zu gehen. Nachdem sie so lange in Dallas gelebt hatte, hatte Sheri Probleme damit, sich damit abzufinden, dass in einem kleinen Ort wie Mule Hollow jeder so ziemlich alles über sie wusste. Wenn sie nicht zur Kirche ging, wussten alle das und glaubten darüber hinaus, dass Kommentare dazu akzeptabel waren.

Es war nicht so, dass sie die Leute von Mule Hollow nicht liebte. Sie tat es, doch es gab Grenzen, die klar und deutlich gezogen werden mussten.

„Ich komme, wenn ich bereit dazu bin, Norma Sue", sagte sie entschlossen. „Im Moment bin ich es nicht." Ihr Gewissen nagte ein bisschen an ihr, als sie ihren scharfen Ton hörte, doch sie war es leid.

„Wie wäre es dann, wenn du am Montagabend zu mir nach Haus zu meiner neuen kleinen Bibelrunde kommen würdest?"

„Ich glaube nicht." Frustriert drehte Sheri den Schlüssel in der Zündung um und lauschte, als der Motor hustete und dann ansprang.

Norma Sue setzte ihren Hut wieder auf ihr drahtiges graues Haar und stemmte beide Hände in ihre runden Hüften. „Dann versprich mir, dass du zumindest darüber nachdenkst."

Sheri ließ die Schultern hängen und legte eine Hand auf die Schalthebel. „Okay. Das verspreche ich dir, aber sonst verspreche ich nichts."

Norma Sue blickte ihr lächelnd nach, als Sheri mit dem Jeep auf die Main Street fuhr.

„Ich weiß, dass dein Herz gebrochen ist, Sheri", rief Norma Sue. „Aber gib dir ein bisschen Zeit und alles wird gut."

Sheri weigerte sich, noch etwas darauf zu erwidern. Stattdessen legte sie den Gang ein und trat zu fest aufs Gas. Der Jeep schoss die Straße entlang, als wäre er ein Rennwagen, der in vier Sekunden von null auf hundert beschleunigte – okay, vielleicht zehn Sekunden …

Obwohl nicht einmal vier schnell genug für Sheri gewesen wären.

Sie warf einen Blick auf sich selbst im Spiegel. „Ich hoffe nur, dass ich Pace schnell von meinem Plan überzeugen kann."

Es machte sie nervös, darüber nachzudenken. Wirklich, sollte sie einfach zu ihm gehen und sagen: „Hey, bitte tu so, als wärst du mein Freund." Nein, das war armselig. Abgesehen davon würde er sie wahrscheinlich nur mitleidig ansehen und sie dann stehen lassen.

Doch wenn ihr Plan funktionieren sollte, musste sie ihn doch um seine Hilfe bitten, oder?

In Gedanken versunken bog sie in die Zufahrtsstraße zu ihrem Haus ein. Vielleicht gab es eine Möglichkeit, ihn zur Zusammenarbeit zu bewegen, ohne ihm wirklich zu sagen, was sie vorhatte.

Nein. Das konnte sie nicht. Sie musste ihm sagen, was ihr Plan war. Ihm ihren Gedankengang erklären und ihn überzeugen, dass er allen glücklichen Singles von Mule Hollow einen Gefallen tun würde. Anders konnte es nicht funktionieren. Nur, dass das bedeutete, dass sie zu ihm gehen musste.

Sie blieb an ihrer Auffahrt stehen und starrte die Straße hinunter zu seiner Hütte.

Dann straffte sie die Schultern und fuhr wieder los.

Das Schlimmste, was Pace tun konnte, war nein sagen. Oder?

KAPITEL FÜNF

Okay, sie tat es also wieder.

Sheri war sich nicht ganz sicher, warum sie sich hinter Pace Gentrys mit Holz ausgekleidetem Paddock versteckte und spionierte … ähem … ihn bei der Arbeit beobachtete. Sie war kein Spanner! Sie war eine Frau der Tat. Sie war hergekommen, um das zu tun, was sie tun musste, doch er hatte sie nicht vorfahren hören und nun, er arbeitete, also konnte sie ihn nicht einfach so unterbrechen. Sie konnte sich das Feuerwerk vorstellen, das sie entzünden würde. Er würde wahrscheinlich so wütend sein, dass sie ihn um nichts bitten könnte.

Darum spähte sie durch den Spalt und fühlte sich wie eine Verliererin, doch es faszinierte sie einfach.

Nein, faszinieren war das falsche Wort. Unterhalten passte besser. Nein, okay, sie war fasziniert.

Der Mann hatte seine ganz eigene Art und Weise mit einem Pferd umzugehen. Sie hätte nie geglaubt, dass so etwas sie derart fesseln würde, doch genau das tat es. Der Mann wäre ein echter Traum, wenn er nur ein bisschen von seiner süßen, sanften Art mit einem Pferd in seine Beziehungen zu Menschen einfließen ließe. Sie musste zugeben, dass sie etwas von der Aufmerksamkeit gebrauchen konnte, die er diesem Pferd schenkte. Welche Frau würde das nicht wollen? Vielleicht könnte sie ihm vorschlagen, dass sie ihm helfen würde zu lernen, wie man eine Dame behandelte, wenn er ihr half.

Sie biss sich auf die Lippe und legte beide Hände erwartungsvoll auf den Holzzaun, als ihr klar wurde, dass er gleich in den Sattel steigen würde. Es war unglaublich. Wie konnte er so schnell bereit sein, auf den Rücken des Mustangs zu springen? Die Tatsache, dass das Pferd einen Sattel trug, hatte sie bei ihrer Ankunft überrascht. Jetzt testete er die Steigbügel auf eine Weise, die sogar für Sheris ungeübtes Auge so aussah, als würde er sich gleich hinaufschwingen und losreiten.

Nein, jetzt war definitiv kein guter Zeitpunkt, ihn zu unterbrechen. Sie brauchte ihn in halbwegs guter Stimmung, wenn sie ihn bat, die Rolle ihres Freundes zu spielen. Außerdem wollte sie ihn auf diesem wilden Pferd reiten sehen. Sie hatte das Gefühl, als würde sie gleich die Überraschung aus einem Überraschungsei holen, während sie mit angehaltenem Atem wartete.

Alles, was sie in diesem Moment brauchte, war eine Tüte Popcorn, und sie wäre bereit für die Show.

Die Augen des Pferdes weiteten sich, als Pace seinen linken Stiefel auf dem Boden hielt und mit dem rechten Stiefel Druck auf den Steigbügel ausübte. Scheu zuckte das Pferd mit dem Kopf und wich ein paar Schritte zurück. Pace blieb bei ihm, redete leise mit ihm und hielt sich dabei am Sattelhorn fest, um das Gleichgewicht nicht zu verlieren. Als das Pferd stehenblieb, ließ er es sich beruhigen, indem er beide Füße wieder auf den Boden setzte. Gleichzeitig hielt er die Hand am Sattelhorn und redete weiter mit ihm.

Es war erstaunlich, was ein bisschen sanftes Überreden bewirken konnte. Würde Sheri ihn auch überreden können?

Sheri konnte den Augen des Pferdes ansehen, dass es nicht verstand, was vor sich ging, doch für einen wilden Mustang war bereits diese Kooperation beeindruckend. Während Sheri zusah, schob Pace seinen Stiefel wieder in den Steigbügel. Sie nahm an, dass sie ein paarmal dieselbe Übung durchlaufen würden. Weit gefehlt. In einer schnellen, fließenden Bewegung stemmte sich Pace hoch und hielt sein gesamtes Gewicht auf dem Fuß im Steigbügel. Es war ähnlich wie an dem ersten Tag, als sie sich in den Sattel geschwungen hatte – nur, dass er diesmal sein Bein nicht über das Pferd schwang. Stattdessen stand er nur da, ein Stiefel im Steigbügel, ein Stiefel entspannt daneben, und lehnte sich gegen die Flanke des Pferdes, während er seinen Oberkörper nach vorne über den Rücken lehnte.

Unglaublich! Das Pferd scheute nicht weg; es stand einfach nur da.

Sheri hatte nichts sagen wollen. Sie war einfach so

überrascht und beeindruckt von dem, was sie gesehen hatte, dass das Keuchen einfach so passiert war. Es kam einfach aus ihr heraus und wirkte wie ein Schuss, der durch die stille Abendluft hallte und sowohl das Pferd als auch Pace erschreckte. Sofort peitschte das Pferd den Kopf in Richtung des Lauts, tänzelte zur Seite und trat mit den Hinterbeinen aus, was Pace aus dem Steigbügel warf.

Sheri sah entsetzt zu, wie Pace durch die Luft flog und mit einem dumpfen Schlag, gefolgt von einem Stöhnen auf dem Boden aufschlug. Wie es das Schicksal wollte, landete er flach auf seinem Bauch und blickte direkt auf ihr Auge, das ihn durch den Spalt anblinzelte. Ihr Magen drehte sich, als sich seine Augen verdunkelten und er seine Lippen zu einer dünnen, geraden Linie zusammenpresste. Unfähig, sich zu bewegen, beobachtete Sheri ihn dabei, wie er langsam vom Boden aufstand, sich die Brust abklopfte und – ohne jemals den Blickkontakt zu unterbrechen – und sie mit einer lockenden Bewegung seines Zeigefingers zu sich rief.

Ha! Als ob sie dumm genug wäre, zu ihm zu

gehen.

Oh nein. Sie wich einen Schritt zurück und sah zu, wie er auf sie zukam. Sie überlegte, ob sie in den Wald rennen sollte, doch er wusste, wo sie lebte, also verwarf sie diesen Plan und blieb mit klopfendem Herzen und rasendem Puls stehen.

„Was glauben Sie, was Sie da tun?", sagte er mit leiser, heiserer Stimme. Seine Augen funkelten vor Wut.

„Ich ...", begann sie, doch die Worte blieben ihr im Halse stecken, als ihr Blick seinem begegnete. Sie hatte angenommen, dass sie Angst bekommen würde. Stattdessen dachte sie, dass Pace wirklich süß war, wenn er wütend war.

„Landfriedensbruch. Das tun Sie hier."

„Nein–"

„Für mich sieht das so aus. Ich arbeite aus gutem Grund allein mit den Pferden und kann Leute wie Sie nicht gebrauchen, die die Arbeit von einem ganzen Nachmittag kaputtmachen. Das haben Sie nämlich gerade getan."

„Wenn Sie mich nur erklären lassen würden–"

„Was? Dass Sie mich ausspioniert haben? Lady, ich wusste vom ersten Moment an, dass Sie Ärger machen würden. Ich weiß nicht, was Ihr Problem ist, aber ich wäre Ihnen wirklich dankbar, wenn Sie sich umdrehen und von meinem Hof verschwinden würden."

Was für ein Hitzkopf! Sie standen nur Zentimeter voneinander entfernt, starrten einander in die Augen, und sogar ihr Atem mischte sich. Sheri war seit dem Tag, an dem die Kupplerinnen ihr erklärt hatten, dass sie ihre Zukunft in die Hand nehmen würden, nicht mehr so wütend gewesen. Doch die alten Damen sahen nicht so aus wie Pace Gentry. Sie rochen nicht wie Pace Gentry, und sie ließen ihr Herz nicht rasen, als wollte es explodieren ... *Whoa, Mädchen! Reiß dich zusammen!*

Sheri verdrängte die Anziehung, die von seinem Aussehen ausging, und presste ihre Hand an seine muskulöse Brust. Es war eine reflexartige Reaktion, wie ein Schild, um zu verhindern, dass er näherkam. Doch dann spürte sie das Pochen seines Herzens gegen ihre Handfläche ... Erschrocken riss sie ihre Hand weg, stolperte zurück und wirbelte herum. Dabei trat sie in ein Schlagloch und schrie vor Schmerz auf, als ihr Knöchel nachgab und sie zu fallen begann.

Pace packte sie an der Taille und richtete sie wieder auf. Gerade noch hatte sie versucht, von ihm wegzukommen, und im nächsten Moment hielt er sie in seinen Armen.

Sheri war sich nicht sicher, wo die ganze Luft hin verschwunden war, doch sie war mit einem Schlag weg, als sich sein Arm um sie gelegt hatte. Ihm so nah zu sein erschütterte Sheri, als hätte sie ihren Jeep gerade über den Rand einer Klippe gefahren. So etwas hatte sie noch nie empfunden.

Sie wollte nicht derart von dem Mann angezogen werden, das war etwas, das sie gar nicht gebrauchen konnte.

Verlegen stieß sie sich von ihm ab. Er stand stocksteif da, und sein Gesichtsausdruck spiegelte einen Moment lang ihren wider, bevor er sie erneut vorwurfsvoll anstarrte.

„Ich ... ich habe Sie nicht ausspioniert", brachte sie heraus, ihre Stimme atemlos und ihr Verstand krampfhaft bemüht, auch nur einen zusammenhängenden Gedanken zu formulieren.

„Doch, das haben Sie. Was sollten Sie sonst hier wollen?"

„Nein! Ich bin nur gekommen, weil ich einen festen Freund brauche", platzte sie heraus, weil sie so aufgewühlt war. Kaum waren die Worte aus ihrem Mund gekommen, wollte Sheri sich selbst treten.

Unbedingt als warnendes Beispiel unter der Kategorie Wie man einen guten Plan kaputtmacht *ablegen.*

Von einem Moment auf den nächsten löste sich ihr so clever ausgefeilter Plan in Wohlgefallen auf.

Pace musterte seine Nachbarin reichlich verwirrt. Er hatte die Nacht zuvor ihretwegen nicht gut geschlafen. Er wusste, dass sie die Art von Frau war, der er aus dem Weg gehen wollte, doch er hatte unaufhörlich an sie denken müssen. Er wusste, dass sie nicht die Richtige für ihn war. Wenn er bereit für eine Ehe war, wollte er sich für den Rest seines Lebens an eine Frau binden, die seinen Glauben teilte. Nicht, dass seine Unbeherrschtheit bei den meisten Menschen auch nur den leisesten Verdacht aufkommen ließ, dass er einen Glauben hatte. Nach allem, was er über Sheri wusste, passte sie nicht in das Bild, das er sich vorstellte. Außerdem versuchte er immer noch herauszufinden, was der Plan für sein Leben war.

Selbst all das hatte ihn nicht daran gehindert, an seine freche Nachbarin zu denken. Ihr Anblick jetzt rieb ihn mehr auf, als er verstehen konnte, besonders, wenn er darüber nachdachte, wie sie sich in seinen Armen angefühlt hatte. Die Tatsache, dass er bemerkte, wie hübsch sie mit ihren warmen, goldenen Augen aussah, die wie Feuer im Nachmittagssonnenlicht funkelten, half ihm nicht. Die Frau bedeutete Ärger. Das Letzte, was er brauchte, war Sheri ... Moment ... was hatte sie gerade gesagt?

„Sie brauchen einen Freund", wiederholte er verwirrt. „Ich dachte, eine Frau wie Sie hätte die freie Wahl?"

Sie vergrub ihre Hände in ihren Hosentaschen und überraschte ihn, als sie zustimmend nickte. „Hätte ich ehrlich gesagt wahrscheinlich auch. Aber ich brauche einen besonderen Freund, und ich denke, Sie sind der Richtige."

„Da irren Sie sich."

Ihre Augen blitzten, und ihre Schultern versteiften sich. „Du weißt wirklich, wie man ein Mädchen verletzt." In gespielter Verzweiflung presste sie eine Hand auf ihr Herz.

Pace sagte nichts. Stattdessen wandte er sich wieder seiner Arbeit zu.

„Schau", sagte sie und trat ihm in den Weg. „Würdest du mir bitte zuhören?"

„Lady", sagte er, ohne stehenzubleiben, denn er traute sich im Augenblick selbst nicht über den Weg. „Ich bin nicht interessiert. Und wenn es Ihnen jetzt nichts ausmacht, würde ich gerne wieder an die Arbeit gehen."

„Weißt du, ich verstehe vollkommen, warum du ganz allein in der hintersten Provinz gelebt hast", sagte sie und blieb hinter ihm stehen. „Du hast die Manieren einer Ziege."

Pace blieb stehen und warf ihr einen finsteren

Blick zu. „Ist Ihnen jemals in den Sinn gekommen, dass es neugierige Wichtigtuer wie Sie sein könnten, die einen Mann raus in die Wüste treiben?"

Sie blinzelte, und ihre Augen flackerten erneut. „Auf Nimmerwiedersehen ist das einzige, was mir darauf einfällt", blaffte sie. „Warum gehst du nicht zurück in die Wüste und bleibst da!"

„Dann dürfte es Ihnen ja nichts ausmachen, wenn ich wieder an die Arbeit gehe und Sie sich auf den Nachhauseweg machen." Er spürte, wie die Pfeile ihrer Wut seinen Rücken trafen, als er sie stehenließ.

Das Letzte, was er hörte, war ein verärgertes Schnauben und das Knirschen ihrer Stiefel, als sie über den gekiesten Weg von dannen zog.

Als er wieder die Zügel von Cinder nahm – das war der Name, den er der Stute gegeben hatte, die ihn gerade dank Sheri abgeworfen hatte — musste er lachen.

Sheri Marsh hatte etwas an sich, etwas, von dem er sich besser fernhalten und worüber er besser nicht mehr nachdenken sollte.

Trotzdem war er neugierig, wie sie auf der Suche

nach einem Freund ausgerechnet auf ihn gekommen war. Er war sich sicher, dass es nur eine Frage der Zeit war, bis er es herausfinden würde.

* * *

Was hatte sie sich nur gedacht? Sheri kochte auf dem Weg nach Hause. Der Mann irritierte sie grenzenlos. Bisher hatten sie nur ein halb-anständiges Gespräch geführt, und das endete damit, dass er in den Sonnenuntergang geritten war und sie mit offenem Mund zurückgelassen hatte.

Dieser Mann hatte einen Knall!

Landfriedensbruch! Ha, dass sie nicht lachte! Hatte der Neandertaler noch nie etwas von Nachbarschaftlichkeit gehört? Offensichtlich nicht.

Es gab überhaupt keinen Grund, dass *er* der Mann für ihren Plan sein musste. Er hatte Recht; es gab reichlich Cowboys in der Nähe von Mule Hollow, die diese Rolle gerne übernehmen würden. Natürlich ließ keiner von ihnen ihren Puls so zum Stolpern bringen wie Pace. Doch vielleicht war gerade das eine gute

Sache. Sie würde nicht einmal daran denken, wie verwirrt sie gewesen war, als er sie in seine Arme gezogen hatte. Nein, das würde sie nicht. Sie kochte vor Wut, lenkte den Jeep in ihre Einfahrt und trat auf die Bremse, als sie Esther Maes Auto neben ihrem Haus stehen sah. Esther Mae stocherte in den Blumenbeeten in der Nähe der Vogeltränke herum.

Stöhnend fuhr Sheri das Auto unter den Carport und stieg aus. „Esther Mae, was bringt dich denn hier raus?" Sie versuchte, sich zu einem fröhlichen Tonfall zu zwingen.

Esther Mae wischte sich die Hände ab und lächelte. „Ich hab dir ein paar meiner Schwertlilienzwiebeln gebracht. Ich habe heute Morgen meine ausgedünnt und mich daran erinnert, dass du gesagt hast, dass du sie magst."

„Oh, danke", sagte Sheri und warf einen Blick in den mit Zwiebeln gefüllten Eimer. Sie hasste es, Esther Mae und den anderen Frauen gegenüber argwöhnisch zu sein, doch sie kaufte ihr das nicht ab. Bis vor Kurzem hatte sie es sehr genossen, mit ihnen zusammen zu sein, doch da sie plötzlich fest entschlossen waren, ihr „gebrochenes" Herz zu reparieren, konnte sie es sich im Moment nicht leisten, unvorsichtig zu sein. Pace hatte gesagt, dass sie neugierig war. Er sollte einfach warten. Es war nur eine Frage der Zeit, bis die alten Damen ihn aufs Korn nahmen. Dann würde er ganz schnell die Flucht ergreifen. Auf Nimmerwiedersehen.

„Ich denke, hier wäre eine schöne Stelle dafür", sagte Esther Mae.

„Oh ja", stimmte Sheri zu, immer noch wachsam, und wartete darauf, den wahren Grund zu erfahren, warum Esther Mae den ganzen Weg hier raus gefahren war. Sie hätte ihr die Blumenzwiebeln auch am Montag im Salon geben können. „Schatz, geht es dir gut?", fragte Esther Mae und legte Sheri eine Hand auf die Stirn. „Du siehst ein bisschen warm aus. Deine Wangen sehen aus wie der Kirschkuchen, den ich gerade aus dem Ofen geholt habe. Fühlst du dich nicht gut?"

„Doch, doch. Es geht mir gut. Ich muss mich nur ein bisschen abkühlen." Doch Pace walzte durch ihre Erinnerung, und sie spürte, wie ihre Temperatur weiter

SEI MEIN, COWBOY

anstieg.

„Ich singe morgen", sagte Esther Mae und klatschte mit leuchtenden Augen in die Hände.

„Nein, wirklich?"

„Ja. Ich habe dich in letzter Zeit nicht in der Kirche gesehen, also wollte ich vorbeischauen und dich bitten, mich moralisch zu unterstützen."

Sheri war nicht dumm. „Also, ich weiß nicht ..."

„Sheri, ich will keine Ausreden hören. Wir haben dich am Sonntagmorgen in der Kirche vermisst. Es ist einfach nicht richtig, vom Chor auf die Bänke zu schauen und dich nicht dort sitzen zu sehen. "

„Ich–"

„Nein. Keine Ausflüchte. Ich singe morgen und würde es als direkte Beleidigung betrachten, wenn du nicht kommst, um mich zu hören. Ich bin deine Freundin, oder?"

„Ja, aber–"

„Kein Aber. Freunde unterstützen Freunde."

Sheri stöhnte. Wie sollte sie da nur rauskommen? Sie kämpften alles andere als fair. „Okay", seufzte sie. „Ich werde kommen."

Wie leicht sie doch rumzukriegen war.

Pflichtbewusst kam Sheri am nächsten Tag zur Kirche und fühlte sich unruhig und abgelenkt, als ihr bewusst wurde, dass Pace höchstwahrscheinlich auch da sein würde.

Tatsächlich entdeckte sie Pace in dem Moment, als sie den Motor abstellte. Der Mann sah einfach zu gut aus und war umgeben von den Frauen des Begrüßungskomitees, einschließlich des intriganten alten Kupplerinnenhaufens.

Mit boshafter Genugtuung bemerkte sie, dass er verwirrt und unbehaglich aussah. Hatten sie etwa schon angefangen, ihn zu bequatschen?

„Du bist gekommen!", rief Esther Mae, als Sheri den gepflegten Rasen erreichte.

„Hab ich doch gesagt. Außerdem, wirklich, wie könnte ich mir ein Solo von dir entgehen lassen?" Sie lächelte. Es war schwer, Esther Mae mit ihrem kunsttraubenbeladenen Strohhut zu übersehen. Sheri war tatsächlich froh, dass sie gekommen war, als sie sah, wie Esther Mae sie anstrahlte.

„Du hast Pace schon kennengelernt, oder?", fragte Esther. Sie verschwendete keine Zeit, um den Ball ins Rollen zu bringen, und nickte mit dem Kopf in Pace' Richtung, wodurch ihr Hut nach vorne rutschte.

Sheri musste sich daran erinnern, wo sie war, als sie sich zwang, Pace ein Lächeln zuzuwerfen. „Ja, wir sind uns schon begegnet", brachte sie heraus, plötzlich geblendet von der Erinnerung, wie er sie am Tag zuvor in seinen Armen aufgefangen hatte.

„Also, wir kennen Pace schon, seit er ein zehnjähriger kleiner Cowboy war", sagte Norma Sue und klopfte ihm herzhaft auf den Rücken.

Sheri hustete, um ein Kichern zu überspielen. „Ich verstehe", sagte sie und biss sich auf die Innenseite ihrer Lippe. „War er schon immer so gesprächig?" *Oder so unhöflich?*

„Oh ja, immer", sagte Adela und tätschelte liebevoll seinen Arm. „Ich muss gehen. Das Klavier ruft gerade meinen Namen, aber, Pace, ich werde auf deine schöne Tenorstimme hören! Also bitte sing mit."

„Ja, Ma'am", sagte er leise.

Sheri blinzelte überrascht, als sein gebräunter Nacken sich um seinen Kragen zu einem bezaubernden Rosé verfärbte.

Er errötete! Wer hätte das gedacht? Es wurde immer besser. Sheri wickelte eine verirrte Haarsträhne um einen Finger und beobachtete ihn mit schamlosem Interesse. Fast als hätte er gemerkt, was sie sah, begegnete er ihrem Blick und wandte sich schnell wieder Adela zu. Die ältere Frau tätschelte noch einmal seinen Arm und ging dann in Richtung Altarraum. Pace folgte Adela mit seinem Blick. Sheri wusste, dass er versuchte, sie aktiv zu ignorieren. Doch es machte ihr einfach Spaß, ihn zu beunruhigen, vor allem, weil er ein solcher Griesgram war.

„Hey, Sheri", sagte Norma Sue und zupfte an der Taille ihres horizontal gestreiften Kleides. „Ich habe Pace gerade für morgen Abend zu Bibelrunde und selbstgemachtem Eis zu mir nach Haus eingeladen. Du hast immer noch vor zu kommen, oder?"

Sheri wollte Norma Sue daran erinnern, dass sie nur zugestimmt hatte, darüber nachzudenken, doch Norma Sue redete weiter.

„Simon habe ich auch eingeladen", fügte sie hinzu und lächelte selbstgefällig.

„Norma", keuchte Esther Mae. „Warum das denn? Hast du Putts erzählt, dass du Sheri eingeladen hast? Wenn dieser arme Mann weiß, dass sie kommt, wird er wahrscheinlich aus purer Angst zu Hause bleiben. Wenn du es nicht glaubst, sieh ihn dir heute Morgen an. Er wird gegenüber von Sheri sitzen. Und er wird immer noch weiß werden, wenn sie ihn ansieht."

Jetzt geht das schon wieder los!, dachte Sheri entsetzt. Ihr entging das Zucken in Pace' Mundwinkeln nicht.

„Norma!", zischte sie. „Ich habe dir gesagt, du sollst mich und Simon Putts in Ruhe lassen." Sie hoffte, dass niemand, der vorbeikam, diese Unterhaltung mitanhören würde. Das Letzte, was sie wollte, war, dass Gerüchte über sie und Simon die Runde machten. Sie war nicht glücklich über die ganze Situation. Der arme Mann hatte die Persönlichkeit eines Türstoppers, und es machte keinen Sinn, einen der anderen Cowboys mit der Nase auf diese erbärmliche Kuppelidee zu stoßen. Sie würden ihn damit aufziehen, wenn sie wüssten, was die alten Kupplerinnen vorhatten. Offensichtlich konnten oder wollten Norma Sue und Esther Mae nicht sehen, dass Sheri und Simon ungefähr so gut zusammenpassten wie Milch und Essig.

„Lacht nicht", sagte Norma Sue. „Der Junge ist kein Baby. Aber Sheri, das arme Milchbrötchen braucht eine starke Frau wie dich, um ihm einen Kick zu geben."

Oh, wie gerne sie etwas gekickt hätte! Stattdessen klappte sie den Mund zu und holte scharf durch die Nase Luft, um nicht zu hyperventilieren.

„Nein", sagte sie. „Ich habe morgen Abend schon was anderes vor."

„Was denn?", fragte Norma Sue.

Sheri ließ sich nicht täuschen. Norma Sue wusste genau, was sie tat. Wenn sie nur von ihrem Plan gewusst hätten. Einem Plan, der offensichtlich nie umgesetzt werden würde bei ihrem Geschick. Was für eine Knalltüte sie doch war – ihre innere Stimme trällerte „Knalltüte, Knalltüte, Knalltüte" in ihrem Kopf. „Ich taue meine Gefriertruhe ab, wenn du es genau wissen willst."

Tolle Ausrede. Knalltüte.

Gedemütigt wirbelte Sheri herum und marschierte davon. Sie bemerkte das Glitzern in Pace' Augen, als sie sich umdrehte, was nur weiter zu ihrer Verlegenheit beitrug. Er konnte vor Lachen kaum an sich halten. Ohhhh! Von all den lächerlichen Dingen, die heute Morgen hätten passieren können! Das hatte sie nicht erwartet.

Die Kirche war gut besucht, als sie sich den Mittelgang hinunter schob. Sie winkte ihren Freunden Lilly und Cort Wells zu, die mit ihrem Baby Joshua am äußeren Rand saßen, immer fluchtbereit, falls Joshua zu unruhig werden sollte. Manchmal, wenn sie außerhalb unterwegs waren, ging Sheri auf ihre Ranch, um ihren schelmischen Esel Samantha zu füttern. Sie fütterte auch die Pferde, doch es war der Esel, den sie liebte. Er war auch der Grund, aus dem sie sich immer gerne bereit erklärte zu helfen, wenn sie gefragt wurde. Sie hatte halb den Gang hinunter geschafft, als sie beschloss, sich neben Lilly zu setzen. Doch nur, bis sie sich umdrehte und sah, dass Pace in ihre Bank gerutscht war und ihr den Weg versperrte. Sie würde entweder an ihm vorbeirutschen oder zu Lillys Ende der Bank gehen müssen, und so gereizt, wie sie gerade war, hielt sie es nicht für eine gute Idee, in seiner Nähe zu sitzen. Sie wandte sich ab und stieß mit Simon Putts zusammen.

Ausgerechnet! Der nervöse Cowboy wäre offensichtlich am liebsten im Erdboden versunken. Sheri war erleichtert, als Adela anfing, Klavier zu spielen und damit das Zeichen gab, dass es Zeit war, Platz zu nehmen. Simon zitterte wie Espenlaub und stand nur da und blinzelte sie an. Er schien wirklich Angst vor ihr zu haben. Was in aller Welt hatten Norma Sue und Esther Mae diesem armen Mann eingeredet?

„Simon, mach dich locker", sagte sie. Wie konnten sie annehmen, dass etwas aus ihr und diesem armen Waschlappen werden könnte? Er war wie Wackelpudding. Blasser, geschmacksneutraler Wackelpudding.

„Mich locker machen?", zischte er und beugte sich zu ihr vor. „Sheri Marsh, ich weiß, dass es vollkommen unmöglich ist, dass du und ich jemals ein Paar sein könnten. Ich habe immer wieder versucht,

Esther Mae und Norma Sue genau das klarzumachen. Doch sie hören nicht zu! Sie sagen, ich müsste der Sache nur eine Chance geben. Weißt du, was die Jungs mit mir machen werden, wenn sie davon Wind bekommen? Ich bin derjenige, den sie auslachen werden, also sag nicht, dass ich mich locker machen soll."

Sheri fragte sich, ob ihm bewusst war, dass sein Gezische in ihr Ohr die Aufmerksamkeit aller auf sie lenkte. Sie legte ihre Hand auf seinen Arm, um ihn zu beruhigen, und musste fast niesen angesichts seines schweren Aftershaves, das ihr in die Nase stieg.

„Simon, du musst nicht versuchen, mit mir auszugehen, nur weil Esther Mae und Norma Sue gesagt haben, dass du es sollst. Nein, wirklich. Lass es bleiben, Cowboy."

Entschlossenheit festigte ihre Entscheidung, und sie konzentrierte sich auf Pace. Sie sollte nicht länger warten. Milchbrötchen oder Neandertaler? War das überhaupt eine Frage? Ohne nachdenken zu müssen würde sie sich immer für den Neandertaler entscheiden.

Wenigstens würde ihr so nicht langweilig werden.

KAPITEL SECHS

Das erste, was Sheri bemerkte, als sie sich neben Pace in die Bank schob und in ihrer Hast gegen ihn stieß, war, dass er kein Wackelpudding war. So ganz und gar nicht.

„Ich habe entschieden, dass es für mich als deine Nachbarin nicht richtig wäre, dich bei deinem ersten Besuch in unserer Kirche allein sitzen zu lassen." Sie bemerkte Lillys Lächeln vom Ende der Bank aus und hob grüßend ihre Hand.

„Na, wenn das nicht nachbarschaftlich von Ihnen ist", sagte er und lenkte ihre Aufmerksamkeit auf seinen teilnahmslosen Gesichtsausdruck. „Was haben Sie eben mit dem armen Cowboy da gemacht?"

Der Chorleiter bat alle, aufzustehen und zu singen.

Sheri sah Pace an, als sie aufstanden, und zog eine Augenbraue hoch. „Ich habe ihn vom Haken gelassen, wenn du es unbedingt wissen musst. Jetzt suche ich mein nächstes Opfer. Wie wäre es mit dir, Cowboy?"

„Wohl kaum. Da ist zu viel Drama um Sie rum", sagte er gedehnt und richtete seinen Blick nach vorn.

Das war's. Mehr sagte er nicht. Danach ignorierte er sie wieder vollkommen. Zu Sheris Bestürzung tat der Pastor das jedoch nicht.

Nach der Hälfte des Gottesdienstes hatte Sheri das Gefühl, dass Pastor Allen ihre Gedanken gelesen hatte, bevor er mit seiner Predigt begann. Er predigte über Geisteshaltungen. Schlechte Einstellungen. Als ob sie eine Predigt zu diesem Thema nötig hatte. Aufgrund der Tatsache, dass ihre Einstellung in letzter Zeit nur in angemessenem Verhältnis zu dem stand, was ihr widerfahren war, musste sie zu dem Schluss kommen, dass sie eine ziemlich anständige Einstellung beibehalten hatte.

Vor allem jetzt. Scheinbar hatte sie sich versehentlich auf Applegate Thorntons Platz gesetzt. Nicht, dass die Sitzbänke beschriftet gewesen wären oder so, doch jeder wusste, dass der erste Platz auf der letzten Sitzbank auf der linken Seite der Kirche Applegates Platz war. Dort parkte er sich unmittelbar nach der Ausgabe des Mitteilungsblatts der Kirche. Ob es ihn störte, dass sie sich auf seinen Platz gesetzt hatte?

Und ob. Ob er bereit war, sich woanders hinzusetzen? Auf keinen Fall! Stattdessen klemmte sie nun zwischen Pace und Applegate, wobei sich Applegates Schulter und Ellbogen auf der einen Seite in ihren Arm bohrten und sie Pace' kraftvolle Armmuskeln auf der anderen Seite spürte. Es lenkte sie ab, doch Pace scheinbar nicht. Er tat so, als wäre sie nicht einmal da.

Jedes Mal, wenn sie ihm einen verstohlenen Blick zuwarf, waren seine Augen auf den Pastor gerichtet. Es gab einen Moment, in dem sie ihn kneifen wollte, nur um zu sehen, ob er vielleicht mit offenen Augen eingeschlafen war.

Doch sie tat es nicht. Sie saß einfach stocksteif zwischen Pace' Bizeps und Applegates Hühnerflügeln und ertrug alles, was Pastor Allen ihr mit seiner

Predigt um die Ohren warf. Aufgrund der Predigt und der Tatsache, dass Pace Gentry sie völlig ignorierte, konnte Sheri gar nicht schnell genug aus der Kirche fliehen.

Pace bog in die Einfahrt von Sheris Haus ein und kam sich wie ein königlicher Idiot vor. Von dem Moment an, als er seine Nachbarin kennengelernt hatte, war er ihr mit nichts als mit schlechter Stimmung begegnet.

Was sie tat, wie sie lebte oder welche seltsamen Ideen sie zu haben schien musste ihm nicht gefallen, doch er musste aufhören, sie zu verurteilen, und er musste seine Einstellung unter Kontrolle bringen. Er war nach Mule Hollow gekommen, um ein neues Leben anzufangen. Er war bestrebt, seine Komfortzone zu verlassen, um einen Sinn für sein Leben zu finden, doch er hatte das Gefühl, dabei kläglich zu versagen.

Der Pastor hatte über Einstellungen gepredigt. Und wenn er ehrlich war, seine stank zum Himmel.

Pace hatte gut zugehört trotz der Ablenkung, die er jedes Mal empfunden hatte, wenn Sheris Arm gegen seinen gestoßen war. Die Frau ging ihm unter die Haut, wie es noch nie jemand getan hatte. Die Tatsache, dass sie schön und auf eine bissige Art amüsant war, war nebensächlich. Sie war nicht die Art von Frau, zu der er sich weiter hingezogen fühlen wollte. Doch war das ihre Schuld? Nein. Er musste über dieses Problem hinwegkommen und sich richtig verhalten. Er musste sich entschuldigen.

Pace konzentrierte seine Gedanken auf Sheri. Er konnte die Tatsache nicht ignorieren, dass etwas mit ihr nicht stimmte. Etwas anderes als die Tatsache, dass sie böse auf ihn war. Es bestand kein Zweifel, dass während des letzten Gebets ihre Fingerknöchel vor Anspannung schneeweiß gewesen waren. Er hatte bemerkt, dass sie sich während des Gottesdienstes versteift hatte. Als sie gestanden und ihre Köpfe gesenkt hatten, waren ihm ihre Hände aufgefallen. Sie hatte sich an der Sitzbank festgeklammert, als wäre es ein Rettungsfloß, das einen tosenden Strom hinunterschoss. Als der Gottesdienst zu Ende war, hätte sie Applegate fast aus der Bank gestoßen, um so schnell wie möglich aus der Kirche zu fliehen.

Nein, Pace konnte sie vielleicht nicht verstehen; ihr Lebensstil musste ihm nicht gefallen; doch er konnte nicht guten Gewissens die Tatsache ignorieren, dass er bemerkt hatte, dass etwas nicht stimmte, und er musste nach ihr sehen, um herauszufinden, ob er ihr irgendwie helfen konnte. Natürlich nur, wenn sie ihm das überhaupt abnehmen würde, nachdem sein Verhalten so verwerflich gewesen war.

Bis er endlich den alten Damen in der Kirche entkommen konnte, die ihn allen weiblichen Singles hatten vorstellen wollen, war fast eine halbe Stunde vergangen.

Als er jetzt seinen Truck abstellte, kam Sheri aus dem Haus. Sie blieb abrupt stehen, als sie sah, dass er ausstieg. Sie nahm sofort eine Abwehrhaltung ein. Sie hatte sich umgezogen und trug eine locker sitzende Jeans und ein T-Shirt, das ihre schlanke Silhouette betonte. Der Blick, den sie auf ihn richtete, sagte ohne Zweifel, dass sie nicht glücklich war, ihn in ihrem Garten zu sehen.

Er konnte es ihr nicht verdenken. „Was wollen Sie denn hier?"

Ja, sie war nicht glücklich ihn zu sehen. „Hör zu, ich weiß, wir haben auf dem falschen Fuß angefangen ...“

„Das ist milde ausgedrückt, Cowboy.“

Er sagte eine Minute lang nichts und überlegte, wie er am besten vorgehen sollte. Immerhin war er nicht für sein Taktgefühl bekannt. Er war abgelenkt, als eine sanfte Brise durch ihre Haare strich und eine Strähne hinter ihrem Ohr hervor wehte. Er sah, wie sie auf ihre Lippen fiel, und sie hob die Hand und strich sie weg. Sheri Marsh hatte einen wunderschön geformten Mund. Breit und ausdrucksstark, die Winkel nach oben geneigt, sodass sie immer am Rande eines Lächelns zu sein schien. Natürlich wusste er, dass sie das nicht war, denn alles, was er tun musste, war, seinen Blick zu ihren frostigen Augen zu heben, um zu wissen, dass sie alles andere als glücklich war. Er verlagerte sein Gewicht von einem Fuß auf den anderen und fühlte sich, als stünde er vor einer sturen Stute.

Ungeduldig rauschte sie auf dem Weg zum Tisch unter einer riesigen Eiche an ihm vorbei. Drum herum waren Blumenbeete, und sie hatte den Baum mit diesen baumelnden Dingern dekoriert, die sich im Sonnenlicht drehten und funkelten. Sie hatte sogar Kronleuchterkristalle in die Äste gehängt. Sie sahen aus wie Diamantohrringe, die das Sonnenlicht reflektierten. Er musste sich fragen, was in eine Frau gefahren sein musste, um einen Baum so zu schmücken, doch er musste zugeben, dass es irgendwie hübsch aussah.

Sheri ignorierte ihn immer noch, nahm einen kleinen Leinenbeutel vom Tisch und warf ihm einen verächtlichen Blick zu. „Sie sollten gehen. Ich bin nicht in der Stimmung für einen Streit."

„Können wir das mit dem Hin und Her zwischen dem Du und dem Sie lassen? Schau, ich bin gekommen, um zu sehen, ob es dir gut geht. Du hast aufgewühlt gewirkt, als du die Kirche verlassen hast." Das Licht der Kristalle tanzte über ihre Haut und den Boden um ihre Füße.

Sie fixierte ihn mit einem Blick, der leicht ein Grasfeuer hätte entfachen können. „Warum sollte dich das interessieren?", blaffte sie und hängte den Beutel über ihre Schulter. Ihre Augen funkelten herausfordernd. Sie ging um den Baum herum und legte ihre Hand auf eine Sprosse der Leiter, die auf der vom Haus abgewandten Seite des Baumes lehnte.

„Also, ich ...", begann er, unfähig, seinen Blick von ihr abzuwenden. Was tat sie da?

„Schau, ich gebe zu, ich habe meine Nase bei unserer ersten Begegnung wo reingesteckt, wo sie nicht hingehört, und ich bin gestern auf deinen Hof gekommen. Meinetwegen bist du wie ein Sack Bohnen von deinem Pferd abgeworfen worden. Was mich angeht, wäre der einzige Mensch, mit dem ich über meinen Gemütszustand sprechen würde, ein Freund. Und ich würde kaum sagen, dass die Gespräche, die wir bisher geführt haben, den Schluss zulassen, dass wir Freunde sind. Darum geh."

Pace hatte das verdient. Er wusste es, darum akzeptierte er es, auch wenn es ihm nicht gefiel. „Schau–"

„Nein, schau du", sagte sie vehement. „Bisher ist mein Tag, meine Woche, mein Sommer ziemlich in die Hose gegangen. Aber so was von. Kapiert? Damit sind wir fertig. Ich muss allein sein."

Die wütende Erklärung erschreckte ihn so sehr, dass er einen Moment lang benommen war. Im einen Moment war sie noch am Boden und im nächsten war sie die Leiter empor geklettert. Als sie oben ankam, hielt sie einen Moment inne, hielt sich an einem Ast fest und kletterte dann vorsichtig auf den Ast darüber.

„Was tust du da?" Er streckte automatisch die Arme aus, um sie zu fangen, falls sie abrutschen würde.

Sie ignorierte ihn, griff in den Beutel und holte einen Kristall heraus. Während er zusah, schlang sie ihren Arm fester um einen Ast, band eine Schnur an den Ast und ließ den Kristall zwischen den Zweigen baumeln. Pace schwieg, weil er Angst hatte, sie zu stören, da er befürchtete, sie könnte wütender werden, das Gleichgewicht verlieren und herunterfallen. „Schau", sagte er schließlich. „Wir verstehen uns nicht sonderlich gut. Das ist offensichtlich. Aber ich musste vorbeikommen und mich für mein schlechtes Benehmen entschuldigen."

Sie sagte nichts, doch zumindest hieß das, dass sie

ihn weiterreden ließ. Er zwang sich, fortzufahren und hoffte, dass sie nicht herunterfallen würde, als sie weiter den Ast entlang kletterte. Er wusste nicht, warum er so nervös war. Dem glitzernden Krimskrams nach zu urteilen, der sonst noch am Baum baumelte, war es nicht das erste Mal, dass sie da oben herumkletterte.

„Komm schon. Ist es zu viel verlangt, nochmal von vorne anzufangen?"

Sie hielt in der Bewegung inne und ihr Blick schoss ihm. Sie überraschte ihn, als sie sich umdrehte und zurück zur Leiter kletterte. Er war erleichtert, als sie wieder festen Boden unter den Füßen hatte.

Sie standen einander so nahe, dass er den Duft von Äpfeln in ihren Haaren riechen konnte. Ihre Augen waren golden, wie klarer Bernstein, als sie ihr Kinn hob und seinem Blick begegnete. „Wir können nur von vorne anfangen, wenn du mein fester Freund wirst."

„Was ist los mit dir, dass du unbedingt willst, dass ich dein fester Freund werde? Wir–", begann er und hielt dann inne. Fast hätte er gesagt, dass sie sich nicht kannten. „Ich verstehe es nicht. Du kennst mich nicht."

„Ich brauche jemanden, der nicht heiraten will, aber ich brauche jemanden, von dem die Kupplerinnenbande glaubt, dass ich ihn vielleicht heiraten will."

„Wie? Was? Kupplerinnen?" Pace starrte sie verständnislos an. Vielleicht war sie vorhin vom Baum gefallen. Vielleicht war das der Grund für ihr seltsames Verhalten. Sie war hochgeklettert, runtergefallen und hatte sich den Kopf angeschlagen und brauchte jetzt dringend einen Arzt. „Geht es dir gut?"

Ihm ging es nicht gut. Die Frau brachte seine Pulsfrequenz durcheinander, wenn sie so nahe vor ihm stand. Er trat einen Schritt zurück, denn er brauchte den Raum, um seinen Kopf klar zu bekommen. Er war aus einem bestimmten Grund hierhergekommen, und es war gar nicht so gelaufen, wie er es vorhergesehen hatte.

Sie stampfte zum Blumenbeet und starrte das bunt bemalte Keramikkaninchen zwischen den Blumen an. Es hielt ein Schild mit der Aufschrift *Entspann dich und schnupper die Blumen!* Pace nahm an, dass das nicht so schnell passieren würde. Er schwieg jedoch und wartete darauf, was sie als nächstes sagte.

„Schau", sagte sie schließlich. „Das Letzte, was ich will, ist, dass sie versuchen, mich mit jemandem zu verkuppeln. Denn genau das versuchen sie. Das Milchbrötchen, mit dem ich in der Kirche gesprochen habe, ist ihr Kandidat für mich. Du hast gehört, wie sie über mich gesprochen haben. Hör auf zu lachen. Das ist nicht lustig."

Pace konnte nicht anders. Er hatte angefangen zu lachen. „Ich hatte das für einen Witz gehalten."

„Nein. Sie meinen es ernst, und deshalb brauche ich deine Hilfe. Ich habe einen Blick auf dich geworfen und wusste, dass du ein Mann bist, der meinen Wunsch, in Ruhe gelassen zu werden, verstehen würde."

Volltreffer, auch wenn er versuchte, das zu ändern. Er hasste Menschen, die sich in sein Privatleben einmischten.

„Schau, ich verstehe, worauf du hinauswillst, aber ich kann das nicht."

Sie sah ihn, ohne zu blinzeln an. „Nur zwei Dates. Das ist alles, was ich brauche. Glaub mir, den Rest können wir ihrer unerhörten Fantasie überlassen. Im Ernst. Mittag- oder Abendessen im Diner und vielleicht das Rodeo am Labor Day."

„Fällt dir das Lügen so leicht?", fragte Pace.

„Nein. So ist es nicht. Ich verstehe nur nicht, dass es akzeptabel ist, dass sie Leute manipulieren, bis sie sich ineinander verlieben, doch wenn ich ihre Bemühungen vereiteln will, ist das lügen? Du verstehst es einfach nicht."

„Sheri, ich kann nicht für die alten Damen sprechen. Ich kann nur für mich selbst sprechen. Lügen sie etwa, wenn sie versuchen, jemanden zu verkuppeln?"

Sie runzelte die Stirn. „Also – nein", sagte sie schließlich.

„Du schlägst vor, dass ich so tue, als wäre ich dein fester Freund. Für mich wäre das eine Lüge."

„Also wirst du es nicht tun?"

Pace hatte Mitleid mit ihr und war gleichzeitig enttäuscht und irritiert. Er konnte nur den Kopf schütteln.

„Sie werden es auch mit dir versuchen. Ich

versuche nur, ihnen klarzumachen, dass nicht alle Singles heiraten wollen. Sie sollten das respektieren."

„Wenn jemand nicht heiraten will, heiratet er nicht. Das ist einfach."

„Du bist sooo naiv."

„Aber ehrlich. Sheri, man muss Werte haben."

Ihre bernsteinfarbenen Augen verdunkelten sich. „Naja, dann weißt du jetzt wohl das Schlimmste über mich." Sie wirbelte herum und stieg wieder die Leiter hinauf. Pace beobachtete sie und wünschte, er könnte noch etwas sagen, doch er war nicht gut mit Worten.

Besonders, wenn Sheri in der Nähe war. Er schwieg und ließ sie in ihrem Baum aufhängen, was sie aufhängen wollte.

* * *

Am Montagnachmittag verwandelte die Sonne das Land in einen Backofen und folterte Pace und den Mustang, mit dem er arbeitete. Er hob den Arm, wischte sich mit dem Ärmel seines Hemdes den Schweiß von der Stirn und wandte sich wieder dem

Pferd zu.

Es ging darum, Cinder davon zu überzeugen, das beste Angebot anzunehmen, das ihr gemacht wurde. Pace arbeitete geduldig mit der Stute, strich ihr mit dem Lasso über den Körper, wickelte es von ihrem Halfter um das Pferd und zog sanft daran, damit sie sich entscheiden konnte, ob sie sich von dem Zug abwenden wollte. Cinder tat genau das, was Pace wollte. Das Pferd hatte einen Verstand und einen natürlichen Fluchtinstinkt. Es war wie bei einem Menschen: wenn ein Pferd glaubte, dass der eingeschlagene Weg seine eigene Idee war, gehorchte es ohne Widerstand. Das Resultat am Ende der Ausbildung war ein ruhigeres, sanfteres Pferd. Es war nicht immer einfach. Jedes Pferd war anders. Unterschiedliche Temperamente und Persönlichkeiten machten jede Trainingseinheit zu einer Herausforderung. Pace' Aufgabe war es, jedes Pferd verstehen zu lernen und mit seinen Stärken und Schwächen zu arbeiten. Es erforderte seine Konzentration, und heute war er abgelenkt. Das Pferd spürte es. So sehr er sie auch aus seinen Gedanken zu verbannen versuchte, Sheri kehrte immer wieder zurück. Er war gut darin, Tiere zu lesen, und ziemlich gut darin, Menschen zu lesen. Leider stimmte alles, was er von Sheri angenommen hatte. Sie war eine Intrigantin. Wenn es eine Sache gab, die Pace nicht ertragen konnte, war es ein Mensch, der log.

Die Tatsache, dass sie bereit war, in Betracht zu ziehen, Norma Sue und Esther Mae anzulügen, hatte ihn umgehauen, doch auch noch Miss Adela? Das war absolut undenkbar. Das waren die süßesten alten Damen, die ihm je begegnet waren, und sie glaubte, sie müsse ihnen eine Lektion erteilen ... Sie hatte wirklich nicht alle Tassen im Schrank. Das war klar.

Um fair zu sein, Clint hatte ihm von der Anzeigenkampagne erzählt, die die drei Damen initiiert hatten, um Frauen dazu zu bringen, nach Mule Hollow zu ziehen, um Ehemänner zu finden. Es war wie in einem alten Katalogbraut-Szenario. Er fand die Idee genau genommen ziemlich clever. Es war ein Win-win-Geschäft. Doch für ihn ergab es einfach keinen Sinn, dass Sheri glaubte, die Damen wollten sie hinter ihrem Rücken verkuppeln. Zumal es viele andere Männer und Frauen gab, die heiraten wollten, und es war offensichtlich, dass Sheri nicht der Typ zum Heiraten war.

Warum sollten die alten Damen ihre Zeit damit verschwenden, zu versuchen, das zu ändern? Natürlich wusste er, dass sie sich ändern könnte, wenn sie wollte. Er hatte sich geändert. Sie musste es nur wollen, doch es war mehr als offensichtlich, dass sie nicht daran interessiert war.

Die Stute zuckte plötzlich mit dem Kopf und lenkte Pace' Aufmerksamkeit zurück auf seine Arbeit. Er verdrängte die Gedanken an Sheri und konzentrierte sich auf das Pferd.

Das Beste, was er tun konnte, war, sich so weit wie möglich von seiner Nachbarin fernzuhalten. Sie repräsentierte einen Teil der Vergangenheit, die er zurückgelassen hatte. Er war ein neuer Mann, und sobald er sich an sein neues Leben gewöhnt hatte, würde alles gut werden.

KAPITEL SIEBEN

„Komm schon, Baby", sagte Sheri, hielt den Schlüssel fest und lauschte dem Leiern des Motors. Sie war auf dem Weg zu Norma Sue. Sie hatte den ganzen Tag frei gehabt, um über ihre Situation nachzudenken. Auch wenn ihr Plan gescheitert war, war sie nicht bereit aufzugeben. Nein, sie mochte eine Herausforderung. Wenn ihre Freundschaft mit Lacy sie eines gelehrt hatte, dann, dass man nicht so einfach aufgab.

Lacy hatte sie angerufen und sie überredet, zu Norma Sue zu kommen, und darauf bestanden, dass die Bibelgruppe gut für sie sein würde. Den letzten Ausschlag hatte das Argument, dass es hausgemachtes Eis geben würde, gegeben.

Jeder wusste, dass Süßigkeiten ihre Schwäche waren. Dank eines schnellen Stoffwechsels war sie trotz ihrer Liebe zu Junkfood fit. Als unbeholfener und schüchterner Teenager hatte sie Lacy beobachtet und gelernt, dass eine aufgeschlossene Persönlichkeit die Visitenkarte war, die die Menschen anzog, und nicht unbedingt gutes oder schlechtes Aussehen.

Sie hatte schnell gelernt. Sie hatte das ruhige, introvertierte Kind in die tiefsten Tiefen ihrer Seele geschoben und eine Schicht Selbstvertrauen aufgesetzt, das sie nicht immer spürte. Doch es funktionierte. Sobald sie ihre schlagfertige Nimm-mich-wie-ich-bin-oder-lass-es-bleiben-Persönlichkeit entwickelt hatte, hatte sich ihr Leben verändert.

Trotzdem hatte sie manchmal das Gefühl, eine Lüge zu leben. Sie verdrängte die alten Zweifel und konzentrierte sich. Wie um alles in der Welt hatte das Versprechen von Eiscreme sie auf solche Gedanken gebracht? Sie hatte sich entschlossen, zur Bibelgruppe zu gehen, und wollte es zu ihrem Vorteil nutzen. Okay, sie würde gehen, wenn ihr Auto sie dorthin bringen würde. „Komm schon, Baby, mach jetzt bitte nicht

schlapp", becircte sie ihr Auto und drehte den
Schlüssel erneut. Der Motor stotterte, hustete und starb
am Ende ihrer Auffahrt. „Verräter!", knurrte sie. Sie
hatte kein Auto besessen, als sie und Lacy nach Mule
Hollow gezogen waren. Als Clint seinen alten Ranch-
Jeep verkauft hatte, hatte sie ihn sich geschnappt. Er
war nichts Besonderes oder Neues, doch er hatte sie
sonst ohne Probleme ihren Feldweg hinauf und
hinunter in die Stadt und zurück gebracht. Das war
alles, was sie an einem Auto interessierte. Das und die
Tatsache, dass Clint ihr erlaubt hatte, den Wagen jeden
Monat mit einem kleinen Betrag abzuzahlen, damit sie
ihn sich überhaupt leisten konnte. So süß, wie er war,
hatte er angeboten, ihr den Jeep zu überlassen, und
konnte es sich auch leisten, doch sie hatte darauf
bestanden, ihm etwas dafür zu bezahlen.

Fünfzigprozentige Anteilseignerin eines neuen
Geschäfts in einer Kleinstadt zu sein machte ihr
Bankkonto nicht dicker als sie selbst. Nicht, dass ihr
ein dickes Bankkonto sonderlich wichtig gewesen
wäre. Wenn dem so wäre, wäre sie gar nicht erst nach
Mule Hollow gekommen. Sie war hier, weil sie Lacy

dabei hatte helfen wollen, ihren Traum zu verwirklichen. Und tatsächlich hatte sie sich in diesen Ort verliebt, selbst wenn alle versuchten, ihr Leben zu bestimmen.

Sie drehte erneut den Schlüssel um, und als sie nur mit einem dumpfen Klicken belohnt wurde, ließ sie ihren Kopf auf das Lenkrad sinken und stöhnte. Sie hatte sich vollkommen umsonst Mut zugesprochen.

Als ein Dieselmotor knurrend um die Ecke kam, hob sie den Kopf und ihre Stimmung hellte sich auf. Pace war auch auf dem Weg zu Norma Sue. Sie dachte, sie hätte ihn vorhin vorbeifahren hören, doch sie musste sich getäuscht haben. Nachdem sie gestern ihre schlechte Laune an ihm ausgelassen hatte, würde er heute wahrscheinlich nichts mit ihr zu tun haben wollen. Sie winkte ihn trotzdem herbei.

Als er anhielt, riss sie die Beifahrertür auf, sprang hinein und ignorierte die Tatsache, dass er überhaupt nicht erfreut war, sie zu sehen. „Bin ich froh dich zu sehen. Ich brauche jemanden, der mich zu Norma Sue mitnimmt. Mein Jeep hat gerade die Hufe hochgerissen."

„Na, wenn das kein Zufall ist?", sagte er gedehnt und sah sie an, als wäre sie gerade unter einem Felsen hervorgekrochen.

Sheri starrte ihn an. „Was meinst du damit?" Er musterte sie für einen langen Moment, und ihr fiel auf, dass seine grauen Augen fast blau waren. „Ich habe über deine Idee nachgedacht, Norma Sue und die anderen hinters Licht zu führen."

Sie schnappte nach Luft. „Willst du mir damit unterstellen, dass ich nur so tue, als hätte ich Probleme mit meinem Auto, damit du mich zu Norma mitnimmst?"

„Es kam mir in den Sinn."

„So verzweifelt bin ich nun auch wieder nicht. Wenn du mir nicht helfen willst, die Augen dieser Kupplerinnenbande zu öffnen und ihnen zu zeigen, dass sie den glücklichen Singles von Mule Hollow mit ihren Kuppelversuchen keinen Dienst erweisen, ist das deine Entscheidung. Das bedeutet jedoch nicht, dass ich für jemanden wie dich so tief sinken würde, so zu tun, als hätte ich Probleme mit dem Auto. Das wäre einfach nur lahm. Soviel musst du mir schon zugestehen."

„Glaub mir, ich gestehe dir viel zu."

Sie starrte ihn finster an. „Schau, ich verstehe nicht, warum du mir so kritisch gegenüberstehst. Ich weiß nicht, warum du denkst, dass du mich so gut kennst, dass du auch nur ansatzweise verstehst, was mich zum Ticken bringt."

Er schob seinen Hut zurück und begegnete ihrem trotzigen Blick. Trotz ihrer Worte störte es sie, dass er so wenig von ihr hielt. „Und jetzt fahr bitte", blaffte sie. „Norma Sue wartet auf uns."

Er blinzelte, und sie bereitete sich auf eine wenig freundliche Bemerkung vor. Soviel zu dem Schritt nach vorne, den sie am Tag zuvor beinahe getan hatten. Sie waren gerade fünf Schritte zurück gegangen, was sie anbelangte.

„Wie läuft es mit dem Pferd?", fragte sie, als er auf die Straße fuhr. Sie hatte keine Ahnung, warum sie versuchte, ein Gespräch mit ihm zu führen, doch trotz seiner mürrischen Stimmung konnte sie das Bild des sanften Mannes, den sie im Paddock gesehen hatte, nicht aus ihrem Kopf bekommen.

„Gut."

„Nicht mehr abgeworfen worden?"

„Nein."

„Zu schade", erwiderte Sheri, und als sie mit einem Lachen belohnt wurde, hörte ihr Herz fast auf zu schlagen. Sie sah ihm in die Augen – seine funkelnden Augen. Sie musterten einander für einen langen Moment. Pace' Lachen verstummte wie das langsame Donnern nach einem Sturm, doch Sheri sah es: sie sah das Aufflackern von Interesse in seinen Augen, bevor er es wegblinzelte.

„Das solltest du öfter machen", sagte sie und fragte sich, was diesen Mann zum Ticken brachte.

„Was meinst du?", fragte er und wandte seinen Blick wieder der Straße zu.

„Lachen. Oder bin ich die einzige, bei der du so zurückhaltend bist? Ich kann es verstehen, nachdem ich gestern so schrecklich war."

Er trommelte mit den Fingern auf dem Lenkrad. Eine unangenehme Stille lag zwischen ihnen. Sheri studierte sein Profil und wartete darauf, dass er etwas sagte. Sie wusste, dass sein Schweigen die einzige

Bestätigung war, die sie brauchte. Es war jetzt kein Lachen in ihm. Er starrte geradeaus wie eine in Stein gemeißelte Skulptur. Sein Gesicht bestand nur aus Kanten und scharfen Ebenen, ohne jede Weichheit. Sie dachte an sein Lächeln und wie es sein Aussehen veränderte. Sie mochte die Veränderung. Irgendetwas in ihr schmerzte beim Gedanken, dass er sie missbilligte. Sie hob das Kinn.

„Es ist nur so, dass ich nicht dasselbe suche wie du", sagte Pace.

„Was suche ich?" Sheri sah, dass seine grauen Augen ernst geworden waren.

„Du willst keine Familie gründen, dich nicht häuslich mit einem Mann niederlassen. Offensichtlich magst du dein Leben so wie es ist." Sein Blick wanderte in das Gelände, als sie sich der Straße näherten, die zu Norma Sues Haus führte.

Etwas blieb unausgesprochen in seinen Worten. Sie sah es seinen Augen ab, bevor er den Blick abwandte. Sheri runzelte die Stirn. „Warte, habe ich hier irgendwas nicht mitgekriegt? Mein Wunsch nach Freiheit sagt was Schlechtes über mich aus?" Sheri ballte ihre Hände zu Fäusten, und plötzlich brannte ihr Magen.

„Schau, Sheri, ich habe dieselbe Einstellung gehabt, die du jetzt hast, und es ist ein leeres Leben."

Sheri starrte ihn an und las seine Stimmlage anstelle seiner Worte. Sie fühlte sich, als hätte ihr Verstand Fehlzündungen. „Moment", blaffte sie, als er in der Einfahrt hinter Clints großem, schwarzem Truck anhielt. „Was willst du damit sagen?", fragte sie langsam.

Er richtete ernste Augen auf sie, und wenn sie nicht rotgesehen hätte, hätte es sie vielleicht berührt, dass er sich um sie sorgte.

„Es ist offensichtlich, dass du gerne datest und herumspielst. Es ist nicht an mir, dich zu verurteilen. Wie gesagt, ich war bis vor ein paar Monaten wie du."

„Wie kommst du denn auf diese Idee?" Sie stieß die Worte zwischen zusammengebissenen Zähnen hervor.

„Oh, komm schon, Sheri. Ich habe gesehen, wie dich alle Cowboys angesehen haben, als die Mustangs geliefert worden sind. Du warst eine Mae West da draußen und hast dich dabei sehr wohl gefühlt."

„Und?", knurrte sie, ihre Ohren heißer als Feuerwerkskörper und ihr Temperament kurz vor dem Überkochen.

„Schau, Sheri, wie schon gesagt, ich war in dieser Situation. Ich weiß, wie es ist, und ich möchte nicht dorthin zurück. Du tust gut daran, dasselbe zu tun", sagte er leise und stieg dann aus dem Truck.

Sheri starrte die geschlossene Tür an und fühlte sich, als wäre sie gerade geschlagen worden. Wie konnte er es wagen? Er dachte – er wagte zu denken – dass sie eine lose Weibsperson war. Nur weil er eine Vergangenheit hatte, nahm er an... ohhhh. Er kannte sie überhaupt nicht! Wütend wie sie war, blickte sie überrascht auf, als er ihre Tür öffnete und seine Hand ausstreckte, um ihr beim Aussteigen zu helfen.

Sie musterte ihn eisig von oben bis unten. „Oh, bitte", schnaubte sie, sprang von ihrem Sitz und stürmte davon. „Das Letzte, was ich brauche, ist, dass du mir die Tür aufhältst." Sie ging ein paar Schritte, wirbelte herum und stieß ihren Finger gegen seine Brust. „Halt dich von mir fern." Sie wandte sich zum

Gehen, wirbelte dann jedoch noch einmal herum. „Weißt du, du hast ganz schön Nerven, mich so zu beurteilen. Du kennst mich nicht. Du weißt überhaupt nichts über mich."

Sie war so gedemütigt, dass sie nicht wusste, ob sie die Bibelgruppe überstehen würde. Als sie zur Tür kam, atmete sie tief durch, um sich zu beruhigen und versuchte, ihre zitternden Hände unter Kontrolle zu bringen. Sie schloss die Augen, legte die Handflächen an ihren Bauch und rang um Fassung.

Als sie Schritte hinter sich hörte, klopfte sie heftiger an die Tür und forderte Norma Sue auf, die Tür schnell zu öffnen. Sie konnte Lachen durch die Fliegenschutztür hören. „Komm schon", flüsterte sie und wünschte sich, dass das Brennen in ihren Augen verschwand und sich die Tür öffnete, bevor Pace sie einholte und sah, wie sehr seine Worte sie verletzt hatten.

Pace beobachtete, wie Sheri Norma Sues Haustür aufriss, ohne darauf zu warten, dass sie hereingebeten wurde. Die Frau kochte, so wütend war sie. Nicht, dass er es ihr verdenken konnte. Er hatte eine Meinung geäußert, die besser unausgesprochen geblieben wäre. Obwohl ihr Leugnen wahrscheinlich darauf zurückzuführen war, dass es ihr peinlich war, konnte er nicht anders, als es zu bereuen. Er hatte sie verurteilt und er hatte nicht das Recht dazu. Wieder hatte er etwas gesagt, das er nicht hätte sagen sollen. Warum konnte er nicht den Mund halten, wenn er in ihrer Nähe war?

„Jetzt steh nicht nur da, Pace, komm rein!", rief Norma Sue und trat auf ihre Veranda. Sie hielt die Fliegenschutztür für ihn auf. Er blieb am Fuß der Treppe stehen, legte die Hand auf das Geländer und holte tief Luft. In Idaho würde er auf seinem Pferd sitzen und die Zäune abreiten oder sich eine Pfanne Bohnen auf einem offenen Feuer vor seiner Hütte kochen. Er würde nicht auf der Veranda einer süßen alten Dame von der Kirche stehen, ein fröhliches Gesicht aufsetzen und so tun, als hätte er eine gute Zeit.

Er war hier weit von seinem Element entfernt.

Er begann sich zu fragen, ob es eine so gute Idee gewesen war, nach Mule Hollow zu ziehen. Doch jetzt war er hier, und er würde damit leben müssen. Er nahm seinen Hut ab und ergriff die Tür direkt über Norma Sues grauem Haar. Es gab keine Entschuldigung für schlechte Manieren. „Nach Ihnen", sagte er und zwang sich zu einem Lächeln.

Sie strahlte ihn an. „Du hattest immer gute Manieren, mein Junge. Und es ist nett von dir, dass du Sheri mitgebracht hast."

Norma Sues Worte trafen ihn wie eine Ohrfeige und führten ihm vor Augen, was für ein Heuchler er war. Welche Manieren hatte er Sheri gegenüber an den Tag gelegt?

„Hey, alle zusammen", rief Norma Sue und betrat das Haus vor ihm. „Pace hat Sheri mitgebracht."

Pace blieb gleich hinter der Tür stehen, als sich alle umdrehten, um ihn anzusehen. Einschließlich Sheri. Als er sie ansah, fühlte er sich furchtbar, und ihm wurde bewusst, dass er sich nur umdrehen und zu seinem Truck zurückgehen musste. Er hatte nicht mit diesem allgemeinen Interesse gerechnet, als er nach

Mule Hollow gezogen war. Er schluckte schwer. Als Antwort auf die seltsame Bemerkung der alten Dame fiel ihm nichts ein. Er hatte seine Nachbarin mitgebracht. Was war das schon? Da es im Raum außerordentlich still war, zupfte er an seinem Kragen und wünschte sich, er hätte sein Halstuch getragen, um die Farbe zu verbergen, die er seinen Hals emporkriechen spürte.

Mit leuchtenden Augen lächelte Sheri plötzlich und überraschte ihn damit, da sie nur Augenblicke zuvor wütend genug gewesen war, ihn mit Blicken zu erdolchen.

„Norma Sue jetzt mach Pace doch nicht verlegen. Er hat nur den Chauffeur für mich gespielt. Du kennst mich doch, ich lasse mir eine Fahrt mit einem gutaussehenden Cowboy doch nicht entgehen."

Dann sah er es. Der Anflug von Herausforderung in ihren Augen und die kaum wahrnehmbare Schärfe ihrer Stimme. Er würde sich bei ihr entschuldigen müssen, aber nicht hier. Nicht einmal, wenn ihm klar war, dass das Lächeln auf ihrem Gesicht nur Schau und sie tatsächlich wütender als eine Hornisse war.

Esther Mae brach das Schweigen, als sie schnell aus der Küche geflogen kam, sich die Hände an der Schürze abwischte und so aussah, als hätte sie gerade im Lotto gewonnen. „Habe ich gehört, dass Pace dich hergebracht hat?"

„Du hast richtig gehört, Esther Mae", sagte Norma Sue, und Pace entgingen die Blicke nicht, die die beiden Frauen austauschten, bevor sie sich wieder ihm zuwandten.

Warum fühlte er sich plötzlich wie auf einer Fleischbeschau? „Jetzt steh nicht nur rum", sagte Norma Sue und ergriff seinen Arm. „Komm rein und lass uns anfangen."

Das Lachen in Sheris Augen war ihm auch nicht entgangen. Plötzlich hatte er das Gefühl, dass er hier der Angeschmierte war.

KAPITEL ACHT

In dem kleinen Wohnzimmer standen eine Menge Leute, während Norma Sue Pace herumschob und ihn allen vorstellte. Die ganze Zeit war er sich Sheris am Rand seines Blickfeldes bewusst. Zuerst unterhielt sie sich mit Lacy in der Ecke neben dem Eingang zur Küche. Sie lachten. Als Lacy den Raum verließ, ging Sheri mit ihr, und Pace fiel es schwer, sich auf die Gespräche zu konzentrieren, die um ihn herum geführt wurden. Er fragte sich, was Sheri vorhatte. Außerdem fraß sein Gewissen ein Loch in seinen Magen. Er war sich nicht sicher, was es mit dem plötzlichen Funkeln in Norma Sues und Esther Maes Augen auf sich hatte. Doch im Moment waren sie nicht seine Sorge. Er hatte Sheri verurteilt. Er musste immer wieder an die Worte denken, die er gesagt hatte, und jedes Mal, wenn er an sie dachte, fühlte er sich scheinheiliger.

Er hatte eine Vergangenheit, ja, doch nur, weil sie ein ähnliches Leben zu führen schien wie das, das er zurückgelassen hatte, bedeutete das nicht, dass er ein Recht hatte, Annahmen über sie zu treffen. Er brauchte frische Luft und Zeit zum Nachdenken und floh nach draußen, sobald sich ihm die Gelegenheit bot. Clint und Norma Sues Ehemann Roy Don saßen draußen an den hölzernen Eiscrememaschinen, und er war noch nie so glücklich gewesen, die Natur zu sehen, als er auf die Veranda hinter dem Haus trat und sie sah.

„Du siehst aus, als hättest du dein Limit sozialer Kontakte für einen Tag erreicht", bemerkte Clint grinsend.

„Du genießt mein Unbehagen ein bisschen zu sehr", sagte Pace trocken.

„Oh, glaub mir, das tue ich." Clints Lächeln wurde breiter.

Roy Don spuckte seinen Kautabak aus. „Ihr zwei habt noch nie eine Möglichkeit ausgelassen, euch am Elend des anderen zu weiden."

SEI MEIN, COWBOY

Pace und Clint hatten sich zahllose Stunden zusammen auf der Ranch herumgetrieben, als sie noch kaum Teenager gewesen waren. Beide hatten ihre Mütter verloren und hatten sich zusammengetan und gelernt, hart zu arbeiten und das Land zu respektieren. Sie hatten auch gelernt, Spaß während der Arbeit zu haben.

„Dafür sind Freunde da, nicht wahr, Roy Don? In guten wie in schlechten Zeiten", erwiderte Pace und bemerkte, dass Sheri aus der Tür kam.

Sie lächelte, und ihre Augen funkelten, als sie praktisch von der Terrasse joggte. Pace vergaß, was er gerade hatte sagen wollen. Clint machte eine Bemerkung, und Pace zwang sich, sich wieder seinem Freund zuzuwenden, der jetzt schmunzelte und ihn mit ahnungsvollem Blick beobachtete. Pace runzelte die Stirn, hatte aber keine Gelegenheit, irgendetwas zu leugnen. Trotz allem, was passiert war, musste er zugeben, dass Sheri eine schöne Frau war. Er war sich sicher, dass Clint gesehen hatte, dass er die Tatsache bemerkt hatte.

„Hey, Jungs", sagte sie und sah ihn amüsiert an.

Pace wurde sofort beunruhigt, als sie sich neben ihn stellte und lächelte. Niemand außer ihm wusste, dass sie verrückt genug war, ihn zu teeren und zu federn, wenn sich ihr die Chance böte.

„Norma Sue sagt, wir sollen das Eis mitbringen, damit wir mit der Bibelgruppe anfangen können."

Roy Don zwirbelte seinen Schnurrbart und grinste von Sheri zu Pace. „Sag ihr, wir sind auf dem Weg, kleine Lady."

„Mach ich", sagte Sheri langsam und zwinkerte Pace zu. Dann schwebte sie davon, als wäre sie wieder auf dem roten Teppich.

Was sollte das? Er kam zu dem Schluss, dass mit Sheris vielen Persönlichkeiten schrittzuhalten harte Arbeit war. Verwirrt rieb er sich den Nacken und wusste genau, dass Roy Don und Clint ihn anstarrten. Mit schwirrenden Gedanken blickte er Sheri nach, bis sie im Haus verschwand. „So ist es also. Willst du mir und Clint hier helfen oder den ganzen Nachmittag die Tür angaffen wie ein verliebtes Hündchen?", fragte Roy Don.

Pace konnte das Lachen im gedehnten Texas-

Akzent des älteren Mannes hören. „Immer langsam. Kommt bloß nicht auf dumme Gedanken ihr zwei", warnte er streng.

„Sohn", sagte Roy Don lachend. „Es sind nicht Clint und ich, um die du dir Sorgen machen musst. Hast du das noch nicht begriffen?"

In diesem Augenblick wurde er sich des Ausdrucks, den er auf Norma Sues und Esther Maes Gesichtern gesehen hatte, bewusst, und er hatte das beunruhigende Gefühl, dass Roy Don mehr als recht hatte.

Sheri ging zu Pace' Truck und wartete darauf, dass er sein Gespräch mit Clint beendete. Der Abend war voller Überraschungen gewesen, und ehrlich gesagt schämte sie sich ein wenig. Das waren eine Bibelgruppe und ein Überfall, beides in ein hübsches, ordentliches Paket geschnürt. Etwas daran passte ihr einfach nicht.

Nicht, dass sie es geplant hätte, doch sie hätte es selbst nicht besser einfädeln können. Jetzt, da sie wusste, was er von ihr dachte, fühlte sie sich geradezu ein bisschen rehabilitiert.

Dass Pace sie hatte mitfahren lassen, war der Katalysator gewesen, den sie gebraucht hatte, um ihren Plan in Gang zu setzen, und jetzt würde er sehen, dass das, was sie in Gang gesetzt hatte, nicht mehr zu stoppen sein würde. Von nun an musste sie nur noch ab und zu ein wenig Benzin ins Feuer gießen, und die alten Damen würden den Rest erledigen. Sie hatte ihn gebeten, bei ihrem Plan mitzuspielen, um ihnen eine Lehre zu erteilen, sich in ihr Leben einzumischen, doch seine Kooperation hatte sich zwischenzeitlich als unnötig erwiesen.

Sie sah zu, wie Pace auf den Truck zuging, und rang jegliche Reue, die sie empfand, nieder. Er hatte sie beleidigt, und das war die ultimative Vergeltung. Es war wahr, sie datete gerne. Sie ging gern essen, ins Kino. Sie liebte Picknicks. Wandern. Sie genoss einen guten Kuss. Das machte sie aber nicht zu einer Ausreißerin. Sie hatte Moral. Sie hatte Grenzen, und wer war er, dass er hier aufkreuzte und sofort schlecht über sie dachte? Sie verschränkte die Arme und blickte geradeaus, als er in den Truck stieg. Sie hätte sich von jemand anderem nach Hause fahren lassen können, doch es machte zu viel Spaß, seine Reaktionen zu beobachten. Es war so amüsant, dass sie ihren Ärger auf ihn beinahe hätte vergessen können.

Sie wartete darauf, dass er etwas sagte, als er seinen Sicherheitsgurt anlegte, doch er würdigte sie nicht einmal eines Blickes. Stattdessen lenkte er den Truck vorsichtig aus der Einfahrt und fuhr los.

Sie saß in der Dunkelheit und spielte mit verschiedenen Konversationsideen, empfand jedoch nicht das Bedürfnis, Smalltalk mit ihm zu betreiben. Keine Notwendigkeit, die Stimmung zu verändern. Er fühlte sich unwohl, wahrscheinlich verwirrt. Sie hatte den ganzen Abend beobachtet, wie die anderen ihn mutmaßend ansahen, und der arme Mann hatte keine Ahnung, was auf ihn zukam. Ja, sie konnte sehen, dass er auf einer gewissen Ebene vermutete, was los war, doch er hatte wirklich keine Ahnung, welche Räder gerade in Bewegung gesetzt worden waren.

Gut. Es geschah ihm Recht da oben, auf seinem hohen Ross.

Vielleicht würde er jetzt sehen, was sie meinte, wenn sie sagte, dass jeder das Recht auf Entscheidungsfreiheit hatte. Er war im Begriff, seine eigene, sehr anschauliche Lektion zu erhalten, und er konnte davon nur profitieren.

„Du wirst mir nicht erzählen, was da bei Norma Sue vor sich gegangen ist, oder?", sagte er schließlich.

„Wo läge da der Spaß für mich, wenn ich dich mit der Nase darauf stoßen würde?"

Es folgte eine schwere Stille.

„Falls es irgendeinen Wert hat... ich hätte dich nicht so verurteilen sollen."

Sie richtete sich auf. „Du hast recht. Es ist nichts wert." Oh, war sie wütend.

Zu ihrer Überraschung fuhr er den Rest des Weges, ohne noch etwas zu sagen. Wie beleidigend ... er hatte ihr eine halbherzige Entschuldigung angeboten, und dann hatte er einfach aufgegeben.

Nicht, dass sie seine Entschuldigung akzeptiert hätte – doch er hätte es wenigstens nochmal versuchen können.

Geschickt manövrierte er seinen großen Truck um

ihren Jeep, der die Einfahrt blockierte, herum. Sobald er anhielt, sprang sie aus dem Wagen und stapfte auf das Haus zu, froh von ihm wegzukommen.

Nicht, dass es ihn interessierte. Er hatte bereits wieder zurückgesetzt, kaum, dass ihr Fuß den Boden berührt hatte. Noch nie in ihrem Leben war sie so unlogisch behandelt worden.

Sie musste sich bemühen, sich nicht umzudrehen, um ihm böse hinterherzublicken. Doch diese Befriedigung würde sie ihm auf keinen Fall geben. Sie machte lediglich murmelnd ihrem Frust Luft, bis sie zu ihrer Tür kam, und knallte sie hinter sich zu. Er war schon lange weg, und sie musste sich keine Sorgen machen, dass er sie störte. Es war ihr klar, warum dieser Mann immer allein in der Wildnis gelebt hatte. Dort gehörte er hin.

Sheri erwachte so säuerlich, wie sie sich gefühlt hatte, als sie in der Nacht zuvor unter die Bettdecke gekrochen war. Sie warf einen Blick auf die Uhr und fühlte sich noch mürrischer. Sie musste um zehn im

Salon sein, und es war erst sechs. Sie war erst nach Mitternacht eingeschlafen, sodass früh aufzuwachen nicht gerade zu ihrer guten Laune beitrug. Wie konnte der einfache Plan, ein paar Regeln in Mule Hollow einzuführen, ihr die furchtbaren Kopfschmerzen einbringen, die sie hatte? Kopfschmerzen, die abgewetzte Stiefel, klirrende Sporen und ein Halstuch trugen, das sie gerne zu einem Galgenstrick um seinen hübschen Hals wickeln würde.

Sie versuchte, ihn aus ihren Gedanken zu vertreiben, und zog die Decke über ihren Kopf, doch Pace Gentry ließ sie nicht los. Er quälte sie!

Also gut, er … interessierte sie. So unhöflich wie er war, konnte sie ihn einfach nicht aus ihren Gedanken verbannen. Sie schloss die Augen und öffnete sie, als sie ein seltsames Geräusch hörte. Sie setzte sich auf, schwang ihre Füße aus dem Bett und stolperte zum Schlafzimmerfenster mit Blick auf den Vorgarten.

Sie rieb sich die Augen. Unter ihrem Jeep ragten zwei Stiefel hervor.

Pace' Truck, der vor ihrem Haus parkte, sagte ihr

genau, wem die Stiefel gehörten. Fluchend und murmelnd stapfte sie zum Schrank, zog sich an und stürmte nach draußen, um zu sehen, warum er mit ihrem Auto herumfummelte.

„Entschuldigung", sagte sie zu seinen Beinen. „Darf ich so kühn sein, nachzufragen, was du unter meinem Fahrzeug zu suchen hast?" Sie verschränkte die Arme und scharrte mit ihrem nackten Fuß im Staub, während sie darauf wartete, dass er sein Gesicht zeigte. Das Gesicht, an das sie die ganze Nacht gedacht hatte, ob sie es gewollt hatte oder nicht.

„Gib mir den Schraubenschlüssel, bitte."

Sie runzelte die Stirn. Hatte er sie nicht gehört? Sie sah sich um, nahm den Schraubenschlüssel vom Kotflügel und schlug ihn in die Hand, die er ihr entgegen streckte.

„Autsch", sagte er, schaffte es aber, das Werkzeug festzuhalten.

Sie biss sich auf die Innenseite ihrer Lippe. Ihm wehzutun hatte ihr nicht die Befriedigung gegeben, auf die sie gehofft hatte, und sie schämte sich ein bisschen.

Darf ich dich daran erinnern, dass dieser Mann dich im Grunde genommen eine lose Weibsperson genannt hat? Richtig. Bei diesem Gedanken sah sie sich nach etwas Größerem um, mit dem sie ihn schlagen konnte. Sie entdeckte einen ziemlich großen Ast auf der anderen Straßenseite und stürmte darauf zu.

„Jetzt sollte er wieder funktionieren."

Seine leise Stimme ließ sie innehalten, und sie empfand ein wenig Reue angesichts ihrer Feindseligkeit. Sie wirbelte herum und war überrascht, als er bereits mit dem Rücken zu ihr stand und die Motorhaube schloss. Er trug ein hellgraues T-Shirt, das über seinem Rücken spannte. Am Stoff hingen Sand und Grashalme, die jeden sehnigen Muskel perfekt betonten, als er die Motorhaube schloss. Sie hatte den plötzlichen Drang, ihn abzuklopfen. Er drehte sich zu ihr um und begegnete ihrem Blick. Es war nicht fair, dass er so umwerfend war. Er hatte sich an diesem Morgen nicht rasiert, und sie musste den Kloß hinunterschlucken, der sich in ihrem Hals bildete, als sie bemerkte, dass sein T-Shirt die tieferen Töne seiner Augen unterstrich.

„W-was machst du hier?", brachte sie heraus, stemmte ihre Fäuste in die Hüften und ignorierte das

Stolpern ihres Herzens.

„Schau, Sheri. Was ich gestern gesagt habe, war unangemessen. Doch das sage ich dir anscheinend ständig. Ich habe ein paar Sachen gesagt, die ich nicht hätte sagen sollen. Ich habe dich beleidigt, und ich hatte kein Recht dazu. Wie ich bereits gesagt habe, habe ich mich vom ersten Moment an schlecht benommen. Ich habe dich verurteilt, und du hast Recht, ich kenne dich nicht." Er fuhr sich mit einer Hand durch die Haare.

Sheri folgte der Bewegung, blieb aber an seinen Augen hängen. Sie waren heute nicht hart wie Stahl, sondern weich wie Taubenfedern.

„Ich bitte dich um Vergebung."

Sie ging zu ihrem Jeep und strich mit einem Finger über die Motorhaube. Er hatte sich Mühe gegeben, und das hatte zufolge, dass sie dasselbe tun musste, ob sie bereit war oder nicht. Sie blickte zur Seite, sah wieder in seine Augen und bemerkte, dass sie bereit war. Mehr als bereit.

„Du hast meinen Jeep repariert?", fragte sie. Er nickte und ließ seinen Blick über ihr Gesicht gleiten. Ein Schauer durchlief sie. Sheri trat von ihm weg und war sich sehr bewusst, wie nahe sie beieinander gestanden hatten.

„Okay, ich vergebe dir. Aber jetzt brauche ich einen Kaffee", sagte sie und wandte sich ab, da sie plötzlich das verzweifelte Bedürfnis empfand, Distanz zwischen sich und die verlockende Anziehung seiner Augen, dieses Lächeln und diese Muskeln zu schaffen. Sie lief schnell über den Rasen. „Willst du eine Tasse oder nicht?", rief sie und warf einen Blick über die Schulter, sobald sie sich ein paar Schritte von ihm entfernt hatte. Sie sagte sich, dass alles zu ihrem Plan gehört, doch als er eine Braue hob und seine Augen im frühen Morgenlicht glitzerten, wurde ihr Mund trocken, und sie musste sich dazu ermahnen, sich zu konzentrieren.

„Kaffee?", sagte er. „Hört sich gut an."

Wow, dachte sie, wenn er weiter so viel sprach, würde er sich nicht in Schwierigkeiten bringen. Als sie ihn über den Rasen auf sich zukommen sah, lächelte sie, als ein Gefühl der Vorfreude in ihr erwachte

Kupplerinnen in Mule Hollow, passt auf, dachte sie. Die Spiele waren eröffnet. Und sie würden definitiv interessant werden.

KAPITEL NEUN

Pace folgte Sheri mit gemischten Gefühlen in ihr Haus. Er wollte mit ihr reden, um seinen verbalen Fehltritt wieder gut zu machen, darum war er bei Tagesanbruch gekommen, um ihren Jeep zu reparieren, in der Hoffnung, sie zu sehen, bevor sie zur Arbeit ging. Er musste ihr ein paar Dinge erklären, denn er wollte, dass sie verstand, warum er sich so oft wie ein Idiot benahm.

Seltsamerweise schien alles kopfzustehen, wenn er in Sheris Nähe war. Er bemerkte, dass er sich in ihrer Nähe unberechenbar benahm. Es war beunruhigend für einen Mann, der sonst immer die Kontrolle über alles hatte. Diese Sache mit Sheri brachte ihn auf unbekanntes Gebiet.

„Setz dich", sagte sie, sobald sie die helle, weiße Küche betraten. „Und sei gewarnt, ich bin kein Morgenmensch."

Er lehnte sich gegen den Türrahmen, da es ihm unangenehm wäre zu sitzen, während sie stand. Er beobachtete sie, als sie die Glaskanne aus der Kaffeemaschine holte, sich umdrehte und sie unter den Wasserhahn hielt. Während sie darauf wartete, dass das Wasser einlief, streckte sie ihren Rücken und beugte sich nach links und rechts, bevor sie mit zusammengezogenen Brauen über ihre Schulter zu ihm blickte.

„Bitte setz dich. Du machst mich nervös, wenn du so hinter mir stehst."

Er zog einen Stuhl unter dem Tisch hervor und setzte sich. Sie war ein launisches Ding. Süß, aber launisch.

„Also", sagte sie, drückte den Knopf an der Kaffeemaschine und drehte sich mit verschränkten Armen zu ihm um. „Solange wir zur Abwechslung mal mit einander reden, erzähl mir von dir."

„Du sagst das, als würde es nicht lange anhalten.

Weißt du was, was ich nicht weiß?" Einen Moment lang glaubte er zu sehen, wie sie zusammenzuckte.

„Ähm, nein, ich bin nur neugierig."

Er musterte sie. Sie war in der Defensive. Das konnte er ihren Augen ansehen. Die Frage war warum? „Warum habe ich das Gefühl, dass du etwas zu verbergen hast?"

„Hey, du bist heute Morgen hergekommen und hast die weiße Flagge geschwenkt. Schon vergessen? Also erzähl, Kumpel." Das hätte ihn fast zum Lachen gebracht. Sie war sarkastisch, doch da war etwas an ihr, etwas, das er gestern gesehen hatte. Er hatte es nur einen Moment lang gesehen, als sie aus seinem Wagen gesprungen war, doch Sheri Marsh war durch seine Bemerkungen verletzt worden. Es hatte ihn überrascht. Er hatte sich geschämt, und es war einer der Gründe, warum er hergekommen war. Sheri faszinierte ihn mit ihrer fast chamäleonartigen Art – doch diese Gedanken verdrängte er. Er wollte seine Nachbarin nicht analysieren. Er war gekommen, um Frieden zu schließen, ein reines Gewissen zu bekommen und dann nach Hause zu gehen und sich um seine

163

Angelegenheiten zu kümmern.

Im Raum war kein Laut zu hören außer dem Ticken der Uhr und dem Gurgeln der Kaffeemaschine. „Du willst, dass ich rede? Worüber?" Er wusste nicht, worüber er mit ihr sprechen sollte.

„Ich weiß, dass du nicht gerne redest. Erzähl mir von…"

Pace beobachtete sie beim Denken. Ihre Augen funkelten so, dass er wieder darüber nachdenken musste, wie schön sie war. *Tu das nicht, Gentry.*

„Kaffee", platzte sie plötzlich heraus. „Wie hast du den da oben in deiner Hütte in Idaho gemacht?" Er verschränkte die Arme und lehnte sich in dem Stuhl zurück, während er ihr in die Augen sah. „Meistens auf einem offenen Feuer."

„Du hattest keinen Herd?"

„Ich hatte einen Gasbrenner, aber wenn man mitten im Nirgendwo ist und der nächste Ort, an dem man Propan kaufen kann, mehr als hundert Meilen über schlechte Straßen entfernt ist, geht man sparsam damit um. Außerdem mag ich, wie Kaffee vom Feuer schmeckt."

„Vermisst du es?"

„Kaffee auf offenem Feuer? Ja."

„Nein, Knalltüte. Idaho. In dieser Hütte ganz weit draußen zu leben?"

Als er kaum merklich nickte, überkam ihn eine Welle der Sehnsucht. „Ja." *Mehr als du dir vorstellen kannst.*

Sie setzte sich auf den Stuhl ihm gegenüber und stützte ihr Kinn auf ihre Faust. Ihre Augen schimmerten wie Honig, der in der Sonne erwärmt wurde. Als Pace ihr in die Augen blickte, fragte er sich plötzlich, wie es wäre, Sheri zu küssen.

Für Pace ging es bei ihrer Schönheit nicht um Perfektion. Das Faszinierendste an Sheri Marsh war ihre Einstellung. Diese *So-bin-ich-nimm-es-oder-lass-es*-Haltung ... er war sich nicht sicher, ob er es ihr ganz abnahm. Er fragte sich, was es mit dieser Widerborstigkeit auf sich hatte. Er hatte die ganze Nacht darüber nachgedacht. Etwas an Sheri Marsh passte nicht.

Trotzdem sagte er sich zum wiederholten Mal, dass es nicht an ihm war, herauszufinden, was es war.

„Wenn du es so geliebt hast, dann verstehe ich nicht, warum du hier bist. Lacy sagte, du wärst unter Zwang hier."

Die Erkenntnis, dass sie mit Lacy über ihn gesprochen hatte, hätte ihn irritieren können. Doch jetzt störte es ihn nicht. „Schau, ich bin hergekommen, um dir zu sagen, dass ich mich falsch verhalten habe. Es ist schwieriger, mich daran zu gewöhnen, Menschen um mich zu haben, als ich erwartet habe. Das ist natürlich keine Entschuldigung, aber–"

„Warte! Auszeit ...", rief Sheri und schoss vom Tisch auf. „Erst Kaffee. Mein Verstand kann das Ausmaß von dem, was du sagst, nicht ohne eine Hallo-Wach-Tasse erfassen. Wie trinkst du deinen?"

„Schwarz."

„Meine Art von Mann." Sie lachte. „Ich stehe zwar auf Süßes, aber Kaffee muss schwarz sein."

Pace lachte. Sie wirbelte herum und schwappte dabei Kaffee auf den Boden.

„Ruft einen Arzt! Pace Gentry hat gelacht."

„Kommt vor. Aber wenn du weiter so mit dem heißen Kaffee hantierst, rutschst du womöglich noch aus, und wir brauchen einen Arzt für dich."

„Versuch nicht, das Thema zu wechseln. Du hast gelacht. Wow."

Sie goss den Kaffee in zwei Humpen und tänzelte um die verschüttete Flüssigkeit herum. „Ich wische es weg, wenn ich besser funktioniere", sagte sie und stellte seinen Humpen vor ihm ab, bevor sie ihren Platz einnahm und sich ihre Tasse unter die Nase hielt und schnupperte.

Pace zwang sich, den Blick auf seinen Kaffee zu senken. Er war nicht hergekommen, um seiner Fantasie freien Lauf zu lassen, während er Sheri beobachtete. Er war hergekommen, um sich zu entschuldigen und wieder zu gehen. Daran hatte sich nichts geändert.

Sie tranken einige Minuten lang schweigend ihren Kaffee. Er dachte, wenn der Kaffee ihr so viel bedeutete, war es gut, sie ihn zumindest ein paar Augenblicke in Ruhe genießen zu lassen.

„Okay, weiter geht's. Du hast gesagt, es fällt dir schwer, dich an Menschen zu gewöhnen."

Sie hatte zugehört. Er hob eine Augenbraue und musterte sie über den Rand seiner Tasse. „Ich dachte nur, du solltest das wissen, nachdem ich schon gestern versucht habe, es zu erklären. Es ist nicht persönlich gemeint." Das stimmte nicht ganz. „Jedenfalls nicht wirklich. Dass ich unterstellt habe, dass du eine lose Frau bist, war vollkommen unangebracht. Ich weiß nur, was ich gesehen habe, und du siehst aus, als hättest du Spaß –"

Sie richtete ihren Blick auf ihn und stellte ihren Kaffee mit einem dumpfen Schlag ab. „Das hat dich auf die Idee gebracht, dass ich eine lose Weibsperson bin? Dass ich Spaß habe?"

„Mit Cowboys."

„Du meinst mit Männern. Jetzt geht das schon wieder los. Ich verstehe genau, was du sagst. Ich mag es nur nicht. Letzte Nacht nicht und heute Morgen auch nicht."

Er formulierte das alles falsch. „Schau, ich versuche ja, es zu erklären. Das Problem liegt nicht bei dir. Es ist bei mir. Ich habe eine ziemlich ... *lebhafte* Vergangenheit, was Frauen angeht. Und wenn ich nach Monaten des Alleinseins in die Stadt gekommen wäre und dich so gesehen hätte, hätte ich dich für Freiwild gehalten. Es tut mir leid, doch für mich sah es so aus."

Sie kniff die Augen zusammen. Wieder nicht richtig formuliert. Er war im Begriff, seine Entschuldigung zu verpfuschen. „Jetzt reg dich bitte nicht wieder auf. Ich habe ja gesagt, dass es an mir liegt, nicht an dir."

„Und ich soll mich jetzt besser fühlen? Auch wenn du es vielleicht nicht glaubst, habe ich Normen."

„Das weiß ich. Siehst du nicht, dass der äußere Schein–"

Sie sprang auf. „Ich sehe reichlich, Buckaroo."

Pace fuhr sich mit der Hand über das Gesicht und wünschte sich seinen Hut, der auf dem Beifahrersitz seines Trucks lag. Wenn er seinen Hut hätte, könnte er ihn tief über seine Augen ziehen und ihren vorwurfsvollen Blick ausblenden. Genau deshalb mochte er Einsamkeit. Keine Erklärungen. Niemand anderen begreifen müssen.

Er schob seinen Stuhl zurück und stand auf. Es war Zeit, zu seinen Pferden zurückzukehren. Zumindest bei denen wusste er, was er tat. Wenn er bei Sheri war, hatte er das Gefühl, nichts zu verstehen.

Überhaupt nichts. „Schau", sagte er und sah sie direkt an. Sie stand starr da, eine Herausforderung im Blick. Diese Frau machte ihn verrückt. „Du musst dir keine Sorgen machen. Ich bin hier fertig. Ich muss arbeiten, also gehe ich. Aber eines will ich noch wissen: was ist da gestern Abend bei Norma Sue passiert ... abgesehen von der Tatsache, dass ich dich wütend gemacht habe?"

Sie überraschte ihn mit einem Lächeln. „Oh das. Lass uns einfach sagen, dass du kurz davor stehst, Bekanntschaft mit den örtlichen Kupplerinnen zu machen."

„Und was soll das bitte heißen?"

Sie verschränkte die Arme, und ihr Lächeln ließ nach, doch ihre Augen lachten. „Oh, ich könnte es unmöglich erklären. Ich könnte das Falsche sagen. Ich will dir keine Angst machen."

Die Frau machte ihn fertig. Es war unmöglich, eine normale Unterhaltung mit ihr zu führen. Es war offensichtlich, dass sie ihn nicht vergessen lassen würde, dass er sie wieder beleidigt hatte. Wenn er in ihrer Nähe war, fühlte er sich, als hätte er seine Stiefel

verkehrt herum an. Völlig verwirrt ging Pace zur Tür.
„Danke für den Kaffee", sagte er, dann zog er die Tür
hinter sich zu und ging.

Er war hergekommen, um die Brücke zu
reparieren, die er verbrannt hatte, und um
herauszufinden, was bei Norma Sue passiert war.
Beides war ihm nicht gelungen.

KAPITEL ZHEN

Sheri und Lacy gingen zum Mittagessen in Sam's Diner. Sie waren beide den ganzen Morgen im Salon beschäftigt gewesen, und Sheri war am Verhungern, auch wenn das nichts Neues war. Es verblüffte sie immer noch daran zu denken, wie sehr ihr Geschäft wuchs. Sie wurde zwar nicht reich, doch sie genoss es.

„Hey, Applegate, hey, Stanley", rief sie beiden alten Männern zu.

„Ich glaube, sie haben ihre Hörgeräte abgestellt", flüsterte Lacy und setzte sich in eine Nische in der Nähe der Küchentür. „Das, oder was immer sie vor sich hin tuscheln, ist von überragender Wichtigkeit."

Jeder wusste, dass die beiden älteren Männern

immer mit irgendetwas beschäftigt waren. Sie hatten kürzlich selbst einen Kuppelversuch gestartet, doch der war ordentlich in die Hose gegangen. „Hey, Sam", rief sie, als er auf seinen dünnen, kurzen Säbelbeinen auf sie zu kam. „Ich bin am Verhungern. Was gibt's heute Leckeres?"

„Sam, behalt sie im Auge", warnte Lacy. „Sie benimmt sich heute besonders eigenartig, und du weißt, wie hungrig sie wird, wenn ihre Verrücktheit rauskommt."

Lacy schnitt eine Grimasse in Sheris Richtung, und Sheri nahm an, dass sie gleich über das, was zwischen ihr und Pace vor sich ging, verhört werden würde. Sheris Magen verknotete sich.

„Ich habe Enchiladas gemacht und extra welche für dich beiseitegestellt, Sheri, da ich ja weiß, wie sehr du die magst. Sogar an Tagen, an denen du nicht verrückt bist."

„Das ist mein Mann", seufzte Sheri und konnte bereits seine köstlichen Enchiladas schmecken. Sam's Version war besonders scharf und schwamm in der Regel in einem See von Queso.

„Das ist nicht dein Mann. Er ist Adelas Mann",
polterte Applegate. So viel dazu, dass sein Hörgerät
ausgeschaltet war.

„Sie hat nur Spaß gemacht, App", sagte Stanley.

Sam verschränkte die Arme und starrte sie an.

„Ihr zwei bleibt einfach da drüben sitzen und
haltet die Klappe. Ich habe euch schon bevor Sheri und
Lacy reingekommen sind gesagt, dass ich kein Wort
mehr von euch hören will, solange meine Mittagsgäste
hier sind."

Sheri und Lacy sahen einander an. Lacy zog eine
Augenbraue hoch, und Sheri erwiderte die Geste.

„Ihr Jungs fangt doch nicht wieder an zu zanken,
oder?", fragte Sheri. Sie waren gerade über einen Streit
hinweggekommen, der die beiden alten Damespieler
für ein paar Wochen in die Verbannung in Petes
Futterladen geschickt hatte. Es hatte den armen Pete
fast um den Verstand gebracht. Sheri war sich nicht
sicher, ob zwischen den drei langjährigen Freunden
alles in Ordnung war, doch bei diesen alten Männern
war es schwer zu sagen, wann sie böse aufeinander
oder einfach nur ihr normales, kampflustiges Selbst

waren. Sheri dachte an Pace und kam zu dem Schluss, dass gewisse Männer einfach schwer zu lesen waren.

„Sag ihm, dass er nicht jünger wird und wir auch nicht. Wenn er Adela jemals bitten will, ihn zu heiraten, muss er es bald tun", sagte Applegate wütend in Sams Richtung.

„Ja, wir haben ihm fast zwei Monate Zeit gegeben, um sich am Riemen zu reißen, und was hat er getan? Nichts." Stanley schüttelte seinen kahlen Kopf.

Sheri unterdrückte ein Schmunzeln. Ohne zu antworten machte Sam ein finsteres Gesicht und stürmte in die Küche.

„Ihr Jungs macht Sam noch vollkommen verrückt", sagte Lacy. „Wirklich, er und Adela haben alles im Griff."

„Das denkst du vielleicht. Wir sind seine Freunde. Es gibt keinen Grund auf der Welt, warum sich dieser Mann den einen Traum, den er je in seinem Leben hatte, nicht erfüllt und Adela bittet, ihn zu heiraten." Applegate stand auf und setzte seinen Cowboyhut auf als Zeichen, dass er gehen wollte.

Stanley folgte ihm. „Ja, wir dachten uns, wenn wir

ihn verrückt machen, bringen wir ihn dazu, es endlich zu tun. Wir wissen jetzt, dass wir keine Kuppler sind, aber wir sind ziemlich gute Damespieler."

„So ist es", nickte Applegate, als er an ihnen vorbei zur Tür ging. „Und ein Damespiel gewinnt man, indem man seinen Gegner in eine Ecke drängt, aus der er nicht wieder herauskommt."

Stanley zwinkerte ihnen zu. „Glaubt mir, wenn App eines weiß, dann wie man beim Damespiel verliert."

„Das habe ich gehört."

„Ja, aber ich höre nicht, dass du es leugnest." Sie zankten den ganzen Weg zur Tür.

„Die hören nie auf", lachte Lacy, als die Tür hinter ihnen ins Schloss fiel.

„Nein, aber du weißt, dass sie Recht haben könnten. Armer Sam."

„Den armen Sam kannst du steckenlassen", blaffte Sam, als er mit zwei Tellern dampfendem Essen aus der Küche kam. Der Duft reichte, um Sheris Geschmacksknospen in Habachtstellung zu versetzen. Sie war froh, dass sie und Lacy vor dem

Mittagsansturm hergekommen waren, denn auch, wenn er ihr welche beiseitegestellt hatte, würden Sams Enchiladas eine Horde hungriger Cowboys nicht lange überleben.

„Sam, mein Guter", seufzte sie, als er den Teller vor ihr abstellte. „Ich liebe dich. Wie wäre es, wenn du und ich heiraten und es den Kupplern zeigen, die versuchen, unser Leben zu *verbessern*?"

Sam runzelte die Stirn. „Iss", brummte er, machte kehrt und marschierte zurück in die Küche.

Sheri blinzelte in Richtung Schwingtür. „Junge, in letzter Zeit hat er aber wirklich Null Sinn für Humor."

„Oh, die Liebe ...", trällerte Lacy.

Lacy liebte es, über die Liebe zu singen. Sheri verdrehte die Augen. „Krieg dich wieder ein. Ich muss essen."

Lacy warf ihr einen Blick zu. „Iss, aber dann erzählst du mir alles über das, was zwischen dir und dem Cowboyadonis läuft, nachdem er schon im Morgengrauen bei dir auftaucht, um deinen Jeep zu reparieren. Ich muss sagen, dass ich das schon meilenweit kommen gesehen habe."

„Nichts läuft. Naja, so gut wie nichts."

„Okay, *das* musst du jetzt genauer erklären."

„Naja, er ist ein Adonis – das kann man nicht leugnen, auch wenn ich es versucht habe. Aber das ändert nichts an der Tatsache, dass er mir wirklich unter die Haut geht. Ich meine, ist es zu fassen, dass er mich tatsächlich für eine lose Weibsperson hält? Ein Flittchen quasi." Sie spürte, wie ihr Blutdruck anstieg, als sie wieder darüber sprach. Sie hatte den größten Teil des Morgens gebraucht, um sich zu beruhigen. „Nachdem er meinen Jeep repariert hat und ich ihn auf eine Tasse Kaffee eingeladen habe, kann er von Glück sagen, dass er heute Morgen lebend aus meinem Haus gekommen ist. Ich war kurz davor, ihm die Kaffeekanne ins Gesicht zu werfen. Was? Warum schaust du mich so an?"

Lacy grinste so breit, dass ihre blauen Augen tanzten.

„Hör auf damit." Sheri hob ihre Hand. „Diesen Gedanken lässt du sofort bleiben. Du weißt, dass ich ziemlich bösartig sein kann, wenn ich meine Rachegelüste zulasse. Es ist nichts falsch daran, dass ich Single bleiben will."

„Du bist diejenige, die mich dazu gedrängt hat, was Clint angeht, meinem Herzen zu folgen. Was macht dich anders? Komm schon, Sheri. Ich bin glücklich, und ich möchte, dass du es auch bist."

„Ich *bin* glücklich, Lacy. Es war dir vorherbestimmt, dass du Clint Matlock heiratest. Jeder konnte es in dem Moment sehen, als ihr euch das erste Mal begegnet seid. Ich – nein, mir ist das nicht bestimmt", schnaubte sie und schlug mit der Hand auf den Tisch. „Du weißt, wie meine Eltern waren – wie sie sind. Nichts hat sich verändert. Es dürfte nicht mehr lange dauern, dass einer von ihnen die nächste Scheidung einreicht."

„Sheri, das hat nichts mit dir zu tun."

„Lacy Matlock, von allen Menschen solltest gerade du wissen, wie ich bin."

„Wetten, dass ich es tue? Du bist die beste, treuste und unterstützendste Freundin, die ein Mädchen haben kann. Verstehst du das nicht, Sheri? Ich bin mir nicht sicher, was genau mit dir los ist, aber eines Tages wirst du all deine wunderbaren Eigenschaften akzeptieren und die fantastischste Ehefrau der Welt für den einen Mann abgeben, in den du dich bis über beide Ohren verliebst."

„Lass stecken, Lacy. Du weißt schon, mit wem du hier sprichst, oder? Spar dir das Cheerleading für jemand anderen."

Lacys Augen schienen direkt in Sheris Seele zu blicken. „Alles, was ich über dich gesagt habe, ist wahr, Sheri. Du bist etwas Besonderes."

„Neun Scheidungen, Lacy. Neun. Mit so einem Genpool und so gerne, wie ich mir Männer ansehe…"

„Du hörst dich an wie eine Schallplatte mit einem Sprung, Sheri–"

„Lacy, komm schon. Du kannst mich nicht zwingen, heiraten zu wollen."

„Also, das ist auch wieder wahr." Lacy seufzte und lächelte dann. „Aber ich kann nach dem Richtigen Ausschau halten, der kommt und deine Meinung ändert. Denn ich sage dir, es gibt jemanden, der etwas Besonderes für dich ist, und auch für dich ist eine dauerhafte Bindung möglich. Ich kann es spüren. Du weißt, was passiert, wenn ich ein gutes Gefühl für etwas habe, besonders, wenn jedes Mal die Funken fliegen, wenn du den Namen eines bestimmten Cowboys erwähnst."

Die Tür des Diners schwang auf, als Lacy sprach, und Norma Sue kam herein, dicht gefolgt von Esther Mae und Adela.

„Habe ich was von fliegenden Funken gehört?", fragte Norma Sue, als sie zu Sheri auf die Bank rutschte, ohne auf eine Einladung zu warten.

Jetzt geht das schon wieder los, dachte Sheri. Ihr Plan hatte gerade einen kleinen Fortschritt gemacht, doch sie musste dafür sorgen, dass es gut aussah. Sie würden ihr nicht glauben, wenn sie sich zu sehr für Pace interessierte.

„Funken", sagte sie. „Es gibt keine Funken."

Esther Mae war fast so rot wie ihre Haare, so aufgeregt war sie. „Sheri, wir haben dich gestern Abend bei Norma Sue gesehen. Du kannst uns glauben, sowas kann man nicht verbergen. Die Art, wie er dich beobachtet hat, so nachdenklich und intensiv."

Sheri war zum Triumphieren zumute, doch sie

runzelte die Stirn, schob sich einen riesigen Bissen Enchilada in den Mund sagte kein weiteres Wort.

Das brauchte sie nicht.

Die Frauen schnatterten angeregt auch ohne ihren Beitrag. Doch sie fragte sich, ob Pace sie tatsächlich beobachtet hatte. Das war ein kleines Detail, das ihr entgangen sein musste.

KAPITEL ELF

Am Freitag lud Pace vor Petes Futterladen Futter auf die Ladefläche seines Trucks. Er war sich des flamingopinken, zweistöckigen Salons sehr bewusst, der auf der anderen Straßenseite lag. Während er arbeitete, versuchte er nicht in diese Richtung zu blicken, doch er wusste, dass Sheri da drüben arbeitete. Es sah so aus, als wäre der Salon voll.

Nicht, dass ihn das interessierte, dachte er, während er weitere 50-Pfund-Säcke Futter vom Hubwagen lud. Er machte eine Pause, um sich mit dem Ärmel den Schweiß von der Stirn zu wischen, und sah, wie Norma Sue, Esther Mae und Adela eilig aus dem Salon kamen. Sobald sie ihn entdeckten, machten sie sich auf den Weg über die Straße zu Pace, und der

Grund für ihren Besuch war klar.

Pace hatte sich in seinem ganzen Leben noch nie so unbehaglich gefühlt wie in dem Moment, als die alten Frauen begannen, ausführlich Sheri Marshs herausragende Eigenschaften zu erläutern. Sie redeten und redeten, angefangen damit, wie nett es von ihm gewesen war, Sheri am Abend der Bibelgruppe zu Norma mitfahren zu lassen, und wie nett es von ihm gewesen war, ihren Jeep zu reparieren. Natürlich erwähnte er nicht, dass sie ihn im Grunde genommen dazu genötigt hatte, sie mitzunehmen. Sie taten auf jeden Fall so, als hätte er etwas Außergewöhnliches getan.

Doch das war nur der Anfang. Sie plapperten ununterbrochen weiter. Irgendwann warf er einen Blick in Richtung des Heavenly Inspirations Salons und sah Sheri lachend im Fenster stehen. Lachend. Er begann ernsthaft zu glauben, dass die Frauen von Mule Hollow nicht alle Tassen im Schrank hatten. Innerhalb von zehn Minuten bombardierten Norma Sue und Esther Mae ihn mit Sheris guten Eigenschaften, während Miss Adela sich im Hintergrund hielt und lediglich moralische Unterstützung bot. Ihrem Redeschwall entnahm er tatsächlich ein paar ziemlich interessante Fakten über seine Nachbarin.

Zum Beispiel, dass Sheri ein recht mutiges Mädchen war. Natürlich hatte er das schon bei mehreren Gelegenheiten selbst gesehen. Doch er hatte nicht gewusst, dass jemand ihr kürzlich das Herz gebrochen hatte. Er hätte das nie geahnt, doch es erklärte ihr seltsames Verhalten und ihre geplante Intrige. Sie hatte ihm gesagt, sie wolle Single bleiben. Sie hatte ihm nicht gesagt, dass das auf Ablehnung zurückzuführen war. Er erfuhr auch, dass sie „gute Gene" hatte und eine großartige Mutter abgeben würde, dass sie einen guten Mann auf Trab halten würde und dass sie manchmal sarkastisch sein konnte, doch das war eigentlich ein Plus, „denn wer auch immer sie heiraten wird, es wird ihm nie langweilig werden." Aus den schamlosen Kuppelversuchen erfuhr er auch etwas, auf das er nie selbst gekommen wäre ...

Sheri Marsh hatte ihre extreme Schüchternheit überwunden, um zu der schlagfertigen Frau zu werden, die sie war. Das faszinierte ihn. Er erinnerte sich, dass sie ihm einmal gesagt hatte, dass sie schüchtern gewesen war, doch er hatte nicht gedacht, dass sie introvertiert bis zur Isolation gemeint hatte. Doch genau das berichteten ihm die alten Damen.

Wie konnte eine Frau wie Sheri jemals so schüchtern gewesen sein?

Seine Nachbarin war definitiv ein Rätsel, dachte er, als sich die Tür des Salons öffnete und sie über die Straße gehüpft kam. Er wusste in dem Moment, als er sie sah, dass sie kein Blatt vor den Mund nehmen würde. Schüchtern? Das konnte er sich einfach nicht vorstellen.

Wenn sie so gehemmt gewesen wäre, wie die alten Damen gesagt hatten, wo war dann diese Sheri hin verschwunden?

* * *

Sheri überquerte die Straße und versuchte nicht zu lächeln. „Hey, meine Lieben, was macht ihr denn da mit meinem Nachbarn?", fragte sie und überraschte die Frauen damit von hinten. Sie drehten sich zu ihr um und versuchten nicht einmal zu verbergen, was sie vorhatten. Es hatte so viel Spaß gemacht zu sehen, wie Pace seine unangemessenen Schlussfolgerungen über sie heimgezahlt bekam.

Er hatte jede Minute der Belästigungen, die er von den alten Frauen ertragen musste, verdient. Als sie ihn durch das Fenster beobachtet hatte, hatte sie sofort gewusst, dass er gerade Informationen über sie erhalten hatte und die Erklärung, warum sie perfekt zu ihm passen würde.

Sie wusste das, weil sie gesehen hatte, wie er Futter aufgeladen hatte, was sie den Damen gegenüber beiläufig erwähnte. Wie erwartet, hatten sie den Köder geschluckt.

Im Grunde hatte sie ihn in eine Falle laufen lassen. Da er so wenig von ihr hielt, empfand sie jedoch wirklich keine Reue deswegen.

„Wir haben Pace gerade erzählt, was für ein nettes Mädchen du bist."

„Nett? Ich? Ha! Ihr alle wisst, dass ich keinen netten Knochen in meinem Körper habe."

„Das ist nicht wahr." Esther Mae lachte. „Wir

haben es ihm erzählt, damit er dich einlädt. Was denkst du?"

Sheri stemmte eine Hand in ihre Hüfte und spielte das Spiel mit. „Ich habe euch doch gesagt, dass ich eure Hilfe nicht will. Zum letzten Mal, ich will keinen Ehemann." Pace beobachtete sie. Sie war immer noch entschieden dagegen, sich verkuppeln zu lassen, doch plötzlich verspürte sie einen Anflug von Reue angesichts der Täuschung, die sie gerade einfädelte.

Sie verscheuchte den Gedanken wie einen Moskito.

Esther Mae öffnete den Mund. Sie beugte sich nah an Sheris Ohr und zischte: „Sheri, hast du dir diesen Mann angesehen? Schatz, er erinnert mich an meinen Hank vor zwanzig Jahren. Willst du dir wirklich diese Chance entgehen lassen? Sei nicht dumm. Wir haben ihn fast am Haken." Sheri kicherte. Sie konnte nicht anders. Wenn Esther Mae dachte, Hank hätte jemals wie Pace ausgesehen, dann hatte ihre Liebe offensichtlich ihre Wahrnehmung verzerrt. Hank war klein, gedrungen und gutmütig. Pace war groß, schlank, so gutaussehend wie es nur ging – und so stur wie ein Zaunpfosten.

„Schau", sagte Sheri und entschied, dass es Zeit für sie war, zu gehen und den Kupplerinnen das Feld zu überlassen. Armer Mann, sie hatte versucht, ihn zu warnen. „Plaudert ihr nur weiter, aber ich muss gehen. Viel Spaß noch." Sie warf Pace einen letzten Blick zu und lachte beinahe über den Dampf, den sie quasi aus seinen hübschen Ohren kommen sah. Er hatte nicht ein Wort zu ihr gesagt.

Sie zwinkerte ihm zu, bevor sie sich abwandte und zu ihrem Jeep ging. Das sollte reichen, dachte sie selbstgefällig.

„Sheri", rief Norma Sue. „Kannst du morgen zum Kirchenarbeitstag rauskommen? Wir haben jede Menge zu schleifen und zu streichen, und das Dach muss auch repariert werden."

Sheri versetzte sich gedanklich einen Klaps auf die Stirn – der Kirchenarbeitstag! Alle spendeten der Kirche einen Arbeitstag. Es war der perfekte Ort, um beim Umgang mit Pace gesehen zu werden. Kein Date, doch es könnte sicherlich dem gleichen Zweck dienen, und sie brauchte dafür keine Erlaubnis von ihm.

„Kommt Pace auch?", fragte sie und begegnete seinem undurchdringlichen Blick, auch wenn sie wusste, dass er wahrscheinlich nicht antworten würde.

„Sicher kommt er", sagte Norma Sue und stieß ihn an. „Pace, das ist eine fantastische Gelegenheit zu sehen, wie sehr du schon zu uns gehörst. Was denkst du?"

Er zögerte nicht, genau wie Sheri es erwartet hatte, sondern nickte nur kurz. „Ich werde da sein. Wieviel Uhr?"

„Zehn Uhr", sagte Esther Mae. „Du und Sheri solltet zusammen fahren, da ihr beide so nah beieinander wohnt. Es macht keinen Sinn, Benzin zu verschwenden."

Perfekt! „Das ist eine großartige Idee, Esther Mae. Pace, ich hol dich kurz vor zehn ab. Ich werde dir alles zurückzahlen, was du in den letzten Tagen für mich getan hast."

Bevor er Gelegenheit zum Protestieren hatte, sprang sie in ihren Jeep, winkte und machte sich auf den Weg. Das würde geradezu zu einfach werden. Diese Kupplerinnenbande dachte wahrscheinlich, dass sie sie und Pace bereits in der Falle hatten.

Ja. Es war in der Tat zu einfach!

KAPITEL ZWÖLF

Pace wartete am nächsten Morgen auf sie, als sie in seine Einfahrt bog. Zu ihrer Überraschung trug er seine üblichen Klamotten, wenn auch ohne Sporen und Chaps. Und Turnschuhe. Doch auch ohne Cowboystiefel sah er von Kopf bis Fuß aus wie ein Cowboy, der auf den weiten Weiden zu Hause war.

Sie war sich durchaus der Tatsache bewusst, dass sie sich darauf gefreut hatte, ihn zu sehen. Sie hatte versuchte, so zu tun, als wäre sie nicht begeistert, Zeit mit dem breitschultrigen, griesgrämigen Mann zu verbringen, doch schließlich hatte sie aufgegeben. Sie konnte es nicht ändern, dass sie Spaß daran hatte, Pace das Leben schwer zu machen. „Hey, Cowboy, wie geht's dir heute Morgen?"

Er ließ sich auf den Sitz fallen und richtete seine grauen Augen auf sie. „Ich freue mich darauf, an der Kirche zu arbeiten."

Die gute Laune in seiner Stimme überraschte sie. Sie hatte damit gerechnet, dass er gereizt wäre. Hatte er nicht mitbekommen, was die alten Frauen taten? „Ach wirklich?", sagte sie. Sie hörte die Überraschung in ihrer Stimme und wusste, dass auch er sie wahrnahm.

„Klar. Ich bin nach Mule Hollow gekommen, um dem Herrn da oben etwas zurückzuzahlen. Es scheint mir ein guter Anfang zu sein, meine Zeit und Kraft für den Erhalt der Kirche einzusetzen." Er hob eine Augenbraue. „Du hast gedacht, ich würde nicht helfen wollen?"

Sheri wandte den Blick ab und konzentrierte sich darauf, den Jeep auf die Straße zu lenken. Obwohl es Morgen war, war die Luft bereits vor Hitze trocken. Der Wind pfiff durch ihre Haare, als sie die Straße entlang fuhren. „Also … nein", sagte sie. „Ich dachte nur, dass du ungern von deinen Pferden weg bist."

Pace' eine Hand lag oben auf der

Windschutzscheibe, und Sheri warf einen Blick darauf. Er hatte schöne Hände, groß und gebräunt mit vereinzelten Haaren, die durch die Sonne golden gebleicht waren. Sie spürte ein Kribbeln auf ihrem Rücken, als sie sich daran erinnerte, wie sich diese Hände angefühlt hatten, als er sie an dem Tag, als sie gestolpert war, gestützt hatte. Seltsamerweise waren sie so sanft. Wie wenn er mit seinen Pferden arbeitete. Und jetzt wollte er bei der Arbeit an der Kirche helfen.

War unter diesem Neandertaler tatsächlich ein netter Kerl versteckt?

Sie verdrängte den Gedanken. Er musste kein Mann sein, den sie wirklich mögen konnte.

„Kannst du streichen?"

Er sah sie fragend an. „Hast noch nie einen Buckaroo streichen gesehen?"

„Also natürlich habe ich." Sie blickte wieder auf die Straße. „Es ist nur so, dass du nicht wie alle anderen Buckaroos bist."

„Du bist auch nicht gerade wie alle anderen Frauen."

„Ach ja", blaffte Sheri, irrational irritiert von

seiner Bemerkung. „Wir wissen ja bereits, wie du mich siehst. Lass uns das Thema einfach abhaken." Warum irritierte es sie, dass er so wenig von ihr hielt? Er hatte sich bei ihr entschuldigt, zumindest in gewisser Weise.

Trotzdem wusste sie, dass er immer noch keine sonderlich hohe Meinung von ihrem moralischen Charakter hatte.

„So schlecht bist du nicht."

Sollte sie sich jetzt besser fühlen? „Na, herzlichen Dank auch. Aber wieder zurück zu dir. Was ich gerade sagen wollte, bevor wir vom Thema abgekommen sind–" Sie warf ihm einen deutlichen warnenden Blick zu. „Ich meine, ich habe einfach nicht gedacht, dass es da draußen in der Einsamkeit viel zu tun gibt, außer nach deinem Vieh zu sehen und deine Pferde zuzureiten."

„Du denkst, ich bin eindimensional? Was glaubst du, wer die Zäune repariert?" Er sah sie ungläubig an, und sie schoss sofort zurück.

„Alle Buckaroos können Zäune reparieren." Warum konnten sie nicht kommunizieren wie zwei normale erwachsene Menschen?

„Ich kann streichen, okay?", sagte er trocken, schüttelte den Kopf und sah sie beinahe finster an.

„Deswegen musst du jetzt aber nicht gleich defensiv werden", lachte sie, als die Kirche in Sicht kam. Ja, es machte eine Menge Spaß, ihn zu provozieren. Sie fragte sich, ob er Freude daran hatte, sie zu frustrieren, denn Talent dazu hatte er allemal. Sie riss das Lenkrad herum, und sie peitschten auf den Parkplatz. Er musste sich am Überrollbügel festhalten, um nicht aus dem Sitz geschleudert zu werden, als sie über den Schotterparkplatz schossen.

„Du brauchst Fahrstunden", knurrte er, nachdem sie endlich auf die Bremsen getreten war.

„Sowas von reizbar", tadelte Sheri, als sie aus dem Auto stieg und an ihm vorbei ging, um herauszufinden, wo sie arbeiten sollte. Norma Sue war für die Verteilung der Aufgaben verantwortlich, was, wie Sheri bereits richtig angenommen hatte, dazu führte, dass Sheri zusammen mit Pace eingeteilt wurde. Der Ausdruck auf seinem Gesicht, als er es erfuhr, war urkomisch. Zwischenzeitlich hatte er bestimmt begriffen, was los war. Sicherlich. Doch als er nichts sagte, erklärte sie auch nichts. Als er zu den Werkzeugen und Leitern ging, sah sie, dass er nicht besonders glücklich war, den Tag in ihrer Gesellschaft verbringen zu müssen. Sie hatte fast Mitleid mit ihm. Aber nur fast.

„Viel Glück, Sheri", sagte Norma Sue. „Er wirkt heute Morgen wie eine eingesperrte Wildkatze."

Sheri sah Norma Sues an. „Ist das neu?", fragte sie und lief Pace hinterher.

„Wofür sind wir eingeteilt worden?", fragte sie, als sie ihn einholte. Trotz seiner schlechten Laune war sie entschlossen, sich weiterhin auf das Erreichen ihres Ziels zu konzentrieren, die alten Damen glauben zu lassen, dass sie erfolgreich sein könnten.

„Dachreparatur."

Sheri blieb stehen. „Wie bitte? Was hast du gesagt?"

Er blieb stehen, um die höchste Leiter zu schultern, die sie je gesehen hatte, und sah sie unschuldig an. „Stimmt was nicht?"

Sheri schnappte nach Luft und hob ihr Kinn, während sie ihm ein Lächeln schenkte, nach dem ihr nicht zumute war. „Nein. Alles gut. Ich dachte nur, du hättest gesagt, wir wären für die Reparatur des Dachs eingeteilt."

„Das habe ich gesagt. Du kannst ja unten was zu tun finden, falls du ein Problem damit hast."

Sheri begegnete seinem ruhigen Blick und schüttelte aus purer Sturheit den Kopf. „Warum sollte ich ein Problem damit haben?" Sie lachte halbherzig und hoffte, dass er nicht bemerkte, dass ihr die Schweißperlen auf die Stirn traten.

„Du hast doch keine Höhenangst, oder?"

„N-nein." Ihr Blick schoss zum Dach. Es war mindestens zehn Meter über dem Boden und so steil. „Dachte ich auch nicht", sagte Pace. „Nicht so, wie du in diesem Baum rumgeklettert bist." Sheri lächelte, aber innerlich fiel sie in Ohnmacht.

Es gab einen Unterschied zwischen dem Herumklettern zwischen ein paar Ästen, die nicht mehr als anderthalb Meter über dem Boden hingen, und dem Herumklettern auf einem steilen Dach. Sie starrte das Dach an, das von ihrem Standpunkt aus immer höher zu werden schien. Außerdem hatte ihr Baum Äste, an denen sie sich festhalten konnte. Das Dach hatte außer Luft nichts, um sich festzuhalten, falls sie abrutschte.

„Bist du okay? Du siehst irgendwie grün aus."

Sie zwang ihren Kopf zu nicken. Sie hatte zu viel Angst, um zu antworten, weil sie befürchtete, sie würde kreischen und ihm ihre Angst verraten.

Sie riss sich zusammen und setzte ihr Pokergesicht auf, denn das Letzte, was Pace Gentry sehen würde, war ihre Angst. Oh nein, dieses Mädchen würde auf das Dach steigen. Egal, was passierte, Pace würde ihre Angst nicht sehen.

Sie würde das schon irgendwie hinbekommen.

„Oh komm, Sheri." Er lächelte. „Ich wollte dich nur aufziehen. Ich fühle mich nicht wohl, wenn du auf das Dach kommst. Du solltest wirklich was anderes machen."

Das hätte sie beruhigen sollen, doch das tat es nicht. Auch wenn sie Angst hatte, da hinaufzusteigen, mochte sie es nicht, von ihm aufgefordert zu werden, auf dem Boden zu bleiben. „Nein, ich – ich kann das. Ich will das machen."

Sie war verrückt, das zu tun. Doch sie würde da

hinauf klettern, verrückt oder nicht.

Er zuckte mit den Schultern, nahm die Leiter auf die Schulter und ging davon.

Sheri stand wie angewurzelt da und sah zu, wie er zielstrebig auf die Kirche zuging und die schwere Leiter trug als wöge sie nichts. Trotz ihrer Angst passte ihr nicht, wenn er ihr sagte, dass sie etwas nicht tun sollte. Für wen hielt er sich?

Pace trat auf das Dach und suchte die Schindeln auf Schäden ab. Er war am Vortag vorbeigekommen, um mit Pastor Allen zu besprechen, was repariert werden musste. Pace war gern vorbereitet. Wenn ein Mann wusste, was zu tun war, konnte er organisiert vorgehen. Als er erfuhr, dass das Dach repariert werden musste, hatte er sich freiwillig gemeldet. Der Pastor hatte erklärt, dass sich an mehreren Stellen die Schindeln bei starkem Wind hoben und dass dadurch Wasser eingedrungen war. Pace nahm an, dass das Schleifen und Streichen wichtig waren, doch wenn das Dach nicht dicht war, litt alles, was darunter lag. In diesem Fall hatte er sich für den Job auf dem Dach entschieden, weil er darauf vertraute, dass er den Job gut machte. Außerdem hatte er Erfahrung. Er hatte viele Dächer auf den Ranches, auf denen er gearbeitet hatte, abgedichtet, und das hier war eine einfache Reparatur, die sich mit einer Tube Bitumen schnell erledigen ließ.

Er stand auf dem steilen Dach, sah die erste lose Schindel und kletterte hinüber, um sie sich anzusehen. Er war auf halbem Weg die Steigung hinauf und bückte sich gerade, um die lose Schindel zu reparieren, als er das Getümmel unten hörte. Es war schön, wie alle zusammenarbeiteten. Stimmen und Gelächter stiegen zu ihm auf, und er hielt inne, um zuzuhören. Er erkannte, dass es einen anderen Grund gab, warum er sich für diesen Job entschieden hatte. Das Dach zu reparieren war die isolierteste Aufgabe von allen. Er war gekommen, um zu helfen, doch er hielt Abstand vom übrigen Treiben.

Ein Ächzen hinter ihm ließ ihn über seine Schulter blicken – gerade rechtzeitig, um Sheri auf das Dach kriechen zu sehen.

„Was machst du da?", fragte er, beunruhigt, dass sie ihm gefolgt war und dass sie über die Kante gekrochen war, anstatt auf das Dach zu treten, wie es jeder normale Mensch getan hätte.

„Wonach sieht es denn für dich aus?", blaffte sie auf Händen und Knien und sah ein bisschen grün um die Kiemen aus.

„Ich bin mir nicht sicher. Ich habe dir gesagt, du sollst unten bleiben. Und so wie du gerade aussiehst, ist es besser, wenn ich das allein mache. Geh zurück auf die Leiter, bevor du noch runterfällst."

„Oh nein, auf keinen Fall", presste sie heraus. „Ich kann das."

Seine Unruhe wuchs, als er sie mit gesenktem Kopf und geschlossenen Augen vorwärts kriechen sah.

„Whoa, pass auf!", rief er. Sie bewegte sich seitwärts! Sie sah aus wie eine Krabbe. „Was soll das?", fragte er, jetzt mehr als beunruhigt, als sie endlich anhielt. Sie schüttelte den Kopf, sagte aber nichts. Sie blieb auf allen Vieren, stocksteif wie ein Brett. „Moment. Hast du Höhenangst?", fragte er fassungslos und ging sofort auf sie zu. Dieses dumme

Huhn würde sich vor Stolz noch den Hals brechen!

„Es geht mir gut."

Die Worte waren fast unhörbar. „Nein, tut es nicht."

„Sheri", krähte Esther Mae von unten. „Was ist? Bist du sicher, dass du das kannst? Hast du gemerkt, wie hoch oben du bist?"

Auf Esther Maes Bemerkung hin beobachtete Pace, wie Sheri ihre Augen öffnete und über ihre Schulter blickte. „Ohhh, Grundgütiger", keuchte sie und richtete ihren Blick auf eine Stelle zwischen ihren Händen.

Er erreichte sie gerade rechtzeitig, als sie zu schwanken begann.

KAPITEL DREIZEHN

„Whoa, Vorsicht. Ich hab dich." Als Pace Sheris Handgelenk ergriff, pochte ihm das Herz bis zum Hals. „Sieh mich an", sagte er und ging neben ihr auf dem steilen Dach in die Hocke.

Sie schüttelte den Kopf. „Kann nicht."

Er wollte ihr den Hals umdrehen und sie gleichzeitig beschützen. Was dachte sich diese Frau nur? „Ich werde nicht zulassen, dass dir was passiert", versprach er sanft. Er wusste, dass er sie beruhigen musste, bevor er ihr helfen konnte. Ihre Atmung war flach, und er befürchtete, sie könnte in Ohnmacht fallen. Er beschloss, sich das Halsumdrehen aufzuheben, bis sie wieder sicheren Boden unter den Füßen hatten. „Solange ich da bin, wirst du nicht runterfallen, Sheri."

„Versprochen?", fragte sie mit zusammengebissenen Zähnen und warf ihm einen finsteren Blick zu, auch wenn es nur für einen Moment war.

Pace musste lächeln. Sogar in dem Zustand, in dem sie sich befand, hörte er ihr Temperament in diesem einen Wort, und er hatte sie dazu gebracht, ihn anzusehen. „Ich verspreche es, aber du wirst mir vertrauen müssen. Kannst du dich bewegen?"

Sie schüttelte vehement den Kopf. Pace fragte sich, was zum Donner in diese Frau gefahren war, dass sie hier heraufkletterte. Besonders wenn sie Höhenangst hatte! Dabei hatte er gesehen, wie sie auf diesen Baum geklettert war.

Sheri konzentrierte sich auf Pace' ruhige Hand, die sicher um ihr Handgelenk lag, und die Wärme seines Atems in der Nähe ihres Ohrs, während sie sich bemühte, nicht ohnmächtig zu werden. Nach dieser Aktion würde sie bei diesem Mann keinen Funken

Glaubwürdigkeit mehr haben. Noch immer auf Händen und Knien zwang sie sich, die Augen zu öffnen, und begegnete seinem Blick. Was hatte sie sich nur gedacht?

„Ich hab dich", wiederholte er, als wollte er sie wirklich beruhigen. Er hatte den Schrecken in ihren Augen gesehen. Sie wusste es ... doch im Moment konnte sie nichts dagegen tun. Zumindest lachte er sie nicht aus. Nein, seine Stimme war sanft, und seine Augen waren ruhig. Obwohl sie das Gefühl hatte, am Dach festgefroren zu sein, wurde sie bei seiner Berührung und der Sicherheit seiner Stimme ruhiger. Sie wusste instinktiv, dass er nicht zulassen würde, dass ihr etwas passierte.

Das bedeutete jedoch noch lange nicht, dass sie sich bewegen konnte.

„Ich kann mich nicht bewegen." Wie sie es hasste, eine solche Schwäche zuzugeben. Sie hatte kein bisschen Würde mehr. Was für eine tolle Situation, in die ihr alberner Stolz sie da gebracht hatte!

Fältchen umspielten Pace' Augen, als sie ihn anstarrte, doch er lächelte nicht. „Doch, du kannst dich bewegen."

„Nein", sagte sie und schüttelte erneut den Kopf. Dabei wurde ihr schwindelig, und sie hielt inne. „Ich bin mir ziemlich sicher, dass ich das nicht kann."

„Sheri, ich hab dich am Handgelenk und ich weiß, dass du stur genug bist, um deinen Verstand dazu zu zwingen, das zu tun, was du ihm sagst. Dreh dich um und setz dich hier neben mich." Sein Ton war sanft – der gleiche Ton, den er bei der wilden Stute verwendet hatte. Dr. Dolittle der Retter.

„Ich kann nicht."

„Doch, du kannst. Hör auf zu sagen, dass du es nicht kannst. Du musst es wollen. Du bist die sturste Frau, die ich je getroffen habe. Du kannst alles, was du dir in den Kopf setzt. Und jetzt komm."

Sheri sah ihn wieder an. Er lächelte. „Komm. Zeig mir, was in dir steckt."

„Kopfschmerzen", knurrte sie, und er lachte, während er seine Finger fester um ihr Handgelenk schloss. Ihr war übel, und sie hatte furchtbare Angst, doch sie zwang sich, sich zu entspannen. Sobald sie saß, kniff sie die Augen zu. Er rutschte dicht an sie heran, sodass sich ihre Schultern berührten, hob ihre Hand und verflocht seine Finger fest mit ihren. Wenn sie nicht so verängstigt gewesen wäre, hätte es sich wahrscheinlich richtig gut angefühlt.

„Ich wusste, dass du das schaffst. Jetzt mach die Augen auf."

Sie schüttelte den Kopf. „Kann nicht."

„Ich wusste nicht, dass du das Wort überhaupt kennst."

Sie nickte. „Bin nicht stolz darauf, aber was Höhe angeht, steht es für mich an erster Stelle im Wörterbuch." Ihre Stimme quietschte. Sie hasste das. Sie hatte sich übernommen, und jetzt würde er sehen, dass sie nicht so stark war, wie alle dachten. Er würde sehen, dass sie eine Hochstaplerin war. „Das ist lächerlich, nicht wahr?"

„Aber für dich ist es real. Das ist etwas, was schwer zu überwinden ist."

„Ist da oben alles in Ordnung?", rief Lacy.

Sheri erkannte ihre Stimme, doch sie konnte unmöglich da runter blicken, um ihre Freundin zu sehen.

„Alles okay, Lacy!", rief Pace ruhig.

„Bist du sicher? Sheri, geht es dir gut?"

„Ihr geht es gut, Lacy."

Sheri öffnete die Augen und sah ihn an. „Danke." Er nickte. Das Letzte, was sie brauchte, war, dass die ganze Stadt wusste, dass sie gerade fast eine Panikattacke gehabt hatte.

„Wir wollen nur einen Moment die schöne Aussicht von hier oben genießen", versicherte er Lacy.

Ha! Er genoss die Aussicht. Sheri sah nur ihn an.

„Kannst du mir sagen, wie du in deinem Baum herumklettern, aber nicht auf dieses Dach steigen kannst?"

Sie lächelte zaghaft und zuckte die Achseln. „Das ist einfach anders. Ich weiß nicht, wie ich das erklären soll. Zum einen war der Baum kaum zwei Meter über dem Boden. Außerdem habe ich da die Äste, an denen ich mich festhalten kann. Ich denke, die geben mir ein Gefühl der Sicherheit. Aber ein Dach ist ein weit offener Raum. Es gibt nur die Kante und nichts, was meinen Sturz bremsen könnte. Ich habe da wohl eine Phobie. Schon immer. Doch ich bin seit meinem vierten Lebensjahr auf Bäume geklettert. Habe meine Mutter fast zu Tode erschreckt, als sie mich das erste Mal auf einem gefunden hat. Ich kann es nicht erklären, aber ich habe auch Angst vor diesen Glasaufzügen. Ich muss an der Tür stehen. Und Flugzeuge ... Ich habe einmal versucht zu fliegen. Sie mussten das Flugzeug auf der Startbahn anhalten und mich rauslassen."

„Und du wusstest das alles, bevor du hier raufgekommen bist?"

Er sah sie an, als wäre sie verrückt, was sie auch verdient hatte. Sie war verrückt, ihm wegen ihres kindischen Stolzes hier hinauf zu folgen.

„Wie schon gesagt, du bist die sturste Frau, die mir je begegnet ist. Du hast es wahrscheinlich getan, weil ich dich gefragt habe, ob du Angst hast und du es nicht zugeben wolltest."

Widerwillig nickte sie. „Ich weiß. Das war dumm von mir." Es brachte sie fast um, es ihm gegenüber zuzugeben. Er würde ihr das wahrscheinlich für den Rest ihres Lebens unter die Nase reiben. Dann dachte sie darüber nach und kam zu dem Schluss, dass er so etwas nicht tun würde. Und warum sollte sie glauben, dass Pace für den Rest ihres Lebens da sein würde?

„Jetzt müssen wir dich nur noch hier runterbekommen, ohne dass alle merken, wie viel Angst du hast." Sie hasste es, ihm gegenüber zuzugeben, dass sie nicht glaubte, dass sie sich umdrehen, an den Rand kriechen und ihren Fuß noch einmal auf diese Leiter setzen könnte. Und sie hasste sich dafür, dass sie es nicht konnte.

„Beweg dich nicht. Ich werde nur kurz deine Hand loslassen. Okay?"

Sie nickte und beobachtete ihn. Er lächelte. Er war so wunderschön. Der Gedanke brachte sie zum Kichern, und sie war nicht jemand, der kicherte. Es war ein Beweis für ihre Nervosität. Seine Hand kehrte zu ihrer zurück.

„Du wirst doch nicht hysterisch werden, oder?"

„Nein", brachte sie heraus und versuchte, nicht daran zu denken, was er sagen würde, wenn sie ihm gestand, dass sie ihn für schön hielt.

Als er plötzlich aufstand, sich umdrehte und auf die Leiter trat, hätte Sheri fast einen hysterischen

Anfall gehabt. Ihr Herz pochte wild in ihrer Brust, und sie fing wieder an, flach und schnell zu atmen. Dann war sein Blick wieder auf sie gerichtet, und sie klammerte sich daran fest wie an einem Rettungsring. Er hielt ihre Hand und zog sanft daran. „Rutsch hier rüber. Und sieh nur mich an."

Sie schluckte schwer und hielt seinen Blick fest.

„Du kannst das. Hab ein bisschen Vertrauen."

Vertrauen…

Er nickte, als würde er ihre Gedanken spüren. Sie hatte das Gefühl, dass ihr Tag der Abrechnung gekommen war, als er wieder an ihrer Hand zog und lächelte.

Plötzlich spürte sie einen Anflug von Entschlossenheit, rutschte an die Kante und wagte nicht, ihren Blick von seinem abzuwenden. Sie war ein Feigling, und dieser Mann durchschaute sie, als er ihr Handgelenk ergriff, damit ihre Finger frei waren.

„Halt dich an der Leiter fest und stell deinen Fuß auf die Sprosse. Ich halte dich. Du gehst nur mit mir die Leiter runter."

Sie fühlte sich wie eines seiner Pferde. Er konnte

irgendetwas sagen, und sie glaubte ihm. Sie holte zitternd Luft und tat, was er verlangte. Sobald ihr Fuß auf der Sprosse stand, fühlte sie sich ruhiger. Im einen Moment war sie auf dem Dach, im nächsten war sie auf der Leiter und Pace hinter ihrem Rücken.

Sie wusste, dass sie in Sicherheit war.

„Okay", sagte er sanft. Sie spürte seinen warmen Atem an ihrem Ohr. „Besser?"

Sie nickte und wandte ihren Kopf, um ihm in die Augen zu blicken. Sie fühlte sich sicher und wollte diesen Cowboy plötzlich küssen. Doch sie tat es nicht. Etwas an dem Gedanken, Pace Gentry zu küssen, machte ihr Angst. Ihre Gefühle waren angespannter als eine Sprungfeder, als sie sich gegen ihren Willen in seine Richtung neigte.

„Halt dich an der Leiter fest", flüsterte er, und seine Stimme brachte sie zurück in den Augenblick wie ein Spritzer kaltes Wasser. Was hatte sie da gerade nur gedacht? Sein Gesichtsausdruck war unergründlich, als er eine Hand um ihre Taille legte und die andere direkt über ihrer Hand auf der Leiter. „Und jetzt machst du es einfach wie ich. Ich schütze dich wie die Äste in deinem Baum."

Sheri wusste, dass er das tun würde, darum fing sie an, die Leiter hinunterzusteigen. Ihre Beine fühlten sich schwach an und ihre Hände zittrig, doch plötzlich hatte es nichts mehr mit ihrer Höhenangst zu tun, sondern ausschließlich mit dem Fels von einem Mann, der sie so behutsam vor Schaden schützte.

Pace hämmerte die letzte lose Schindel fest und trug dann den Teer auf, um sie abzudichten und zu stabilisieren. Seine Gedanken kehrten immer wieder zu Sheri zurück. Sie hatte furchtbare Angst gehabt, doch weil sie so stur war, war sie ihm die Leiter hinauf gefolgt. Sie hatte es die Leiter hinunter geschafft, und obwohl er versucht hatte, sie vor allen abzuschirmen, die mitbekommen hatten, dass etwas nicht stimmte, hätte er wissen müssen, dass es unmöglich sein würde.

Er war sich zwischenzeitlich klar geworden, dass Norma Sue ganz bewusst ihn und Sheri zusammen eingeteilt hatte; warum überraschte es ihn dann, dass sie sie mit Argusaugen von unten beobachtet hatten? Die alten Damen und eine kleine Gruppe von anderen warteten am unteren Ende der Leiter, als sie unten ankamen. Sofort war Sheri mit Fragen bombardiert worden. Widerwillig hatte sie zugegeben, dass sie es auf dem Dach mit der Angst zu tun bekommen hatte. Er spürte, dass es sie störte, vor anderen eine Schwäche einzugestehen, doch sie überspielte es mit ihrem lockeren Humor. Sie hatte gesagt, dass sie nur nach einem Weg gesucht hatte, Pace dazu zu bringen, seine Arme um sie zu legen.

Das hatte die Aufmerksamkeit auf ihn gelenkt, und er hatte beschlossen, dass es Zeit für ihn war, wieder an die Arbeit zu gehen. Auf dem Weg die Leiter hinauf hörte er, wie sie die anderen anzischte, sie sollen sie nicht länger beglucken. Und einfach so war sie wieder ganz die zähe und brüske Sheri.

Er musste sich fragen, ob das, was er auf dem Dach gesehen hatte, echt war. Hatte sie wirklich Angst gehabt, oder hatte sie ihn manipuliert? Der Gedanke ließ ihn nicht los, während er arbeitete.

Er blieb den ganzen Nachmittag auf dem Dach und kam nicht einmal zum Mittagessen herunter. Er war gedanklich zu sehr mit Sheri beschäftigt. Wenn das, was er gesehen hatte, echt war, und in seinem

Herzen spürte er, dass es so war, dann trug Sheri Marsh tagein tagaus eine Maske. Auf dem Dach hatte er die Gelegenheit gehabt, für ein paar kurze Augenblicke unter diese harte Schale zu blicken. Sie war nicht das, was sie andere glauben machte. Sie war verletzlich gewesen, und da war noch etwas anderes, etwas, das tiefer ging. Er hatte es in ihren Augen gesehen.

Unter dieser nassforschen Fassade befand sich eine ängstliche Frau. Doch wovor hatte sie Angst? Warum glaubte sie, allen etwas vorspielen zu müssen? Das waren ihre Freunde. Er musste zugeben, dass es ihn reizte, herauszufinden, warum.

Er suchte mit dem Blick nach ihr, bis er sie unter einem Baum an einem Blumenbeet arbeiten sah. Sie hatte ebenso viel Talent für Blumenbeete wie dafür, ihre Gefühle vor der Welt zu verbergen.

Das war das Rätselhafte an Sheri Marsh. Während er beobachtete, wie sie Unkraut zupfte, stellte er fest, dass sie sich für einen Job entschieden hatte, der auch weg von der Menge war. Ein Job, der sie isolierte. Und er fragte sich unwillkürlich, wer die echte Sheri Marsh war.

KAPITEL VIERZEHN

„Raus mit der Sprache, Sheri", sagte Esther Mae, als sie am Dienstagmorgen durch die Tür von Heavenly Inspirations trat. Sheri war seit dem Kirchenarbeitstag am Samstag untergetaucht gewesen. Sie war den größten Teil des Tages für sich geblieben, nachdem sie sich vor Pace und allen anderen zum Narren gemacht hatte. Sie war erstaunt, dass sie sie nicht mit Fragen bombardiert hatten, als sie von der Leiter geklettert waren. Erstaunlicherweise hatten die alten Damen etwas Zurückhaltung gezeigt, doch sie konnte sie lesen wie ein Buch, und sie wusste, was sie heute im Salon erwarten würde.

Esther Mae hielt die Tür für sie auf und schob sie hinein. Lacy säuberte Haarbürsten am Waschbecken;

Norma Sue und Adela saßen in den Frisierstühlen.

„Ich glaube nicht, dass ich weiß, was du meinst", sagte Sheri, ging an ihr vorbei und ließ ihre Handtasche auf ihren Maniküretisch fallen. Sie dachte daran, wie perfekt alles lief, trotz ihres peinlichen Patzers. Sie hatte versucht, nicht zu viel darüber nachzudenken, wie Pace sie gerettet hatte und wie süß er es getan hatte. Doch es war fast unmöglich. Trotzdem weigerte sie sich, darüber nachzudenken, wie sehr er sich von ihrem ersten Eindruck unterschied. Sie musste sich auf das konzentrieren, was wichtig war: den Haufen übereifriger Kupplerinnen dazu zu bringen, sie in Ruhe zu lassen.

Esther Mae schnaubte. „Du weißt genau, über wen wir sprechen."

„Oh ja, du meinst mich und Simon Putts?", flachste Sheri.

„Was? Wer?", blaffte Esther Mae und verdrehte die Augen. „Du glaubst nicht, dass wir das ernst gemeint haben?"

„Natürlich habt ihr es ernst gemeint", sagte sie, denn sie wusste, dass dem so war.

„Wir reden über dich und Pace", sagte Norma Sue. „Ihr habt recht … vertraut ausgesehen auf dieser Leiter am Samstag. Ich habe sogar einen Moment lang gedacht, dass ihr euch vielleicht küssen würdet."

„Hat er dich geküsst, nachdem ihr gegangen seid?", fragte Esther Mae strahlend.

Sheri dachte daran, wie sehr sie Pace hatte küssen wollen. „Vielleicht ja, und vielleicht nein. Ich denke nicht, dass es angebracht wäre, darüber zu sprechen." Sie betrachtete beiläufig ihre Fingernägel.

Lacy hustete. „Du hattest nie ein Problem damit, darüber zu reden, was für ein guter Küsser J.P. war."

„Glaub mir, J.P. kann Pace nicht das Wasser reichen. Pace lässt mein Herz die seltsamsten Dinge tun." Das war definitiv die Wahrheit.

Esther Maes Quietschen war so hoch, dass es drohte, die Fensterscheiben zum Bersten zu bringen. „Ohhh, das ist sooo romantisch."

Sheri dachte an ihre Unterhaltung an dem Morgen, an dem er seinen Entschuldigungsversuch verkorkst hatte und sie so wütend gewesen war. Er war ein ehrenwerter Mann. Er hatte viele Schichten, und sie genoss jede neue Schicht, die ihr offenbart wurde. Was Pace anging, war sie weit davon entfernt zu sagen „Der nächste bitte". Natürlich kannten sie sich nicht wirklich lange, und sie waren nicht wirklich zusammen.

„Sheri, wir haben da ein paar Bedenken, was dich und Pace angeht."

Bedenken? Sheri sah Norma Sue an. Wann hatten diese Frauen jemals Bedenken gehabt? „Was meinst du?"

Ihr entgingen die Blicke nicht, die sie austauschten. „Wir wollen dir nicht in die Parade fahren, aber uns sind da ein paar Zweifel gekommen. Pace, na ja … Pace ist etwas Besonderes. Ich will nicht, dass du das falsch verstehst, aber wenn der Junge eins jetzt nicht gebrauchen kann, dann, dass er verletzt wird."

„Verletzt wird? Ihr wolltet nichts mehr, als dass ich jemand Neuen finde, und plötzlich habt ihr Angst, ich könnte Pace verletzen?" Sheri konnte es nicht fassen. Darauf war sie nicht vorbereitet gewesen.

Adela hob eine Hand. „Jetzt reg dich bitte nicht

auf, Sheri. Unsere Bedenken haben mehr mit Pace' Situation zu tun. Am Sonntag haben wir ihn in der Kirche beobachtet, und so, wie er alles aufgesaugt hat, was der Pastor gesagt hat, haben wir gemerkt, dass wir vielleicht ein bisschen voreilig waren."

Sheri hob eine Augenbraue. „Seine Situation?"

„Naja", sagte Norma Sue. „Er ist ein Baby."

„Ein was?" Sie warf Lacy einen verwirrten Blick zu.

Pace Gentry war kein Baby.

Auch Lacy sah überrascht aus. „Sheri, das höre ich jetzt auch zum ersten Mal. Aber wenn ich so darüber nachdenke, könnten sie Recht haben. Pace ist ziemlich neu auf seinem Glaubensweg, und er hat seine ganze Welt auf den Kopf gestellt, um hierher zu ziehen und in seinem Glauben zu wachsen und Gutes zu tun. An dem Tag, als wir zugesehen haben, wie die Mustangs entladen wurden, dachte ich, dass es vielleicht kein guter Zeitpunkt für ihn ist, eine Beziehung anzufangen." Lacy warf Norma Sue und Adela einen Blick zu. „Das meint ihr doch auch, oder?"

Norma Sue runzelte die Stirn.

Adela blickte von Sheri zu Lacy. „Er ist auf einer Reise, und ob er nun verletzlich aussieht oder nicht, er ist es. Wir sollten ihm helfen, zu wachsen und sich in seinem neuen Leben zurechtzufinden."

Adela lächelte mitfühlend. „Wir lieben dich sehr, Sheri, aber wir haben einfach das Gefühl, dass das nicht der richtige Zeitpunkt ist. Es ist einfach so, dass im Augenblick in Pace' Leben Romantik möglicherweise nicht die klügste Idee ist."

Esther Mae schien ihre Meinung nicht sonderlich entschlossen zu teilen. Andererseits war sie die begeistertste Kupplerin unter ihnen und schien sich nie zu viele Sorgen darüber zu machen, wie es passierte, nur, *dass* es passierte.

Sheris Herz pochte, als sie die Frauen ansah, von denen sie geglaubt hatte, dass sie sie so gut kannte. Waren sie nicht gerade wild entschlossen gewesen, sie zu verkuppeln? Waren sie nicht die Kupplerinnen vom Dienst? Sie verkuppelten alles und jeden, der bei drei nicht auf dem Baum war. Und jetzt wollten sie, dass sie sich zurückzog und Pace in Ruhe ließ?

Sheri sah ihre Freundinnen ungläubig an. Schon

wieder versuchten sie, ihr Leben zu lenken. Das würde nicht passieren. Auf keinen Fall.

Sie dachten, sie könnten einfach mit den Fingern schnippen, und jeder würde tun, was sie wollten. Geh mit diesem Typen aus. Geh *nicht* mit diesem Typen aus. Das konnten sie vergessen.

Das hier war schließlich keine Diktatur!

Darum trat sie zielstrebig ins erstbeste Fettnäpfchen, dass sich ihr bot, bevor sie auch nur ihren Plan überdenken konnte.

„Also, Mädels, was soll ich sagen? Da seid ihr ein bisschen zu spät dran", sagte sie. „Ich gehe heute Abend auf einen kleinen Ausflug mit Pace. Tut mir leid, eure Seifenblasen zum Platzen zu bringen, aber was geschehen ist, ist geschehen."

* * *

Pace kam gerade aus der Scheune, als Sheri den Hof betrat. Sie fuhr diesen Jeep, als hätte er nur eine Geschwindigkeit. Und das war schnell.

„Hey, Pace. Was machst du gerade?"

Wenn er sie so lächeln sah, war das so gar nicht die Frau, die am Samstag steif vor Angst auf dem Dach gehockt hatte.

Er nahm seinen Hut ab und klopfte ihn auf seinen Oberschenkel. Er versuchte, nicht daran zu denken, wie froh er war, sie wieder lächeln zu sehen. „Dasselbe wie immer. Ich bin gerade auf dem Weg, ein neues Pferd zum Zureiten zu holen."

„Nein. Du kommst mit mir." Sie trommelte mit den Fingern auf ihrem Lenkrad.

„Ach so?"

„Ja. Ich muss mich bei dir revanchieren – na ja, du weißt schon, dass du mich am Samstag vor meiner eigenen Dummheit retten musstest."

„Dafür musst du dich nicht revanchieren. Vor allem, weil ich darauf gewartet habe, dass du wieder normal bist, damit ich dir die Leviten lesen kann. Was hast du dir nur dabei gedacht, da hochzuklettern, wenn du doch wusstest, dass du Höhenangst hast? Du hättest dir Gott weiß was tun können."

Er hatte vorgehabt, heute Abend zu ihrem Haus zu fahren und mit ihr zu reden. Sie brauchte jemanden, der sie zurechtrückte, wenn ihr Verstand aussetzte. Er vermutete, dass sie aus einem bestimmten Grund seinen Weg gekreuzt hatte. Und er konnte nicht leugnen, dass er gerne mehr über sie herausfinden würde.

„Ich muss dir danken. Also spring rein. Außerdem habe ich deinen Truck das ganze Wochenende nicht an meinem Haus vorbeifahren sehen. Nur Arbeit und kein Spaß macht Pace zu einem langweiligen Jungen.“

Er *hatte* hart gearbeitet. Er war kaum lange genug vom Pferd gestiegen, um zu schlafen. Ende nächster Woche würde eine Ladung neuer Pferde kommen, und er musste dafür sorgen, dass er für sie bereit war. „Ich habe viel zu tun. Man muss ja nicht jeden Tag in den Ort fahren.“

„Die Ausrede zieht bei mir nicht. Du lebst nicht mehr in der Wildnis, Mr. Gentry. Du kannst dich hier nicht einfach verkriechen und davon ausgehen, dass es niemand merkt. Außerdem schulde ich dir etwas.“

Sie hob eine Hand, als er etwas erwidern wollte. „Kein Wort mehr. Spring einfach rein.“

Er war hin- und hergerissen zwischen dem

Wunsch, Zeit mit ihr zu verbringen, und seiner Verantwortung. „Ich muss wirklich arbeiten –"

„Ein Nein akzeptiere ich nicht. Zwing mich nicht, wieder auf das Kirchendach zu klettern. Glaub mir, wenn es sein muss, werde ich es tun."

Sheri Marsh konnte gleichzeitig äußerst irritierend und überzeugend sein. Mit ihrem glänzenden, vom Wind zerzausten Haar und ihrem strahlenden Teint fühlte er sich von ihr angezogen – wahrscheinlich wie viele andere Cowboys auch. Er warf einen letzten Blick auf den Paddock, dann gab er den Kampf auf, ging zur Beifahrerseite und stieg ein.

„Du kannst sicher riechen, dass ich den ganzen Tag auf einem Pferd gesessen habe." Sie sah zu ihm hinüber und rümpfte die Nase.

„Dann ist es gut, dass ich das Dach von meinem Jeep abgenommen habe."

Er lachte. Die alten Damen hatten die Wahrheit gesagt, als sie ihn vor Petes Futtergeschäft überfallen hatten. Mit Sheri würde es einem Mann nie langweilig werden. „Also, wohin fahren wir?"

„Das ist eine Überraschung!" Sie warf einen Blick

auf ihre Uhr und trat dann aufs Gaspedal. „Aber wir müssen uns beeilen."

„Das war ja klar." Sie hatte einen Bleifuß und liebte es offensichtlich, den Kies fliegen zu lassen. Überraschungen hatten Pace nie viel gegeben, und sein Gesichtsausdruck musste es gezeigt haben, denn als sie ihn durch die Haare anblickte, die ihr Gesicht umwehten, lachte sie. Nachdem sie auf die Landstraße eingebogen waren, gab sie Gas — weg von Mule Hollow.

„Was haben wir vor?", fragte er erneut. Er hatte angenommen, dass sie zum Essen ins Diner fahren wollte. Am Dienstagabend war in Mule Hollow nicht viel los. Nein, in Mule Hollow war nie viel los. Nicht, dass er sich beschwert hätte. „Lehn dich zurück und entspann dich. Heute Abend wirst du mit einem Sheri Marsh-Dating-Erlebnis verwöhnt. Ich glaube, wir müssen ein paar Fakten klarstellen, die du über mich durcheinandergebracht hast."

„Ein Date?" Pace begegnete ihrem lachenden Blick mit einer Mischung aus Argwohn und Interesse.

„Oh ja", lachte sie. „Habe ich vergessen zu erwähnen, dass ich dich auf ein Date entführt habe?"

KAPITEL FÜNFZEHN

Sheri liebte erste Dates.

Sie waren fast genauso gut wie erste Küsse.
Natürlich musste sie sich auf der langen Fahrt zum Autokino immer wieder daran erinnern, dass das nicht wirklich ein erstes Date war. Das war ihr Plan: Sie musste ein Date mit Pace haben, damit diese lästigen Kupplerinnen anfingen, sie als Paar zu betrachten.

Die Tatsache, dass Pace tatsächlich zugestimmt hatte, mit ihr zu kommen, hatte sie sehr gefreut. Natürlich war da das kleine Problem, dass er das hier wirklich für ein echtes Date hielt. Auch wenn sie wusste, dass sie sich schrecklich fühlen sollte, dass sie so viel Spaß daran hatte, ihn aufzuziehen und mit ihm zu reden, verdrängte sie dieses winzige Detail. Es war ja auch nicht wirklich wichtig. Er würde nicht verletzt werden. Sie auch nicht. Er hatte kein Interesse daran, eine Partnerin zu finden, was bedeutete es also schon, wenn sie ein paar Verabredungen hatten?

Es war nicht so, dass er sich Hals über Kopf in sie verlieben würde – diese Vorstellung war so vollkommen abwegig, dass sie fast gelacht hätte. Tatsache war, sie konnte sich Pace nicht als verheirateten Mann vorstellen. Er war wie seine Mustangs, ein freier Geist, der nicht gezähmt zu werden brauchte.

Da sie das alles wusste, beschloss sie, das Date zu genießen. Sie war seit über zwei Monaten nicht mehr ausgegangen. Nicht, seit sie mit J.P. zu dieser Hochzeitsfeier gegangen war und er sich erdreistet hatte, sich in eine andere zu verlieben. Außerdem war sie Pace wirklich etwas schuldig dafür, dass er sie auf dem Dach gerettet hatte. Trotz seiner Launenhaftigkeit und der Tatsache, dass sie auf dem falschen Fuß angefangen hatten, musste sie zugeben, dass sie seine Gesellschaft wirklich genoss. Während die Meilen an ihnen vorbeizogen, sprachen sie über seinen Vater und wie er von ihm großgezogen worden war, nachdem seine Mutter gestorben war. Sie war überrascht, dass er ihr einen Blick in seine Vergangenheit gewährt hatte. Es war offensichtlich, dass er nach seinem Vater kam. Sie konnte auch sehen, wie sehr er dieses Leben genossen hatte. Seine Augen leuchteten förmlich, wenn er über die Schönheit des Great Basin sprach. Und während er über das Land sprach wurde ihr klar, dass sie seiner Stimme ewig lauschen konnte. Dieser Mann, der immer so distanziert wirkte, hatte die Gabe, Geschichten Leben einzuhauchen. Ja, daran bestand kein Zweifel, sie liebte erste Dates.

„Okay, mach die Augen zu", sagte sie, als sie in die Stadt fuhren.

„Meine Augen zumachen?"

Der Mann war sooo vorhersehbar. Sie hob eine Augenbraue und wiederholte ihren Befehl. „Komm schon, Augen zu."

„Ich mag keine Überraschungen", sagte er, doch in seinen Worten lag ein Lächeln.

„Hör zu, Cowboy, das ist mein Date. Tu also, was ich sage, und mach die Augen zu. Und kein Spicken.

Jetzt bist du dran, mir zu vertrauen. Fair ist fair." Das brachte ihr einen langmütigen Blick ein, doch er gehorchte, und sie versuchte, sich auf das zu konzentrieren, was sie tat, anstatt darauf, wie süß er mit geschlossenen Augen aussah. Sie lernte schnell, dass Pace Gentrys Bellen viel schlimmer war als sein Biss. Während sie ihn beobachtete, wäre sie fast von der Straße abgekommen und musste im letzten Moment das Lenkrad herumreißen, um nicht in den Graben zu fahren.

„Whoa! Tut mir leid", kreischte sie und begegnete seinem offenen Blick mit einer entschuldigenden Grimasse. „Mach sie wieder zu, ich verspreche dir, dass ich dich in einem Stück ans Ziel bringe. Das war nur ein Schlenker." Pace schloss erneut die Augen. Gerade rechtzeitig, denn kaum eine Sekunde später kam das Autokino in Sicht. Sheri lächelte, als sie das Schriftdisplay sah. Sie liebte diesen Ort.

Kurz nachdem sie nach Mule Hollow gezogen war, hatte sie von einer ihrer Kundinnen von diesem Autokino erfahren und sich verliebt. Obwohl es hin und zurück insgesamt drei Stunden Fahrt waren, war die Zeit für jemanden, der alte Filme liebte, wohl investiert. Und in Begleitung eines guten Dates gab es nichts Schöneres als sich mit einer Tüte Popcorn zurückzulehnen. Diese Woche zeigten sie einen alten Western mit Jimmy Stewart und Henry Fonda. Es war einer ihrer Lieblingsfilme, und sie hatte das Gefühl, dass Pace sich amüsieren würde. Das hoffte sie zumindest.

Sie fuhr an den Ticketschalter und legte einen Finger an die Lippen, dann hielt sie zwei Finger ihrer anderen Hand hoch. Peg, die ältere Frau am Fenster, lächelte und reichte ihr die Tickets. Sheri warf einen Blick auf Pace, um sicherzustellen, dass er nicht schummelte. „Die Augen bleiben noch ein bisschen länger zu, Mister."

„Jawoll, Ma'am", sagte er, und ihr entging der Hauch von Humor nicht. Es gefiel ihr, dass er ihr gegenüber lockerer geworden war. Was machte es schon, dass sie dafür auf dem Kirchendach ihren Stolz hatte opfern müssen?

Sheri fuhr auf dem mit Zedern und Hecken gesäumten holprigen Pfad weiter. Sie waren so dicht, dass sie wahrscheinlich schon vor langer Zeit gepflanzt worden waren – damals, als das Theater eröffnet worden war. Sobald sie den Parkplatz des Autokinos erreichten, parkte sie an ihrem Lieblingsplatz in der Mitte der drittletzten Reihe. Sie blickte zu der riesigen weißen Leinwand auf und lächelte. Das würde perfekt werden.

„Okay, jetzt kannst du die Augen aufmachen." Sie stellte den Motor ab und sah ihn an.

„Bist du sicher?", fragte er und neigte den Kopf zur Seite. Seine Augen waren immer noch fest geschlossen.

Sie betrachtete seine dunklen Wimpern auf seiner sonnengeküssten Haut und genoss es, ihn einen Moment länger anzusehen. Einen Augenblick lang kämpfte sie gegen den plötzlichen Impuls an, über seine Wange zu streicheln. „Ja, ich bin mir sicher."

Als er die Augen öffnete, blühte das Vergnügen in seinem Gesicht auf.

„Das ist eine großartige Idee", sagte er und sah ihr in die Augen.

„Cool was? Ich liebe dieses Autokino. Es ist eines

der ältesten in Texas. Eines der wenigen Originale, die es noch gibt. Sie scheinen wieder in Mode zu kommen, und ich habe gehört, dass ein paar neue gebaut werden, aber dieses hier" – sie machte eine ausladende Geste – „ist authentisch. Komm. Wir müssen uns Hot Dogs, Popcorn und Zuckerwatte holen."

„Du scheinst öfter hierher zu kommen."

„Scharfsinnige Feststellung." Sie warf ihre Haare über die Schulter, als sie aus dem Jeep sprang und auf den rot-weißen Imbiss in der Mitte des Parkplatzes zusteuerte. Als er zurückblieb, drehte sie sich um und winkte ihm zu, ihm zu folgen. „Komm schon."

Er faltete seine langen Beine auseinander und stieg aus dem Jeep. Er holte sie ein und ging neben ihr her. Dabei streiften sich ihre Arme, und sie bemerkte, dass sie ihm immer näher kam, als sie sich dem kleinen Imbiss näherten. Sheri konnte es sich nicht wirklich erklären, doch in Pace' Nähe zu sein brachte sie auf irgendeine unergründliche Weise dazu, sich anders zu fühlen. Es war nicht etwas, das sie analysieren wollte, doch es war da. Aus diesem Grund hatte sie das gute Gefühl, dass dieser Kinobesuch etwas ganz Besonderes werden würde.

Besucher drängten sich durch die Tür des kleinen Gebäudes, und der Geruch von Popcorn, Hot Dogs und Zucker lag in der Luft. Hier stellte Sheri sich gerne an.

„Riecht das nicht himmlisch?", fragte sie und atmete tief ein. Als Pace nichts sagte, drehte sie sich zu ihm um und bemerkte erst dann, dass er unbehaglich aussah. Anstatt mit ihr anzustehen, hielt er sich am Rand des Raumes. „Stimmt was nicht?", fragte sie und gab sofort ihren Platz auf, um zu ihm zu gehen.

Er beugte sich zu ihrem Ohr hinunter. „Ich stinke wie ein Pferd. Du hast mich mich nicht umziehen lassen, schon vergessen?"

„Du stinkst nicht", sagte sie, beugte sich vor und schnupperte. „Und wenn ich dir gesagt hätte, dass ich dich heute Abend hierherbringe, wärst du sicher nicht mitgekommen. Oder?"

Er holte tief Luft und rieb sich das Kinn und die Bartstoppeln, die seinen kantigen Kiefer betonten. „Nein", sagte er schließlich. „Du hast Recht. Ich wäre nicht mitgekommen."

Lächelnd hakte sie sich bei ihm unter und zog ihn

mit sich. „Siehst du? Ich musste es so machen. Außerdem ...“ Sie beugte sich wieder vor und atmete ein. „Duftest du nach Leder, Pferd und Sonne. Daran ist nichts auszusetzen. Schau dir all die neidischen Blicke an, die ich bekomme, weil ich mit einem ehrlichen, hundertprozentig echten Cowboy verabredet bin.“ Er blinzelte sie verständnislos an. „Falls du es nicht bemerkt hast, du bist ein Hit.“

Die Schlange teilte sich in zwei separate Schlangen auf, und beide machten gleichzeitig einen Schritt nach vorne. Sie hob das Kinn und sah, dass er auf sie hinabblickte. In diesem Moment dachte sie wieder ans Küssen und fühlte sich zu ihm hingezogen, als gäbe es einen unsichtbaren Faden, der sie verband. Pace spürte es auch. So etwas konnte sie sehen. Welches Mädchen konnte das nicht? Er hatte den Blickkontakt nicht unterbrochen, als sie sich vorwärts bewegten, und seine grauen Augen waren fast rauchig geworden ... Sheri seufzte und neigte sich in seine Richtung.

„Popcorn?“

Sheri blinzelte, als das Mädchen hinter der Theke

freundlich nach ihrer Bestellung fragte.

„Oder Cola?", fragte sie lächelnd.

Sheris imaginäre Blase der Zufriedenheit platzte, und sie plumpste auf die Erde zurück. „Ja", sagte sie und ratterte ihre übliche Junk-Food-Bestellung herunter. Ein Blick auf Pace und sie wusste, dass Hot Dogs und Popcorn so ziemlich das Letzte war, woran er gerade dachte.

„Ich kümmre mich ums Tanken", sagte Pace, als Sheri mit dem Jeep auf den Parkplatz des Supermarkts einbog. Es war elf Uhr, und sie hatten noch mehr als eine Autostunde vor sich. Obwohl es spät war und er seine Tage vor Sonnenaufgang begann, beschwerte er sich nicht. Er war seit Jahren nicht mehr im Kino gewesen. Und ein Autokino hatte er das letzte Mal besucht, als er ungefähr sechs Jahre alt gewesen war, als sein Vater und er auf einer Reise von Texas nach Montana zufällig an einem vorbeigekommen waren. „Ich hole uns was zu trinken", sagte Sheri.

„Möchtest du Kaffee oder eine Cola?"

Pace schraubte den Tankdeckel ab und beobachtete, wie Sheri rückwärts über den fast menschenleeren Parkplatz ging, während sie ihn anlächelte und auf seine Antwort wartete. „Kaffee klingt gut."

Sie strahlte. „Ein Mann nach meinem Geschmack. Wird prompt geliefert."

Er sah zu, wie sie herumwirbelte und den Rest des Weges zum Laden joggte, dann verschwand sie darin. Sie hatte ihn erneut überrascht, als sie ihn auf ein spontanes Date entführt hatte. Auf den ersten Blick hätte er sie als moderne Frau eingeschätzt. Das Letzte, was er erwartet hatte, war, dass sie Schwarzweißfilme und die Nostalgie eines Autokinos liebte.

Darüber hinaus hatte es ihn erstaunt, wie sehr er es genossen hatte, Zeit mit ihr zu verbringen. Sie lachte gern und viel, warf Popcorn nach ihm, wenn er nicht lachte, und machte den ganzen Film über Witze, wenn die Hauptfiguren etwas Dummes taten und sich selbst in Schwierigkeiten brachten. Ihr laufender Kommentar war interessanter als der Film gewesen. Doch sie spielte nicht nur für ihn. Sie hätte nicht ganze Zeilen aus einem Film zitieren können, wenn sie ihn nicht zahllose Male gesehen hätte. Die Frau war voller Überraschungen... netter Überraschungen.

Trotzdem hatte er den ganzen Abend nach der Frau gesucht, die er auf dem Dach gesehen hatte. Er wollte böse auf sie sein, weil sie aufs Dach geklettert war, wo sie doch gewusst hatte, dass sie Angst hatte, doch es gefiel ihm, dass sie sich dazu gedrängt hatte, es zu versuchen. Es sprach für einen Menschen, wenn er versuchte, seine Ängste zu überwinden. Sheri hatte mehr zu bieten als er gedacht hatte, und ihm war heute Abend klargeworden, dass er erfahren wollte, wer sie wirklich war.

Der Mond stand hoch am Himmel, und die Nacht war warm und mild. Die Kojoten sangen eine einsame Serenade, während die Glühwürmchen sich die kleinen Herzchen aus dem Leib tanzten und von Baum zu Baum und scheinbar von Stern zu Stern huschten. Sheri und Pace waren nach einer stillen Fahrt nach Hause gekommen. Sie hatten sich ein bisschen unterhalten und von Zeit zu Zeit Fragen gestellt. Doch ein Großteil der Fahrt hatten sie geschwiegen. Ein angenehmes Schweigen, das sie gerne mit ihm geteilt hatte.

Obwohl Sheri sich in vielerlei Hinsicht dazu gezwungen hatte, extrovertiert zu sein, blieb sie im Herzen introvertiert. Bei Pace hatte sie zum ersten Mal seit langer Zeit nicht das Bedürfnis, sich zu zwingen, gesellig zu sein und ihn zu unterhalten. Es war angenehm....

Wie ein Gentleman hatte er darauf bestanden, sie zurück zu ihrem Haus zu begleiten, nachdem sie bei ihm angekommen waren. Er hatte ihre Türen überprüft, um sicherzustellen, dass alles fest verschlossen war, damit sie sicher war, wenn sie schlafen ging. Sheri war von seiner Fürsorge gerührt. Sie musste zugeben, dass Pace ihr das Gefühl gab, zart und verletzlich zu sein. Sie war sich nicht sicher, was sie von diesem Gefühl halten sollte. Sie hatte lange und hart gekämpft, um stark zu werden. Sie wollte unbesiegbar sein... oder zumindest unbesiegbar erscheinen. Er hatte gesehen, wie sie sich lächerlich gemacht hatte und hatte sie nicht ein einziges Mal deswegen aufgezogen. Stattdessen schien er sich seitdem in ihrer Gegenwart entspannt zu haben. Sie wollte keine Schritte zurück machen, doch Pace Gentry hatte etwas an sich, das den Wunsch in ihr weckte, sich verletzlich und geschätzt zu fühlen. Es war ein furchteinflößendes Gefühl für eine Frau wie Sheri. Der Gedanke, auch nur einen Moment nicht wachsam zu sein, war schwer vorstellbar. Pace hatte gesehen, wie sie auf dem Dach vollkommen erstarrt war, also entspannte sie sich und versuchte, bei ihm sie selbst zu sein. Das tat sie sonst nie, nicht einmal bei ihrer besten Freundin Lacy.

Als sie ihn jetzt ansah, musste sie sich darüber wundern. Sie saßen auf der Heckklappe seines Lastwagens und beobachteten die Sterne und lauschten den Lauten der Nacht. Es war spät, doch zu ihrer Überraschung hatte er es nicht eilig gehabt zu gehen. Sie sah ihn an und fragte sich neugierig, wie er tickte. Wenn sie das verstehen konnte, konnte sie vielleicht verstehen, warum sie sich so zu ihm hingezogen fühlte.

„Du vermisst es schrecklich, nicht wahr? Dein Leben da draußen."

Erst antwortete er nicht. Stattdessen ließ er die Frage auf sich wirken und überlegte, wie er am besten auf ihre Frage antworten sollte, bevor er schließlich nickte. „Die meisten Leute würden es nicht verstehen. Aber da draußen hast du nichts außer dem absolut Nötigsten. Da wird einem nichts vorgespielt und es gibt keinen Druck, irgendetwas anderes zu sein, als wer du wirklich bist."

Sheri dachte darüber nach und konnte es nachvollziehen. „Hast du dich nicht einsam gefühlt?"

„Ein Mann muss sich mit sich allein wohlfühlen." Eine Frau auch, dachte sie.

„Aber bist du je einsam gewesen und hast dir eine Familie gewünscht?" Das war etwas, das sie wirklich wissen wollte.

„Wir haben den Abend ohne Streit überstanden, und jetzt wirst du wieder aufdringlich." Er lächelte sie an, stieß ihre Schulter an und ließ ihren Puls stolpern.

Sheri stieß zurück, ihr war nach Spielen zumute. „Weich der Frage nicht aus, Buckaroo. Hast du jemals vor, eine Familie zu haben?"

„Ich weiß es nicht."

Das war nicht wirklich das, was sie zu hören erwartet hatte. Warum hatte sie angenommen, dass er sagen würde, dass er nicht vorhatte, zu heiraten und eine Familie zu haben? Pace wäre ein großartiger Vater, ganz zu schweigen von einem Ehemann. Wenn er die richtige Frau dazu fand …. Plötzlich begriff sie, was die alten Kupplerinnen dazu brachte, zu tun, was sie taten. Sie verdrängte den Gedanken sofort wieder. Jeder hatte das Recht, sein Leben zu gestalten wie er es wollte, ohne, dass sich irgendjemand einmischte.

Sie zog eine Augenbraue hoch. „Also wirst du als alter mürrischer Junggeselle enden? Aber ich hoffe, dass du nicht anfängst, Dame zu spielen und Applegate und Stanley im Diner herauszufordern."

Er lachte schallend. „Wohl kaum! Was machen die beiden eigentlich, wenn sie nicht Dame spielen?"

„Wer weiß? Ihr Land an einen reichen Arzt oder Anwalt verpachten, denke ich. Sie sind gerade in den Ruhestand gegangen und nicht allzu glücklich darüber."

Sie schmunzelten, dann lachten sie und verstummten wieder. Sheri liebte den Klang seines

Lachens. Sie sah zu ihm auf, und sie musterten sich einen Moment lang, in dem sich die Luft zwischen ihnen nicht zu regen schien.

„Was ist mit dir?", fragte er.

„Mit mir? Nein." Sie wollte nicht mit ihren Gründen anfangen, warum sie keine Familie haben wollte. Die Worte ihrer Mutter, dass Leute wie sie nicht zum Heiraten geboren waren, und ihre Familiengeschichte drängten sich an die Oberfläche und verdarben ihr den Abend. Sie wandte den Blick ab, konnte jedoch weiter seine Augen auf sich spüren.

„Erzähl mir von dir", sagte sie, da sie dringend von sich ablenken wollte.

„Was soll ich dir erzählen?"

„Alles. Über das Leben als Buckaroo. Der Gedanke daran fasziniert mich." Sie musterte ihn für einen Moment.

Er nickte, doch sie wusste, dass er sehr wohl begriffen hatte, dass ihre Frage eine Ablenkungstaktik gewesen war. Sie konnte es in seinen Augen sehen.

„Du weißt ja schon, dass ich nicht gut mit Menschen umgehen kann."

Sie lachte, und er schüttelte den Kopf, lächelte aber.

„Ich habe immer Trost darin gefunden, draußen auf dem Land unter freiem Himmel zu sein. Es machte mir nichts aus, in die Stadt zu gehen, aber ich hatte nie viel Geduld für die Menschen da. Vor allem größere Ansammlungen von Menschen." Er blickte auf und lächelte schwach. „Ich habe dazu geneigt, die Beherrschung zu verlieren und wütend nach Hause zu gehen. Meistens, bevor ich erledigt hatte, wofür ich gekommen war."

„Ich muss gestehen, dass ich das habe kommen sehen." Sheri dachte an ihre erste Begegnung mit ihm, während er seinen Truck entladen hatte. „Du kannst manchmal ein Bär sein."

Sein Lächeln war verlegen. „Ja, aber du auch."

„Hey, fang nicht davon an, Buckaroo."

Er lachte und hielt ihren Blick mit der ruhigen Eindringlichkeit fest, die ihr Innerstes auf den Kopf stellte.

„Warum nennt man Männer wie dich eigentlich Buckaroo? Ich dachte, ein Cowboy sei ein Cowboy.

Bis ich dich gesehen habe."

„Buckaroo bedeutet Cowboy. Es kommt vom spanischen Wort *Vaquero*. Es gibt jedoch Unterschiede. Buckaroos arbeiten mehr in Idaho, Oregon, Kalifornien und Nevada. Im Great Basin-Gebiet."

Sie zog an der Spitze seines Halstuchs. „Hat das irgendwas damit zu tun, wie du dich kleidest?"

Er nickte. „Das auch. Buckaroos neigen dazu, sich eher altmodisch zu kleiden. Ein Teil davon ist ein Erbe, eine Hommage an unsere Herkunft, und ein anderer Teil ist, dass diese Art der Kleidung schon so lange funktioniert und es heute immer noch tut."

„Was meinst du?" Sheri war fasziniert.

„Naja, wenn ich hundert Meilen vom nächsten Menschen entfernt allein da draußen bin, habe ich alles, was ich brauche, in meiner Ausrüstung. Ein Cowboy dagegen ist in der Regel nie so weit von der Stadt oder einem Bett entfernt. Seine Satteltaschen müssen nicht voll sein, und seine Kleidung muss ihm nicht so viel Schutz bieten. Wenn er ein Polohemd tragen will, kann er das. Meiner Meinung nach ist das nicht angemessen. Aber er muss nicht daran denken, dass sein Hemd ihn vor den Elementen schützt, wie zu viel Sonne am Tag oder die Kälte der Nacht. Er trägt wahrscheinlich kein Halstuch, weil er weiß, dass er an diesem Tag nur ein oder zwei Stunden draußen sein wird. Ein Buckaroo dagegen ist normalerweise den ganzen Tag lang draußen. Vielleicht auch die ganze Nacht."

„Darum sollte ein Buckaroo wohl eher ein Einzelgänger sein."

Er sah sie an und nickte. „Das ist Voraussetzung. So groß, wie die Ranches sind, weiß ein Buckaroo, dass er sich für einen einsamen Lebensstil entscheidet. Meistens entscheidet er sich aus genau diesem Grund für diesen Lebensstil und nicht trotzdem."

„Deshalb verstehe ich es nicht", sagte sie schließlich. Er sah sie von der Seite an. „Offensichtlich hast du dieses Leben geliebt. Du hast dich dafür entschieden. Warum hast du aufgegeben, was du liebst, um hierher zu ziehen?"

„Weil ich das Gefühl hatte, dass ich dazu berufen worden bin, es aufzugeben. Dass ich genau hier in

Mule Hollow sein sollte."

Sheri versteifte sich. Lacy war derselben Überzeugung gewesen, als sie Sheri überredet hatte, nach Mule Hollow zu ziehen, doch Sheri hatte sich noch nie zu irgendetwas berufen gefühlt.

Pace fuhr fort. „Mit wem sollte ich meinen Glauben teilen, wenn ich meine Jeans im Fluss wasche und meine Bohnen über dem Herd koche? Ich habe im Winter niemanden gesehen und im Sommer auch kaum eine Handvoll Menschen."

„Aber du hast es geliebt."

Pace begegnete ihrem Blick mit ruhigen Augen. „Manchmal muss man seine Liebe beweisen und aus seiner Komfortzone heraustreten."

Sie dachte darüber nach. „Fällt es dir schwer?"

Er lächelte. „Siehst du nicht, dass es mir nicht leicht fällt? Es ist schwer, sich an etwas anderes zu gewöhnen."

Sie lächelte ihn an. „Du bist ein guter Mann, Pace Gentry."

Sie studierten einander für einen langen Moment. Sheri hatte das Gefühl, dass sie einen großen Schritt in

Richtung Verständnis gemacht hatten.

„Ich muss nach Hause", sagte Pace plötzlich. „Ich muss morgen früh raus, und am Samstag ist das Rodeo, und ich habe alle Hände voll zu tun. Darum sollte ich los." Er hechtete praktisch von der Heckklappe und ging zu ihrer Hintertür, bevor sie blinzeln konnte.

Sie sprang von der Heckklappe und folgte ihm. Auf der Veranda legte er eine Hand auf den Zedernholzpfosten und blickte auf sie hinab, plötzlich fast unbeholfen. Es war süß, dachte sie und sah ihm in die Augen.

„Danke für den schönen Abend", sagte er leise.

Sheri trat auf ihn zu und zog ihn an sich. „Bitte. Vielleicht muss ich dich irgendwann wieder entführen."

Er nickte, und sein Blick wanderte für einen Moment zu ihren Lippen. Sheri stockte der Atem, als ihr bewusst wurde, dass er sie küssen würde ... und wusste, dass sie nie mehr gewollt hatte, dass jemand sie küsste. Als er sich zu ihr hinunter beugte, ging sie auf Zehenspitzen, und ihr Herz pochte in den Ohren, als sie die Augen schloss und wartete.

„Schlaf gut, Sheri." Sein Flüstern strich über ihr Ohr, und anstatt, dass seine Lippen ihre berührten, spürte Sheri, wie er zurücktrat.

Sofort riss sie die Augen auf. Pace entfernte sich schnell, schon auf halbem Weg zu seinem Truck.

Bevor sie ihre Stimme wiederfinden konnte, beobachtete sie, wie seine Rücklichter die Auffahrt hinunter verschwanden.

Es war das schlechtestmögliche Ende des besten Dates, das sie jemals gehabt hatte.

KAPITEL SECHZEHN

Pace mochte Jake. Er war zwanzig Jahre alt und lernte leidenschaftlich gerne sein Handwerk. Jake war in Cassie verliebt, ein süßes Mädchen, das im Frauenhaus *Sicherer Hafen* lebte. Pace war überrascht gewesen, als er erfahren hatte, dass Sheriff Brady und seine Frau Dottie ihr Zuhause in ein Frauenhaus verwandelt hatten. Pace konnte sich noch gut daran erinnern, wie groß es ihm vorgekommen war, als er Bradys Haus das erste Mal betreten hatte – als Kind, das in Hütten und Schlafbaracken aufwuchs. Es duftete nach Keksen, weil Brady eine Mutter hatte, die immer für ihn und Clint kochte und sich um sie kümmerte, wenn sie dort waren. Als zwei Männer ohne Mütter wussten sie es wirklich zu schätzen. Nicht, dass sie

jemals viel darüber geredet hätten. Es gab einige
Dinge, die man am besten tief in seinem Inneren
vergrub, da sie einem Schmerzen bereiten konnten,
wenn man zugab, dass sie von Bedeutung waren.

Er war froh, dass es jetzt wieder Kinder in dem
Haus gab. Er freute sich besonders für dieses Mädchen
Cassie. Als Pace sie kennenlernte, spürte er sofort, dass
sie sich mehr als alles andere auf der Welt eine Familie
wünschte. Er konnte es auch daran sehen, wie hart Jake
arbeitete, um Cassie irgendwann alles geben zu
können, was sie im Leben verdiente.

Pace stand im runden Paddock und beobachtete,
wie Jake den Mustang führte, den sie ausgewählt
hatten, um heute Morgen mit der Arbeit zu beginnen.
Der Junge war ein Naturtalent wie Pace es gewesen
war. Für Pace war es am Anfang ein Nervenkitzel
gewesen, die Pferde auf die alte Art zuzureiten. Doch
es hatte nicht lange gedauert, bis er begriffen hatte,
dass zu viele Stürze einem gesunden Alter nicht
förderlich waren. Sein Vater war der lebende Beweis
dafür. Mit fünfundvierzig Jahren war er ein alter Mann
gewesen, weil er so oft von einem Pferd abgeworfen

worden war. Selbst die Besten wurden abgeworfen, und jedes Mal, wenn man am Boden aufschlug, bestand die Gefahr, sich einen weiteren Knochen zu brechen, Wirbel zu splittern, sich einen Milzriss zuzuziehen oder auf verschiedenste Weisen zu sterben.

Und da ein so aggressiv zugerittenes Pferd einfach unzuverlässig war, hatte Pace sich entschlossen, einen neuen Weg zu finden. Er war einundzwanzig gewesen, als er sein erstes Pferd zugeritten hatte, ohne dass es dabei zu einem Bocken oder Abwerfen gekommen war. Nicht, dass es seitdem keine Zeiten gegeben hätte, in denen ein Pferd stur gewesen wäre und er in den Genuss eines *lebhaften* Ritts gekommen wäre, doch größtenteils kamen er und das Pferd zu einer Übereinkunft, wenn er sich genug Zeit ließ.

„Ich höre, dass du im Rodeo antrittst?", sagte Jake, als er das Pferd an ihm vorbeiführte.

„Ich kann ja nicht zulassen, dass ihr Grünschnäbel allein den ganzen Spaß habt." Jake grinste.

„Wir hatten gehofft, dass du antrittst. Weißt du, es ist eine Sache, ein Pferd zuzureiten, doch es gibt nichts Besseres, als eins aus dem Chute zu reiten."

„Da kann ich dir nur zustimmen."

„Außerdem macht es Spaß, ein bisschen für mein Mädchen anzugeben."

Pace lachte und sah zu, wie er das Pferd im Kreis herumführte. „Ja, aber was ist, wenn du auf deinem Hintern im Dreck landest?"

„Das wird nicht passieren." Jake lüftete seinen Hut. „Hast du nicht gehört? Ich bin der Beste, den es je gab."

Pace lachte. „Ja, in deinen Träumen vielleicht." Er erinnerte sich daran, wie er in Jakes Alter geglaubt hatte, er hätte die Welt in der Tasche. Es war schon seltsam, wie schnell das Leben verging.

„Wie geht's Cassie?", fragte er. Er und Jake hatten in den letzten Wochen eine angenehme Freundschaft aufgebaut.

„Ihr geht's prima. Wir haben über unsere Zukunft gesprochen."

„Ach, wirklich?"

„Ja, Sir, die Sache ist ..." Jake blieb vor ihm stehen. „Cassie und ich, wir sind uns sehr ähnlich. Wir hatten nicht viel Familienleben, und dieser kleine Ort ist unsere Familie. Wir freuen uns darauf, unsere Kinder hier in Mule Hollow großzuziehen. Wir denken, dass uns alle helfen können, wenn wir nicht weiterwissen."

Pace nickte. „Das hier ist ein schöner Ort für eine Familie. Du hast einen soliden Plan."

Pace stieß sich vom Zaun ab, um dem Jungen Raum zu geben, eine Beziehung zu dem Pferd aufzubauen.

Auf Pace wartete ein Mustang im anderen Paddock. Er ging hinaus und hörte zu, wie Jake mit der Stute sprach. Jake hatte ein hübsches Bild gemalt, doch Pace hatte noch nie viel über Kinder nachgedacht. Er war ein Cowboy gewesen, der ein Leben führte, in das eine Familie nicht wirklich passte. In gewisser Weise war es eine egoistische Lebensweise. Natürlich hatten es nicht alle Cowboys so schwer wie der Buckaroo, der wie ein Nomade lebte. Doch für einen Mann wie ihn machte die Liebe zu dieser Lebensweise die Einsamkeit und die niedrigen Löhne bedeutungslos.

Die meisten würden es nicht verstehen, und ein Buckaroo bat auch nicht um Verständnis. Die meisten

Menschen konnten es auch dann nicht verstehen, wenn es ihnen erklärt wurde.

Er wusste, dass er sich mit seinem Talent mit Pferden hier in Mule Hollow eine Zukunft aufbauen konnte, in der auch Platz für eine Familie war. Doch ... er hatte seine Momente, Momente spät in der Nacht, in denen er vom Ruf des Kojoten und dem Flüstern des Windes nach draußen gezogen wurde. In jenen Nächten wusste er in seinem Herzen, dass die einsamen Ebenen des Great Basin versuchten, ihn zurückzurufen.

Die Wahrheit war, dass es schwierig wäre, jemals zurückzukehren, wenn er eine Familie hätte. Er hasste es, seine Schwäche zuzugeben, doch auch wenn er spürte, dass er aus einem bestimmten Grund hier war, wusste er, dass er sich selbst ein Hintertürchen gelassen hatte. Seine Gedanken wanderten zu Sheri, wie sie es in den letzten zwei Tagen, die seit dem Date vergangen waren, so oft getan hatten, und er konnte nicht anders als sich zu fragen, warum sie keine Familie wollte. Er hatte einen fantastischen Abend mit ihr gehabt, so fantastisch, dass er darüber nachdachte, den Spieß umzudrehen und sie auf ein Date zu entführen. Es war eine überraschende Wendung nach ihrem holprigen Start. Mit ihr zusammen zu sein hatte die Unruhe gelindert, die er empfunden hatte. Er hatte es ihr anfangs wirklich nicht leicht gemacht. Er hatte Mutmaßungen über sie angestellt, von denen er bei ihrem Date festgestellt hatte, dass sie nicht wahr waren.

Genau deshalb musste er immer wieder an sie denken. Er war neugierig auf sie. Pace war gut in dem, was er tat, weil er ein Pferd lesen konnte. Er konnte ihm in die Augen blicken und beobachten, wie es reagierte, und wusste, was es dachte. Was es brauchte.

Auch wenn er nie behauptet hatte, das mit Menschen tun zu können, hatte er tatsächlich nie wirklich genug Interesse an Menschen gehabt, um zu versuchen, sie zu verstehen. Doch irgendetwas an Sheri zog ihn magisch an. Er konnte es nicht erklären, doch zum ersten Mal war er interessiert genug, um alles wissen zu wollen, was es über einen Menschen zu wissen gab.

Er warf einen Blick auf seine Uhr, als er den

runden Paddock betrat und bemerkte, dass es an der Zeit war, dass sie von der Arbeit nach Hause kam und die Straße entlang joggte.

Er hatte sich daran gewöhnt, dass sie an seiner Hütte vorbei joggte. Er war zu dem Schluss gekommen, dass sie ihm ihre Vorstellung von einem großartigen Date gezeigt hatte. Vielleicht sollte er dasselbe tun.

Sheri war mit dem Stretching fertig und lief die Straße hinunter. Sie brauchte das nach den unruhigen Nächten und den Überfällen der alten Damen, die sie in den letzten zwei Tagen hatte ertragen müssen. Trotz ihrer angeblichen Vorbehalte, Pace mit ihr zusammenzubringen, konnten sie morgens gar nicht früh genug kommen, um zu sehen, wie es lief. Esther Mae sah sie praktisch schon verheiratet mit einem Stall voller Kinder.

Sheris Plan war in vollem Gange, und sie hätte zufrieden sein sollen, doch nach ihrem Date war für sie alles nicht mehr so klar wie zuvor.

Sie joggte um die Kurve und war überrascht, dass Pace auf seinem Pferd am Tor wartete. Ihr Puls schlug schneller, als wäre sie gerade einen Marathon gelaufen. In dem Moment, als sein Blick ihrem begegnete, wusste sie, dass er auf sie gewartet hatte. Er lächelte und ihr Inneres verwandelte sich in Wachs.

Sie blieb ein paar Schritte vor ihm stehen. „Schön, dich zu sehen."

Er beugte sich vor und streckte ihr die Hand entgegen. „Halt dich fest."

Sie lächelte, blickte jedoch skeptisch drein. „Warum?"

„Ich denke, fair ist fair. Du hast mich entführt. Jetzt bin ich dran."

Sie starrte das große Pferd an. „Ich kann nicht reiten."

„Du musst dich nur hinter mich setzen und dich festhalten. Komm, gib mir deine Hand."

Sheri kam zu dem Schluss, dass er, wenn er sie davor bewahren konnte, von einem Dach zu fallen, auch dafür sorgen konnte, dass sie nicht vom Pferd fiel. Sie ergriff seine Hand und er nahm seinen Fuß aus dem Steigbügel.

„Setz deinen Fuß da rein und drück dich hoch." Er lächelte, als sie ihn mit gerunzelter Stirn ansah. „Tu's einfach und sag nicht, dass du es nicht kannst."

Sie schnaubte, hob ihren Fuß und setzte ihn in den Steigbügel, wie sie es bei ihm gesehen hatte. Dann drückte sie sich hoch, während er zog, und im nächsten Moment saß sie hinter ihm auf dem Rücken des Pferdes. „Das war leicht!", entfuhr es ihr.

Er lachte leise, und sie fragte sich, ob er daran dachte, wie sie auf dem Dach erstarrt war. Wenn dem so war, war er Gentleman genug, es nicht zu erwähnen, doch das Lächeln, das seine Mundwinkel umspielte, verriet es. Sheri errötete beim Gedanken daran.

„Jetzt halt dich fest."

Sheri hatte kein Problem damit, ihm zu gehorchen. Sie schlang ihre Arme um ihn und entschied, dass das der beste Anfang für ein zweites Date sein könnte, den sie jemals erlebt hatte. Sie hoffte nur, dass das Ende dieses Dates besser sein würde als das des letzten.

Sie ritten eine Weile schweigend die Straße entlang, die Sheri auswendig kannte, weil sie so oft hier joggte. Als sie zu einem Tor kamen, beugte sich Pace aus dem Sattel, löste das Seil und ließ das Tor weit aufschwingen.

„Wie geht's dir da hinten?", fragte er und warf einen Blick über seine Schulter.

Sie nickte. „Könnte nicht besser sein, Cowboy."

Sein Lächeln raubte ihr den Atem. Sie ritten über die Weide, einen Hügel hinauf und an einem Bach entlang. Manchmal redeten sie, doch die meiste Zeit taten sie es nicht. Als er das Pferd über das Bachbett führte, fühlte sie sich, als wäre sie in die Vergangenheit versetzt worden. „Ich habe plötzlich das Gefühl, etwas mit denen gemein zu haben, die in den Tagen des alten Westens auf diesem Weg geritten sind", sagte sie und wusste instinktiv, dass es ihm genauso ging.

Er führte das Pferd den Pfad entlang, der sich entlang des Baches schlängelte. „Ich reite gerne hier draußen. Es ist ziemlich unberührt."

Das war alles, was er sagte, doch Sheri wusste, dass er damit zum Great Basin zurückkehrte. Plötzlich wurde ihr klar, dass er nicht nur einen Ausritt mit ihr machte – er teilte etwas mit ihr, das ihm wichtig war. Die Geste berührte sie.

Als sie über einen Hügel ritten, schwappte das Land in ein Tal, und Pace führte das Pferd zu einer Windmühle, die so alt aussah wie die Hütte, in der er lebte. Da sie alte Cowboyfilme liebte, wurde ihr bewusst, dass es eine klassische Szene gewesen wäre, wenn sie ein Blümchenkleid angezogen hätte. Sie kicherte bei dem Gedanken.

„Was ist so lustig?", fragte er und hielt das Pferd an, damit sie über die Weiten der Ranch blicken konnten.

„Ich sehe uns immer wieder in alten Filmen. Ich habe dauernd das Gefühl, dass gleich irgendjemand *Cut* rufen wird."

„Ich weiß, was du meinst. Wenn ich früher draußen war, hat es sich manchmal so angefühlt, als würde ich ein anderes Leben führen. Manchmal habe ich das Gefühl, in der falschen Zeit zur Welt gekommen zu sein."

Sheri lockerte ihren Griff um seine Taille und bemerkte plötzlich, dass sie sich immer noch an ihm festgehalten hatte, als würde das Pferd einen steilen Hügel erklimmen und sie Angst hatte, hinunterzufallen. „Als ich dich das erste Mal gesehen habe, dachte ich, du siehst aus, als wärst du direkt vom Set eines klassischen Westerns gekommen. Wie die Cowboys, die einen erschießen, wenn man sie falsch ansieht."

Er blickte sie finster über seine Schulter an. „So schlimm?"

Sie nickte. „Oh ja."

Er schüttelte den Kopf. „Nicht, dass es eine akzeptable Entschuldigung wäre, doch das Letzte, womit ich beim Abladen gerechnet hatte, war, von einer Frau runtergeputzt zu werden."

„Pass auf, Bucko."

Er lachte und nickte dann in Richtung Windmühle. „Möchtest du von hier oben auf dem Hügel den Sonnenuntergang beobachten?"

Sheri lächelte ihn an. „Das wäre schön." Sie war nicht dumm und erkannte ein gutes Angebot, wenn sie es hörte.

Die Sonne fing gerade an unterzugehen, als sie

abstiegen, zuerst sie, während Pace sie mit seiner Hand auf ihrem Unterarm festhielt, und dann er. In der Abendstille saßen sie auf einer Bank am Fuß der Windmühle. Überraschenderweise war sie verwittert, aber stabil. Sheri beobachtete, wie sich warmes Orange und goldenes Gelb am Himmel ausbreiteten, als die Sonne tiefer sank. Es war ein wunderschöner Anblick, und Sheri war genauso fasziniert von dem Gefühl, als Pace' Arm ihren streifte, wie von der Schönheit vor ihr.

„Kann ich dich was Persönliches fragen?"

Sie nickte, als er sie mit ernsten Augen ansah.

„Warum bist du gegen das Heiraten?"

Nicht das, was sie erwartet hatte. Sie hob eine Augenbraue. „Warum? Was willst du wissen?"

Er lachte. „Du hast meine Frage gehört." Doch darüber wollte sie gerade nicht wirklich reden. Das Hier und Jetzt war zu schön, um über ihre Vergangenheit zu reden. Er senkte den Kopf und sah sie an. Sie gab nach. „Du hast meinen Garten gesehen, oder?"

„Ja. Ich habe in meinem ganzen Leben noch nie so

viel Schnickschnack und funkelnden Kram gesehen."

„Dann weißt du es also."

Seine dicken, dunklen Brauen zogen sich zusammen. „Ich verstehe nicht, was du meinst."

„Es ist einfach. Ich bin projektorientiert – ich liebe Projekte. Hast du meine verschiedenen Kaninchen gesehen? Ich habe sechs davon in meinem Garten. Ich habe sie alle gemalt, als ich meine Kaninchenphase hatte. Dann hatte ich eine Fetter-Frosch-Phase. Im Moment ist es Glitzerkram im Baum. Ich habe es in einer Zeitschrift gesehen und fand es cool, darum habe ich angefangen, glitzernden Baumschmuck aufzuhängen."

„Aber was hat das alles damit zu tun hat, warum du nicht heiraten willst?"

„Mit Freunden … Partnern ist es genauso. Schau mich nicht so an. Mit jemandem ins Kino zu gehen macht mich nicht zu einem Flittchen."

Als sie seine Verwirrung sah, erzählte sie ihm von der Gewohnheit ihrer Eltern, sich scheiden zu lassen. Sie war sich nicht sicher, warum sie ihm alles erzählte, doch sie tat es. Sie breitete ihre ganze traurige Kindheit vor ihm aus. Es hätte ein sehr romantischer Abend sein können, bis zu dem Moment, als sie den Mund öffnete, doch als sie erst einmal angefangen hatte, konnte sie nicht aufhören, zu reden. Vielleicht lag es daran, dass er ein guter Zuhörer war, oder dass sie sich bei ihm sicher fühlte. Was auch immer der Grund war, Sheri öffnete sich Pace gegenüber. Sie erzählte ihm von den neun Scheidungen ihrer Eltern und den pausenlosen Veränderungen, die sie als Kind durchgemacht hatte. Dass sie nie wusste, im Haus welches Elternteils sie wann sein würde. Sie war zwischen Häuser hin und her gezerrt worden und hatte gesehen, wie mehr Partner und Partnerinnen kamen und gingen, als Kristalle an ihren Bäumen funkelten. Da ihre Eltern in der gleichen Gegend lebten, war das Haus desjenigen, der gerade Zeit für sie hatte, der Ort, an dem sie gelandet war.

Pace hörte sich ihre Geschichte ohne Kommentar an. Als sie endlich fertig war, war die Sonne untergegangen, und sie musste auch das letzte bisschen Romantik getötet haben, das in der Luft gelegen haben könnte, denn er sagte nichts. Sheri nahm an, dass er mehr bekommen hatte, als er erwartet hatte.

Nach einer Minute seufzte er. „Was für eine Art, erwachsen zu werden. Das muss hart gewesen sein, Sheri. Tut mir wirklich leid."

Sie konnte seine Augen in der Dämmerung sehen und war sofort wütend auf sich selbst, weil sie so viel erzählt hatte. Das Letzte, was sie von irgendjemandem wollte, war Mitleid. Hier versuchte sie, von der ganzen „arme, arme, bemitleidenswerte Sheri" Party wegzukommen, die ihre Freundinnen aufgezogen hatten, und was tat sie? Sie machte den Mund auf und verbaler Durchfall kam heraus.

„Sag mal", sagte sie und verzog das Gesicht, „könnten wir das alles zurückspulen und vergessen, dass ich es jemals gesagt habe?"

Er runzelte die Stirn. „Das ist ein bisschen schwer zu vergessen. Sie haben bei all dem nicht an dich gedacht. Sie waren egoistisch."

Das brachte Sheri zum Lachen. Wenn man sich bei Pace auf eins verlassen konnte, dann, dass er die Dinge auf den Punkt brachte. „Da hast du Recht. Für dich ist alles schwarz oder weiß. Für dich gibt es die guten Jungs, und es gibt die bösen Jungs und nichts dazwischen."

Er nickte. „Genau so bin ich. Vor allem, wenn es um die Verantwortung von Eltern gegenüber ihren Kindern geht."

„Da stimme ich dir hundertprozentig zu."

„Aber nicht bei anderen Dingen. Es ist nicht immer so einfach."

Sheri starrte ihn an und fühlte sich plötzlich wie unter einem Mikroskop. Eine Mücke landete auf ihrem Arm, und sie schlug darauf, froh, ein Ziel zu haben, an dem sie ihre aufbrausende Wut auslassen konnte. „Können wir uns wieder auf den Rückweg machen? Diese blutrünstigen kleinen Monster lieben mich." Sie stand auf und ging auf das Pferd zu. Es war jetzt dunkel, doch der Mond erhellte die Landschaft. Sie sah sich vorsichtig nach Schlangen um. Sie hatte keine zwei Schritte gemacht, bevor Pace ihren Arm ergriff.

„Sheri, ich wollte dich nicht verärgern."

Sheri sah seine Hand auf ihrem Arm und dann ihn an. „Das hast du nicht."

Er trat näher, und sie konnte seine Augen im Mondlicht aufblitzen sehen. „Du bist wütender als eine Hornisse."

Sie riss an ihrem Arm, doch er hielt sie fest. „Okay, also bin ich wütend."

„Worauf?"

Sheri hob ihr Kinn und schnaubte. „Das weißt du ganz genau." Sie zerrte wieder an ihrem Arm und wollte von ihm weg. „Du denkst, dass ich den alten Damen eine Lektion erteilen will, ist irgendwie hinterhältig oder egoistisch, genau wie meine Eltern."

Er neigte den Kopf. „Das habe ich nicht gesagt."

Sie sah ihn finster an. „Doch, das hast du." Sie riss erneut an ihrem Arm und stolperte fast, als er sich aus Pace' Griff löste.

„Würdest du mir zuhören?", knurrte er, riss sie zurück und bewahrte sie vor einem Sturz, indem er sie an seine Brust zog.

Pace stand stocksteif, und sie spürte, wie sein Herz gegen ihre Hand schlug, die sich auf seine Brust gepresst hatte. Als sie aufblickte, sah er benommen aus. Als hätte auch er die plötzliche Veränderung der Spannung zwischen ihnen gespürt. Als sie ihn anstarrte, wurden seine Augen klar, und sein Blick wanderte zu ihren Lippen, kurz bevor er seinen Kopf senkte.

KAPITEL SIEBZEHN

Pace Gentrys Griff um ihre Arme wurde fester, als seine Lippen auf Sheris trafen. Sie stand da, verblüfft von der Intensität seines Kusses. Ihre Hände wanderten zu seinen Ellbogen — sie brauchten etwas zum Festhalten. Ihr war schwindelig.

Dann ließ Pace seine Hände sinken, trat zurück und sah sie an, als könne er nicht glauben, was sich gerade zwischen ihnen abgespielt hatte.

„Das hätte nicht passieren dürfen." Pace' Gesichtsausdruck wurde im blassen Licht vollkommen ausdruckslos.

Sheri war sich nicht sicher, warum er sie angesehen hatte, doch es war kein Ausdruck, den sie so schnell vergessen würde. Er wusste sicherlich nicht, dass er ihre Welt mit diesem Kuss in ihren Grundfesten erschüttert hatte. Sie wurde geküsst, und sie mochte Küsse, doch bei diesem Kuss war etwas in ihrem Herzen passiert, das sie nicht erklären konnte. Doch so, wie er sie jetzt ansah, wäre sie ein Idiot, ihn wissen zu lassen, dass es ihr irgendetwas bedeutet hatte.

Sie setzte ihre eigene Maske der Gleichgültigkeit auf und lachte. „Es war nur ein Kuss. Jetzt krieg deswegen nicht gleich die Krise." Sie strich sich die Haare über die Schulter und ging auf das Pferd zu. „Wie wäre es mit einem Ritt nach Hause?"

Wortlos schwang er sich in den Sattel und half ihr auf. Sie hatte sich daran gewöhnt, wie sich das Pferd unter ihr anfühlte, und musste sich nur mit einem Arm an ihm festhalten, als sie sich auf den Nachhauseweg machten. Er sagte nichts, und sie ließ es dabei bewenden. Sie war verwirrt angesichts seiner Reaktion. Offensichtlich hatten sie den Kuss auf gegensätzliche Weise erlebt.

Es war der längste Nachhauseweg, den sie jemals hinter sich gebracht hatte. Sie war noch nie so glücklich gewesen, die Lichter ihres Hauses zu sehen.

Nachdem er ihr vom Pferd geholfen hatte, machte er sich nicht einmal die Mühe, abzusteigen und sie zu ihrer Tür zu begleiten, was für sie in Ordnung war. Ihre Verwirrung hatte schnell der Wut Platz gemacht.

Was für ein Problem hatte dieser Cowboy?

Sie musste sich sehr beherrschen, ihn nicht zur Rede zu stellen.

Sie drehte sich um, um die Stufen hinaufzugehen, als sie es einfach nicht länger ertragen konnte. Sie wirbelte herum und starrte seinen Rücken an, als er davonritt.

„Einen Moment nur, Pace Gentry."

Er hielt sein Pferd an und lenkte es um, damit er sie ansehen konnte. Das Licht der Verandalampe prallte von seinen dunklen Augen ab, als er ihrem Blick begegnete. „Was bitte geht in deinem Kopf vor sich? Das war das Seltsamste, was mir je passiert ist."

„Ich dachte, du hast gesagt, es war nur ein Kuss."

„Was hätte ich denn bitte sagen sollen? Du hast mich angesehen, als wäre ich aussätzig oder sowas." Sie stemmte eine Hand in ihre Hüfte. „Nicht gerade die Reaktion, die ich erwartet hatte."

„Schau, du hast Recht. Es war nur ein Kuss, und

ich hätte dich nie so festhalten sollen. Das war unverzeihlich."

Das beantwortete ihre Frage jedoch immer noch nicht. Sie war verwirrter denn je, doch zumindest hatte sie nicht kapituliert und geschwiegen. Sheri trat zurück in die Schatten, damit er die Wirkung, die er auf sie hatte, nicht sehen konnte.

„Vergiss es", sagte sie erschüttert. „Gute Nacht, Cowboy."

Sie drehte sich schnell um und ging die Stufen hinauf in ihr Haus. Wenn es eine Sache gab, die Sheri gelernt hatte, wenn es um Männer ging, war es, sie im Unklaren zu lassen. Früher hatte ihr das Spaß gemacht.

Doch heute Abend, als sie sich gegen die Tür lehnte und die Hufe von Pace' Pferd davon klappern hörte, hatte sie keinen Spaß.

Sie starrte finster in ihre leere Küche und hörte die Stille allzu laut und deutlich. „Ich bin glücklich mit meinem Leben. Das bin ich!", sagte sie zu den kahlen Wänden, die ihre Worte zu ihr zurückwarfen.

Nachdem sich Sheri den größten Teil der Nacht

unruhig hin und her gewälzt hatte, war sie Pace am darauffolgenden Tag so gut sie konnte aus dem Weg gegangen. Jetzt war Samstag, und Sheri war spät dran. Das Rodeo hatte bereits begonnen, als sie zum Eingang der riesigen, neuen überdachten Arena ging, die Clint Matlock vor Kurzem am Rande seiner Ranch gebaut hatte. Es war ein wunderbarer Gewinn für die gesamte Gemeinde, groß wie ein Fußballfeld, plus/minus ein paar Meter. Es gab Chutes für die Pferde, Pferche für das Vieh an der Seite und Tribünen für die Zuschauer. Er hatte sogar eine Küche bauen lassen, die Lacy als Imbiss benutzte. Der Erlös würde dem *Sicheren Hafen* zugutekommen. Sheri blieb kurz vor dem Eingang stehen. Der ganze Ort schien sich hier versammelt zu haben, und viele Leute waren von außerhalb angereist, doch Sheri sah, dass die Mehrheit der Zuschauer Einwohner von Mule Hollow waren. Wenn sie all die bekannten Gesichter betrachtete, verbesserte sich ihre säuerliche Stimmung. Es war wirklich schön zu sehen, wie die Stadt seit dem Tag, an dem sie und Lacy angekommen waren, gewachsen war.

Trotzdem rang Sheri mit ihren Gefühlen. Den ganzen Morgen hatte sie gegen ihre nachlassende

Entschlossenheit angekämpft, ihre Pläne umzusetzen. Im einen Moment war sie motiviert und bereit, im nächsten war sie ein Feigling. Sie war spät dran, weil sie auf dem Weg zur Arena dreimal am Straßenrand angehalten hatte. Dreimal hatte sie darüber nachgedacht, umzudrehen und nach Hause zu fahren.

Sie hatte Pace seit zwei Tagen nicht gesehen. Am Abend zuvor hatte sie sogar aufs Joggen verzichtet. Ihr ursprünglicher Plan war es gewesen, die alten Kupplerinnen bis zum Rodeo dazu zu bringen, zu glauben, dass sie und er zusammen waren. Genau das hatte sie immer noch vor. Sie hatte sie quasi am Haken. Gestern waren sie in den Salon gekommen und hatten die neusten Neuigkeiten wissen wollen. Sie hatte ihnen von ihrem Ausritt im Mondlicht erzählt. Gewisse Details erwähnte sie natürlich nicht. Norma Sue begann sofort darüber zu reden, wie sie und Roy Don selbst so manchen romantischen Ausritt gemacht hatten.

Sheri war sich nicht sicher, wie sie das nennen sollte, was zwischen ihnen passiert war, doch es als romantisch zu bezeichnen schien einfach nicht zu passen. Desaster, ja das passte besser. Doch das mussten die neugierigen alten Frauen nicht wissen.

Der Lärm der Menge hallte von den Metallwänden der großen Arena wider, und Sheri schluckte und versuchte, das Gefühl der Beklemmung, das sich wie ein Schraubstock um ihren Hals gelegt hatte, zu lindern. Sie war sich nicht sicher, warum sie so nervös war. Sie rang den Drang nieder, zurück zu ihrem Jeep zu rennen, und trat ein. Sie hatte einen Plan, und sie würde ihn durchziehen. Warum auch nicht? Es war nicht so, als ob es wichtig wäre, in die eine oder andere Richtung zu gehen. Immerhin war er derjenige, der gesagt hatte, der Kuss aller Küsse hätte nicht passieren dürfen. Sie spürte, wie sie allein beim Gedanken an seine Worte wütend wurde.

„Hey, Sheri, brauchst du mein Hörgerät?"

Sheri wandte sich Applegate und Stanley zu, die sie anstarrten. Sie saßen an einem Tisch bei den Stufen neben der Tribüne.

„Oh, hey, Jungs."

„Wir haben deinen Namen dreimal gerufen. Bist du krank? Du siehst aus, als hättest du schlechten Fisch gegessen", sagte Stanley, was ironisch war, weil Sheri *ihn* so beschrieben hätte.

„Wenn du krank bist, dreh um und geh nach Hause", sagte Applegate. „Wir brauchen keine Bazillenschleuder. So fangen Epidemien an. Einer kann seinen Hintern nicht zu Hause lassen, wenn er krank ist, und ehe man sich's versieht, sind alle krank–"

„Applegate, ich bin nicht krank."

„Du siehst krank aus. Ein bisschen grün um die Kiemen."

„Ich bin nicht krank. Versprochen." Zumindest nicht ansteckend.

„Na dann, möchtest du ein Los kaufen?" Stanley hielt eine silberne Gürtelschnalle hoch, die einer Radkappe ähnelte. Sie reflektierte das Licht der Strahler über ihnen und blendete Sheri fast.

„Ihr hättet keine größere Schnalle besorgen können, oder?", bemerkte sie trocken.

„Siehst du?", sagte Applegate und funkelte finster Stanley an. „Ich hab dir ja gesagt, wir brauchen eine größere."

„Wir brauchten keine größere", widersprach Stanley.

„Sie hat gesagt, sie ist zu klein –"

„Leute, das war nur Spaß. Ja, wirklich. Glaubt mir, die ist definitiv groß genug. Eine vierköpfige Familie könnte darauf zu Mittag essen."

Stanley und Applegate sahen sie mit gerunzelter Stirn an.

„Okay, okay, Entschuldigung. Die Schnalle ist schön. Perfekt." Für einen Schlitten, dachte sie. Sie zog ein paar Scheine aus ihrer Tasche und reichte sie Applegate. Er nahm das Geld mit zwei Fingern und legte es in die Zigarrenschachtel, als wollte er ihre „Bazillen" vermeiden, für den Fall, dass sie doch krank war.

Sheri hörte Roy Dons Stimme aus den Lautsprechern knistern, dass das Broncoreiten gleich anfangen würde.

„Danke", sagte sie. Sie nahm ihre Lose und ging zum Imbiss. Sie fühlte sich trotz allen Leugnens unwohl, doch es hatte nichts mit Bazillen zu tun. Außer vielleicht einem nervenaufreibenden Bazillus namens Pace.

„Hi Sheri", sagte Lilly von der anderen Seite der Theke, als sie Sheri auf sich zukommen sah. Lacy stand hinter ihr in der Tür zum Lager der Küche und sah aus wie das Pillsbury-Teigmädchen. Hinter ihr schwebte eine Staubwolke aus Mehl. „Was ist denn mit dir passiert?" Sheri blickte von Lacy zu Lilly.

Lilly biss sich auf die Lippe und bemühte sich sichtlich, nicht zu lachen.

„Hey, nicht lachen. Dasselbe könnte ich dich fragen", gab Lacy zurück und hustete dann. „Du bist irgendwie grün um die Nase."

Warum behaupteten alle, dass sie grün war! „Und du siehst aus, als hättest du gerade mit einem Hundert-Pfund-Sack Mehl gekämpft. Und verloren."

Lilly lachte. „Es war eine Zehn-Pfund-Packung."

Lacy stemmte ihre gespenstisch weißen Hände in die Hüften und schnaubte eine neue Wolke Mehl in die Luft. „Hey, dann hab ich eben gelernt, dass es tatsächlich ein Gesundheitsrisiko darstellen kann, eine Packung Mehl fallen zu lassen. Alles ist gut."

Sheri sah zu, wie Lacy sich das Mehl abklopfte.

„Lilly, brauchst du meine Hilfe? Lacy könnte den ganzen Tag brauchen, das Mehl wieder loszuwerden." Sheri wünschte sich wirklich, dass Lilly sie zum Arbeiten verdonnern würde, damit sie ihren Plan nicht umsetzen konnte. „Ich habe es schonmal angeboten, aber Lacy hat nein gesagt."

„Es ist immer noch nein, Sheri", sagte Lacy streng. „Ich habe dir bereits gesagt, dass wir es uns nicht leisten können, dich am Imbiss arbeiten zu lassen. Denk dran, wir versuchen, Gewinn zu machen, um dem Frauenhaus zu helfen. Wenn du hier hinter kommst, ist das alles dahin..." Lacy wedelte mit der Hand in Richtung Theke, auf der Sheri bereits die köstliche Auswahl an Karamell, Süßigkeiten und Kuchen entdeckt hatte, die darauf warteten, verkauft zu werden.

„Ich würde nicht alles essen", brummte Sheri. Sicher, sie würde mit Dotties Erdnussbutter-Fudge anfangen und dann ein oder zwei Nusscluster haben ... und natürlich gab es auch das himmlische Erdnuss-Krokant –

„Aber du würdest es versuchen." Lacy brach mit

279

einem wissenden Blick in ihre Gedanken ein.

„Dann verklage mich doch, weil ich verrückt nach Dotties Süßigkeiten bin."

„Verrückt ist richtig. Tu dir und uns einen Gefallen und kauf dir einen Schwung. Dann setz dich auf die Tribüne und genieß die Show. Wir wissen, dass du Pace bei seinem Ritt zusehen willst."

Sheri runzelte die Stirn. Sie hätte glücklich sein sollen. Im Grunde hatte sie ihr Ziel erreicht. Die anderen sahen Pace und sie als Paar. Alles, was sie jetzt tun musste, war, dafür zu sorgen, dass sie die Funken fliegen sahen und innerhalb weniger Tage würde sie mit ihrer Scharade fertig sein. Oder besser, ihrer Farce.

„Ja, ja, ja, die Katze ist aus dem Sack", bemerkte Lacy in dem für sie typischen Ton, den sie benutzte, wenn sie sich wirklich für etwas begeisterte. „Jeder weiß von euch beiden. Esther Mae und Norma Sue sind sehr geschäftig gewesen."

„Ich finde es wirklich schön", sagte Lilly. Sie ging hinüber und stellte Sheri eine Tüte Süßigkeiten auf den Tresen. „Es war Zeit, dass du jemanden findest. J.P.

war nichts für dich."

Sheris Gewissen meldete sich zu Wort. Das hier waren ihre Freunde, und Pace hatte Recht. Sie führte sie hinters Licht. „Ist das für mich?", sagte sie und fühlte sich wie ein Wiesel.

„Ja. Ich habe alle deine Favoriten für dich eingepackt." Lilly lächelte.

Sheri holte eine Zwanzigdollarnote aus ihrer Tasche und gab sie ihr. „Und betrachte das Wechselgeld als meine Spende", sagte sie, als Lilly ihr drei Fünfdollarscheine entgegenhielt. Da Sheri das Bedürfnis hatte, so schnell wie möglich zu fliehen, winkte sie zum Abschied und ging zu den Tribünen.

Lacy hielt sie auf, bevor sie sehr weit gekommen war. Eine weiße Staubwolke hinter sich herziehend ging sie um die Theke herum und fragte: „Geht es dir gut? Ich meine wirklich?"

Lacy kannte sie. Am Anfang war ihr alles so einfach vorgekommen. Jetzt fühlte sie sich wie ein Idiot.

„Mir geht es gut", brachte sie heraus und wich dem Blick ihrer Freundin aus. Lacy war humorvoll, für jeden Spaß zu haben und darüber hinaus der intuitivste Mensch, dem Sheri jemals begegnet war. Sheri wusste, dass es nicht lange dauern würde, bis Lacy sie durchschaute.

„Du weißt doch, dass ich dich nur aufziehe", sagte Lacy. „Denk daran, ich bin auf deiner Seite, ganz gleich, ob oder wenn du den Richtigen gefunden hast."

Den Richtigen ... bei dem Gedanken daran fühlte Sheri sich grüner als alle behaupteten, dass sie aussah.

Pace Gentry hatte etwas mit ihr angestellt. Jedes Mal, wenn sie in seiner Nähe war, drehte sich ihre Welt im Kreis. Dieser Kuss, der „nicht hätte passieren dürfen", war anders gewesen. Sie hatte versucht, nicht darüber nachzudenken. Versucht, sich zu überzeugen, dass es nur ein Kuss gewesen war. Doch er war zu ihrem Herzen durchgedrungen.

Sie schob sich einen Bissen Karamell in den Mund, um jeden Ausdruck zu verbergen, der Lacy auf die Turbulenzen in ihrem Inneren aufmerksam machen könnte.

„Ich muss weiter." Sheri wollte plötzlich ganz schnell die Zuschauertribüne hinauf verschwinden, weit weg von allen. Mit Mühe lächelte sie, dann ging sie um Lacy herum und eilte zwei Stufen auf einmal nehmend die Treppe hinauf.

Doch Lacys Kichern hinter sich entging ihr dabei nicht.

„Pace, hi. Ich bin's, Rita. Erinnerst du dich? Norma Sue hat uns in der Kirche vorgestellt."

Pace riss seine Augen von Sheri los, die die Tribüne hinauf joggte, und konzentrierte sich auf die blonde Frau, die ihn anlächelte. Er erinnerte sich vage daran, sie zuvor gesehen zu haben. „Ich erinnere mich", sagte er, und seine Augen wanderten zurück zu Sheri. Er hatte nicht aufhören können an sie zu denken, seit er wie ein Feigling davongeritten war, nachdem er sie geküsst hatte.

„Reitest du?"

Was? Er wandte sich wieder der Frau zu. Rita. „Ja, Broncos. Kann ich was für Sie tun?"

Sie lächelte und ihm fiel auf, dass sie hübsch war, doch es interessierte ihn nicht im Geringsten. Er begegnete Sheris Blick über die Menge hinweg. Sie sah nicht glücklich aus. Tatsächlich blickte sie so finster drein, dass es einen Pferdedieb verschrecken könnte. Rita plapperte neben ihm weiter, als Sheri plötzlich ein Lächeln aufsetzte und ihm mit den Fingern zuwinkte. Sie hatte am Morgen, als die Mustangs gekommen waren, dasselbe getan und mit den Fingern gewackelt, als würde sie mit den Spitzen trommeln.

Er lächelte nicht zurück. Er nahm an, dass sein Blick so finster war, wie der, den er gerade bei ihr gesehen hatte. Diese Frau bohrte sich in seine Stimmungen wie ein Dorn in weiches Fleisch. Er hatte nicht verstehen können, was in dieser Nacht bei der Windmühle mit ihm passiert war. Gerade noch waren sie wunderbar miteinander ausgekommen, als er einen Blick auf ihre Vergangenheit erhaschte. Er hatte eine andere Seite von ihr gesehen und gespürt, wie sich etwas in ihm verändert hatte. Er hatte versucht, dagegen anzukämpfen, weil Sheri in einer spirituellen Grauzone zu leben schien. Sie schien sich von allem, von dem er wusste, dass es richtig oder falsch war, das auszusuchen, was ihr gerade in den Kram passte.

Sie zu küssen war eine Überraschung für ihn gewesen.

Aber er war noch nicht darüber hinweggekommen. „… rumführen? Das wäre nett. Pace–"

„Was?", brummte er und sah Rita an, als sie ihre Hand auf seinen Arm legte.

Sie lächelte und drückte seinen Arm. „Ich sagte, ich denke darüber nach hierher zu ziehen und frage mich, ob du mich ein bisschen rumführen könntest?"

Pace warf einen Blick auf die schlanke Hand auf seinem Arm und dann auf die tiefblauen Augen. „Tut mir leid, Miss. Ich bin im Moment ziemlich beschäftigt. Vielleicht können Sie ja einen der anderen Cowboys hier fragen."

Als sie schmollend ihr Kinn einzog, verglich Pace sie mit Sheri. Sheri würde nicht schmollen, selbst wenn ihr jemand tausend Dollar dafür anbieten würde. Er warf einen Blick zurück auf Ritas Hand, die nun einen langen Fingernagel über seinen Unterarm zog. Er spürte nichts. Pace dachte daran, wie er sich fühlte, wenn er nur neben Sheri saß. Ihre Schultern mussten sich kaum berühren, und er spürte eine Verbindung bis in seine Zehenspitzen. Er wollte nicht einmal darüber nachdenken, was der Kuss in ihm ausgelöst hatte. Seitdem hatte er das Gefühl, von einem Bronco abgeworfen worden zu sein.

„Bitte", schnurrte Rita.

Er hatte genug und zog sich zurück. „Entschuldigen Sie mich. Es ist Zeit für meinen Ritt. Schönen Tag noch."

Er ging auf den Chute zu und zog seine Handschuhe an, mehr als froh, sich in den Sattel zu flüchten. Als er die Stahlsprossen des Tors erklomm und in den Chute zu dem Bronco hinunterblickte, der auf ihn wartete, hoffte er, dass er das wildeste Tier in der Arena abbekommen hatte.

Wenn er Glück hätte, würde er abgeworfen werden und einen Tritt gegen den Kopf abbekommen. Zumindest hätte er dann eine Entschuldigung für die verrückten Gedanken, die ihm durch den Kopf gegangen waren, seit er Sheri gepackt und sie geküsst hatte.

Die Gedanken drangen beinahe wieder an die Oberfläche, doch er verdrängte sie, indem er über das Tor kletterte und sich in den Sattel hinunterließ. Pace wusste in dem Moment, als er die Zügel übernahm, dass sein Wunsch erfüllt worden war. Während er darauf wartete, dass sich das Tor öffnete, war am wilden Buckeln und Schnauben des Tieres nicht zu übersehen, dass er ein Pferd zugeteilt bekommen hatte, das genauso für einen Kampf bereit war wie er.

KAPITEL ACHTZEHN

„Diese Arena ist einfach wunderbar", sagte Adela und setzte sich neben Norma Sue. „Sind wir nicht gesegnet, dass Clint sie gebaut hat und sie der Öffentlichkeit zugänglich macht?"

„Ich bin auf jeden Fall froh über den Schatten. Es ist heiß genug, um da draußen auf dem Beton Eier zu braten", bemerkte Esther Mae, die an ihrem Stadionsitz herumfummelte.

„Das ist wohl wahr", stimmte Norma Sue zu und fächelte sich mit ihrem Strohhut Luft zu. „Schau, unser Junge sitzt im Sattel", sagte sie und sah Sheri an. Sheri knabberte an einem Stück Schokolade und versuchte, ihre schlechte Laune nicht zu zeigen. Schließlich sollte sie glücklich sein. Was die alten Damen anging, war sie bis über beide Ohren in diesen Griesgram verliebt, der sich gerade in den Sattel eines wildgewordenen Pferdes im Chute hinuntergelassen hatte.

„Sieh dir den Sturm an, der nur darauf wartet, herausgelassen zu werden." Norma Sue kicherte. „Puh-wee! Dieser Bronco ist bereit für einen Kampf."

Sheri schluckte. Ihr war mulmig zumute. Das Tier sah gemein aus. Doch Pace' Gesichtsausdruck sagte, dass er auf alles gefasst war, was der Bronco tun konnte.

Trotzdem hatte sie ein bisschen Angst.

„Das wird gut", sagte Norma Sue mit aufgeregter Stimme. „Poesie in Bewegung. Das ist Pace, wenn er auf dem Rücken eines Broncos sitzt."

Esther Mae drehte sich um und lächelte Sheri an. „Das stimmt, ich kann mich noch gut an das erste Mal erinnern, als ich ihn reiten gesehen habe. Er war der süßeste Junge, und es war auf einem Stier, doch ich habe sofort gesehen, dass er ein Naturtalent war. Darum bin ich mit großem Eifer hergekommen, um ihn heute reiten zu sehen."

„Was in aller Welt hast du gerade gesagt?", fragte

Norma Sue. „Mit großem Eifer?"

Esther Mae streckte das Kinn vor und hob die Nase in die Luft. „Mit großem Eifer. Das ist aus einem Artikel aus meinem Reader's Digest darüber, wie man sich gewählter ausdrückt."

„Esther Mae, du machst mich fertig", schnaubte Norma Sue. „Gerade reden wir über Pace, und jetzt habe ich glatt vergessen, was wir gesagt haben."

Esther Mae ließ das Kinn auf ihre Brust sinken. „Genau deshalb musst du dein Gehirnschmalz auf Trab bringen, Norma Sue. Brain power-irgendwas nennen sie es. Das hilft dir, sowas nicht so leicht zu vergessen."

Norma Sue schüttelte den Kopf. „Das habe ich nur so dahingesagt, Esther. Natürlich erinnere ich mich, worüber wir gesprochen haben."

„Oh, hier ist er!", rief Esther Mae aus. Sheris Aufmerksamkeit hatte sich bereits von den Damen abgewandt. Sie hatte gesehen, wie Pace kurz genickt hatte und das Tor aufgeschwungen war. Sie und alle anderen sprangen von ihren Sitzen, als das Pferd in die Arena explodierte.

Es bäumte sich auf und buckelte und trat aus in wilden, unvorhersehbaren Bewegungen, doch Pace' Körper bewegte sich mit dem Pferd in einem wunderschönen rhythmischen Fluss. Er lehnte sich zurück, lag fast auf dem Pferderücken und hob seinen linken Arm über den Kopf. Während Sheri ihn beobachtete, konnte sie nicht anders als zu glauben, dass alles, was sie gehört hatte, wahr war. Es war, als würde er jede Bewegung des Pferdes vorwegnehmen. Als die anderen Cowboys anfingen zu pfeifen und zu jubeln, wusste sie, dass er spektakulär war. Der Mann konnte reiten und sogar seine Konkurrenten gestanden es ein. Es war unvergesslich.

Als der Summer ertönte, winkte er der jubelnden Menge mit dem Hut zu und sprang in einer anmutigen Bewegung leichtfüßig wie eine Katze vom Rücken des Pferdes.

Sheris Herz schlug ihr bis zum Hals. Das war der Moment, den sie sorgfältig geplant hatte, und sie musste es tun.

In den letzten beiden Tagen war sie zu dem Schluss gekommen, dass Pace Gentry keinerlei Macht über sie ausüben würde, doch in eben diesen Tagen hatte sie gespürt, dass er genau das tat. Sie konnte es nicht erklären, doch sie hatte ihn nicht einen Moment aus ihrem Kopf bekommen. Der Mann machte ihr weiche Knie.

Das war nicht gut.

Es war Zeit, die Sache hinter sich zu bringen.

Sie stellte ihre Tüte mit den Süßigkeiten ab, und bevor sie es sich anders überlegen konnte, joggte sie die Tribüne hinunter. Er kam aus dem Tor und zog sich die Lederhandschuhe aus, als sie ihm in den Weg trat. Schweiß schimmerte auf seiner Stirn, und seine Augen strahlten von dem Adrenalin, von dem sie sicher war, dass es immer noch durch seine Adern strömte.

Sie hätte fast kehrtgemacht und wäre davongelaufen, doch gut, schlecht oder einfach nur verrückt, sie zog das durch, was sie begonnen hatte.

„Du kannst definitiv reiten, Cowboy", brachte sie heraus und ignorierte ihre innere Stimme, die sie aufforderte, sich zurückzuziehen. Dann schlang sie ihre Arme vor der ganzen Menge um seinen Hals und küsste ihn.

In dem Moment, als ihre Lippen seine berührten, schlang Pace einen Arm um sie, zog sie an sich und – genau wie er es bei der Windmühle getan hatte – stellte ihre Welt auf den Kopf.

Das war nicht in ihrem Plan gewesen.

Das Letzte, was Pace erwartet hatte, war, dass Sheri herunterkommen und sich in seine Arme werfen würde. Er musste zugeben, dass es das perfekte Ende eines großartigen Ritts war. Jede Alarmglocke in seinem Kopf schrillte, doch er hörte nicht hin. Er ritt auf der Adrenalinwelle und ergab sich dem Gefühl ihrer Lippen. Diesmal war es Sheri, die sich schließlich zurückzog. Sie wich aus seiner Umarmung zurück, die Finger an ihren Lippen und die Augen funkelnd vor Leben.

Pace stand in der Arena und gestand sich die Wahrheit ein. Er hatte ein Problem. So klar er auch wusste, dass er sich von seiner Nachbarin fernhalten musste – sie weckte Gefühle in ihm, die er noch nie zuvor empfunden hatte. Er hatte einen Vorgeschmack darauf bekommen, als er sie zum ersten Mal geküsst hatte ... und es hatte ihn furchtbar erschreckt. Nachdem er sie wieder gehalten hatte, würde es ein Kampf werden, sich von ihr fernzuhalten.

„Also jetzt steht nicht nur da und glotzt einander an, sagt was!", schrie Esther Mae von der Tribüne und lenkte Pace' Blick von Sheri ab. Erst dann wurde ihm klar, dass sie die volle Aufmerksamkeit der Menge auf sich gezogen hatten. Esther Mae und Norma Sue strahlten, als hätten sie im Lotto gewonnen, und Miss Adela lächelte ihr übliches gelassenes Lächeln.

Er wandte sich wieder Sheri zu und bemerkte, dass sie ein paar Schritte zurückgewichen war. Ihr Blick wanderte von ihm zu den alten Damen.

Wie ein Kassettenspieler mit schwachen Batterien, dröhnten Sheris Worte in seinem Kopf. Ich brauche einen Freund. Das hatte sie vor zwei Wochen gesagt. Sein Mund wurde trocken, und er kniff seine Augen zusammen.

Sie hatte ihn reingelegt.

Wenn er noch mehr Beweise brauchte, musste er nur einen Blick auf die Tribüne werfen, wo die alten

Damen einander zu ihrem jüngsten Erfolg gratulierten.

Sie hatte getan, was sie gewollt hatte, ob er nun aktiv mitgespielt hatte oder nicht. Und wenn er eines nicht leiden konnte, dann war es, von jemandem zum Narren gehalten zu werden.

Er starrte sie an. „Darum ist es dir also gegangen. Ich hätte es wissen müssen." Es erforderte all seine Selbstbeherrschung, von der er eine beträchtliche Menge hatte, sich an seinen Hut zu tippen und zu gehen.

Sheri hatte einen dieser Momente. Von der Art, in denen sich etwas, das jemand gesagt hatte, wieder und wieder in ihrem Kopf wiederholte.

Wenn du nur zugehört hättest!

Doch sie hatte nicht zugehört und jetzt sah sie eine Verachtung, wie sie sie noch nie von jemandem gesehen hatte, in den Augen des Cowboys, den sie gerade geküsst hatte. Sie wand sich innerlich, als sich sein Mundwinkel verzog und er seine linke Augenbraue zu einem sarkastischen Gesichtsausdruck verzog.

Er sagte nichts, doch er sagte viel.

Du bist ein Idiot, Sheri Marsh.

Dann ging er und *stolzierte* aus dem Gebäude. Sheri sah sich um, verlegen angesichts dessen, was sie gerade in aller Öffentlichkeit getan hatte, und wusste, dass ihr ihr Plan gerade um die Ohren geflogen war. Während ihre Freundinnen auf der Tribüne zu weit weg waren, um die Verachtung in Pace' Gesichtsausdruck zu sehen, hatten die Cowboys hier unten alles genau gesehen.

Sie war wirklich ein Idiot.

Es blieb nichts anderes übrig als ihm nachzulaufen. „Was glotzt ihr alle so?", schnaubte sie und lief Pace hinterher. Die Cowboys lachten hinter ihr. Das zeigte nur, dass Männer die seltsamsten Dinge amüsant finden konnten. „Pace, warte. Bitte", rief sie und holte ihn joggend ein, während er an den vor der Arena geparkten Trucks zu seinem ging.

„Lady, du bist gut. Ich habe in meinem Leben so einige Lügner gesehen, aber du schießt den Vogel ab. Ich habe allen Ernstes gedacht, das alles wäre real, dabei war es nichts als eine Show." Er konnte es nicht fassen und ging alles in seinem Kopf noch einmal durch, jedes Wort, jeden Moment. „Die Nummer mit dem Dach war wirklich gut. Du musst wirklich gedacht haben, dass du mit dieser Scharade einen Oskar verdienen würdest."

„Nein, so war das nicht." Sheri dachte daran, wie er ihr geholfen hatte, und ihr wurde bewusst, dass er ihr nicht glauben würde, ganz egal, was sie sagte. „Ehrlich."

„Ehrlich!" Er riss die Tür seines Trucks auf und stieg ein. „Weißt du überhaupt, was dieses Wort bedeutet?"

Sheri blieb stocksteif stehen. Die Verachtung in seinem Blick und in seinen Worten trafen sie wie ein Schlag ins Gesicht.

Er winkte durch das offene Fenster ab, und sie sah zu, wie er ausparkte.

Als er anhielt, um den Gang einzulegen, trat sie einen Schritt auf sein Fenster zu. „Pace, hör zu ..."

Sein stählerner Blick ließ sie verstummen. „Warum sollte ich das jemals wieder tun? Du hast deinen Weg gewählt. Ich hoffe, du hast bekommen, was du wolltest, und du kannst mit dir selbst glücklich bis ans Ende leben."

Dann war er weg. Er fuhr vom Parkplatz und ließ sie allein in einer Staubwolke stehen.

KAPITEL NEUNZEHN

Sheri stürmte in ihr Haus und schlug die Tür zu. Was war los mit ihr? Auf dem Nachhausweg vom Rodeo hatte sie sich wie eine Verliererin gefühlt. War es Pace' Verachtung wert gewesen, ihr dummes Ziel zu erreichen, diesen Haufen von Möchtegern-Kupplerinnen zum Narren zu halten?

Unruhig ging sie in der Küche auf und ab und stürmte zurück nach draußen in die Sonne. Joggen wäre jetzt toll, doch sie konnte wohl kaum an Pace' Haus vorbei laufen. Sie wollte diesen Ausdruck auf seinem Gesicht auf keinen Fall noch einmal sehen. Es war schrecklich gewesen.

Sie ließ sich neben dem Blumenbeet unter der alten Eiche auf die Knie fallen und begann, Unkraut auszureißen. Sie fühlte sich furchtbar. So wertlos. Ihr Blick fiel auf den fetten Keramikfrosch neben den Ringelblumen. Seine Lippen waren zu einem Lächeln verzogen, und auf dem Schild um seinen Hals stand: Auch Kröten brauchen Liebe. Sie war die Kröte. Wer würde sie jemals lieben? Sie schloss die Augen und spürte die Tränen. Sie schämte sich so ... und fühlte sich so leer.

Pace Gentry ließ sie Gefühle empfinden, die sie noch nie zuvor gespürt hatte. Er war ein ehrenwerter Mann. Er sah alles so klar. Er war der Typ Mann, der alles in seiner Macht Stehende tat, um seinem Wort gerecht zu werden. Und dasselbe erwartete er von seinen Mitmenschen.

Das hatte er ihr am Anfang gesagt, als sie sich zum ersten Mal mit dem Vorschlag an ihn gewandt hatte, ihren Freund zu spielen. Und doch hatte sie seine Nähe ausgenutzt, wohl wissend, dass sie gegen seinen Glauben und seine Moralvorstellungen verstieß.

Und wozu? Um Spielchen mit einem Haufen alter Frauen zu spielen, die am Ende wirklich nur ihre besten Interessen im Sinn hatten.

Sheri riss ein Büschel Traubenkraut aus.

Was hast du jetzt vor?

Die Stimme war ein leises Flüstern im Wind. Ihr Gewissen nagte an ihr. Was konnte sie tun? Pace bitten, ihr zu vergeben? Warum sollte sie das? Er hatte jeglichen Respekt vor ihr verloren, also was bedeutete das schon? Was würde es nützen?

Sie vergaß ihr Unkraut und starrte durch die Äste zum blauen Himmel empor. „Das ist ein schöner Schlamassel, in den ich mich da reingeritten habe."

Pace war hierhergekommen, weil er einen Ruf gespürt hatte zu kommen und er sich von seinem Glauben führen ließ.

Sheri bewunderte ihn dafür. Lacy hatte dasselbe getan. Sie hatten starke Überzeugungen. Sie nicht. Sie war nach Mule Hollow gekommen, weil sie nichts Besseres zu tun gehabt und Lacy sie mitgerissen hatte.

Welche Überzeugungen hatte sie? Wofür stand sie ein?

Diese Frage hatte sie sich noch nie zuvor gestellt. Sie hatte ihr Leben bisher einfach so gelebt, als hätte sie eine freie Fahrt oder so. Als würde von allen anderen erwartet, dass sie ihren Beitrag leisten, doch sie hätte einen Freifahrtschein.

Pace leistete seinen Beitrag. Er stand für etwas ein. Er versuchte, ein noch besserer Mann zu werden. Und sie hatte ihn nicht nur enttäuscht, sondern versucht, alles zu kompromittieren, wofür er stand.

Zum ersten Mal in ihrem Leben betrachtete Sheri sich wirklich. Was hatte sie getan?

Sie musste einen Weg finden, das wiedergutzumachen.

* * *

Pace führte ein Pferd aus dem Paddock, als er Sheri neben dem Tor stehen sah. Er ging an ihr vorbei, ohne ein Wort zu sagen. Er ignorierte den verlorenen Blick, den er in ihren Augen sah. Er hatte sich noch nie so betrogen gefühlt wie am Ende dieses sehr öffentlichen Kusses. Für manche mochte es eine Kleinigkeit gewesen sein; doch, wenn er einem Menschen nicht trauen konnte, hatte er keine Verwendung für ihn. Er vertraute Sheri nicht. Die Tatsache, dass er es wollte, schmerzte sehr.

„Pace. Bitte sprich mit mir."

Sie folgte ihm in die Scheune, wo er die Stute absattelte und anfing, sie zu striegeln. Seine Gedanken waren den ganzen Nachmittag um Sheri gekreist, obwohl er sich eingeredet hatte, dass es besser wäre, sie zu vergessen.

„Es tut mir leid", sagte sie. In ihrem Tonfall war nichts von ihrer üblichen Schlagfertigkeit zu spüren. Er hätte ihr fast geglaubt, doch dann dachte er an das Kirchendach und was für eine Schauspielerin sie war. Er verschloss sein Herz vor seinem Bedürfnis, ihr zu glauben.

„Ich kann es dir nicht verdenken, wenn du mir nicht glaubst, aber ich musste kommen und dir sagen, dass mir leidtut, was ich getan habe."

Er hörte, wie sie sich umdrehte und zur Tür ging. Er hielt in der Bewegung inne, und der Drang, sie aufzuhalten, war groß. Er schwieg und ließ sie gehen. Sie blieb an der Tür stehen, doch er hatte ihr den Rücken zugekehrt. Er dachte, sie würde noch etwas sagen, doch nach einer kurzen Pause ging sie weiter.

Nicht, dass es etwas geändert hätte.

Er striegelte das Pferd weiter. Er war aus einem bestimmten Grund nach Mule Hollow gekommen. Sheri war nicht Teil dieses Grundes. Sie hatte ihn nur davon abgelenkt.

Es war Zeit, weiterzumachen. Es war Zeit, Sheri Marsh zu vergessen.

„Miss. Wo ist bitte die Toilette?"

Sheri blickte von der Spüle auf. Dank der Zwiebeln, die sie hackte, liefen ihr Tränen über die Wangen, als sie ein Mädchen von ungefähr 13 Jahren sah, das mit einem nervösen Gesichtsausdruck auf sie zu lief.

„Zweite Tür rechts." Sheri wischte sich mit dem Handrücken über die Augen und deutete mit dem Messer auf den Flur von Corts und Lillys Zuhause. Seit sie eine Stunde zuvor angekommen war, regelte sie den Verkehr.

Als Lilly sie aus heiterem Himmel gebeten hatte, ihr bei einer Jugendfreizeit der Gemeinde aus Ranger zu helfen, die sie in ihrem Haus abhielten, war Sheris erste Reaktion ein klares Nein gewesen. Dann hatte sie daran gedacht, dass sie um einen Weg gebetet hatte, die Schuld wettzumachen, die sie dafür empfand, Pace hinters Licht geführt zu haben. Es war drei Wochen her, seit sie ihn benutzt hatte. Drei Wochen, seit sie seinen Respekt verloren hatte. Drei lange Wochen, in denen sie sich schrecklich gefühlt und etwas gebraucht hatte, das ihr half, sich nicht mehr wie der letzte Mensch zu fühlen. Bei der Jugendfreizeit zu helfen war ein Weg, das zu tun, auch wenn es weit außerhalb ihrer Komfortzone lag.

Sie hatte ihren Nachbarn kaum gesehen. Er arbeitete auf seinem Hof, und sie hatte aufgehört, an seinem Haus vorbei zu joggen. Es war überraschend, wie leicht es war, sich aus dem Weg zu gehen.

Doch Sheri war Lillys Bitte um Hilfe gefolgt, und das bedeutete, dass sie beschlossen hatte, Pace nicht mehr aus dem Weg zu gehen. Da die Idee mit der Jugendfreizeit von ihm und Cort stammte, war es unvermeidlich, ihn zu sehen.

Sie hatte gedacht, sie könnte damit umgehen. Jetzt

kämpfte sie gegen ihre Nervosität an – und das lag nicht nur an Pace. Ihr war nicht bewusst gewesen, dass das Haus buchstäblich vor Kindern wimmeln würde. Sie war kaum zur Haustür hereingekommen, als Lilly sie in die Küche gewinkt und sie gebeten hatte, Zwiebeln zu schneiden. Das war gut so. Zumindest musste sie sich nicht direkt mit den Kindern befassen.

Sie war nicht gut mit Kindern, hatte nie so getan als ob sie es wäre, und war sich nicht sicher, ob Kinder ihre Berufung waren. Das bedeutete nicht, dass sie keine Kinder mochte. Das tat sie. Es war nur so, dass sie ihr eine Frage stellen konnten, auf die sie keine Antwort hatte. Schlimmer noch, was, wenn sie ihnen die falsche Antwort gab? Mit ihrer großen Klappe konnte sie irreparablen Schaden anrichten. Darauf war sie nicht stolz. Nach dem, was sie Pace angetan hatte, hatte sie mehr als einmal gedacht, dass Lilly den Verstand verloren haben musste, sie zu bitten, ihr zu helfen. Es gab viele andere, die weitaus besser geeignet gewesen wären als sie.

„Erde an Sheri. Bist du da drin?"

„Oh, sorry. Ich war in Gedanken." Sheri lächelte

Lilly verlegen an, während sie sich die Hände wusch.

„Sheri, bitte entspann dich. Ich kann nicht glauben, wie nervös du bist. Ich habe dich beobachtet, und jedes Mal, wenn die Tür aufgeht, zuckst du zusammen."

Sheri fing an, Hot Dogs auf eine große Platte zu legen, um sie zum Grillen vorzubereiten, womit sie bei Sonnenuntergang anfangen wollten. Sie sah sich um, um sicherzugehen, dass niemand mithörte. „Um ehrlich zu sein, Kinder machen mich nervös."

Lilly sah sie mit großen Augen an. „Nein, wirklich?"

„Ja. Weißt du, ich habe ein Geheimnis. Ich bin voller heißer Luft. Ich weiß eigentlich selten, wovon ich rede."

„Also sagst du mir, dass die bissige Sheri, die auf alles eine Antwort hat, eine Achillesferse besitzt?"

„Wenn du es so nennen willst. Ja."

Lilly hielt inne, als sie eine Packung Brötchen öffnete, und kicherte. Ihre dunklen Locken tanzten. „Deshalb hat Lacy so gegrinst, als sie vorgeschlagen hat, dass du mir helfen könntest."

„Ach, so bist du überhaupt auf mich gekommen. Typisch Lacy. So wie ich das sehe, ist der Verstand eines Kindes etwas, das man nicht verschwenden darf, und es wäre mir furchtbar unangenehm, ihn zu verschwenden, wenn ich meine Ratschläge auf gut Glück gebe."

„Und was soll das heißen?"

„Es bedeutet, dass ich nicht den Instinkt habe, den Mütter haben. Es bedeutet, dass ich selbst einen vermasselten Kopf habe und dass ich vermeiden will, das an ein armes, ahnungsloses Kind weiterzugeben."

„Sheri, du sprichst mit der Frau, die von einer Horde von männerhassenden Großmüttern aufgezogen wurde. Wenn du unqualifizierte Ratschläge hören möchtest, bist du hier richtig. Aber weißt du, was ich herausgefunden habe?"

„Was?"

„Dass niemand die perfekten Antworten hat. Du kriegst das schon hin. Wie auch immer, hier sind zwei Betreuer, die auf sie aufpassen und alle lebensverändernden Fragen beantworten werden, die sie uns stellen könnten. Unsere Aufgabe ist es, ihnen

Mahlzeiten zu servieren und sauberzumachen."

„Oh, das ist eine Erleichterung."

Lilly lächelte. „Ich denke, eines Tages, wenn du heiratest und eigene Kinder hast, wirst du es ganz wunderbar machen. Du lernst mit ihnen."

„Darüber muss ich mir keine Sorgen machen. Ich werde nicht heiraten. Und eigene Kinder sehe ich nicht in meiner Zukunft."

Lilly hielt inne und drückte die Plastiktüte mit den Brötchen an ihre Brust. „Das kannst du jetzt aber nicht ernst meinen?"

„Natürlich kann ich."

Lilly sah sie an, als hätte sie den Verstand verloren. „Aber Sheri, du würdest großartig mit Kindern umgehen. Und Pace wäre ein großartiger Vater. Ich habe ihn vorhin beobachtet, als er den Kids sein Pferd vorgestellt hat. Sie waren fasziniert von ihm. Wusstest du, dass sein Pferd die tollsten Tricks beherrscht?"

Sheri wusste nicht, was sie darauf antworten sollte. Sie war erleichtert, als das junge Mädchen von vorhin aus dem Badezimmer stürmte und an ihnen vorbeirannte, da ihr das einen Moment gab, um ihre Gedanken zu sammeln. Die zufallende Fliegengittertür riss Sheri aus ihren Gedanken.

„Lilly, ich bin sicher, dass Pace ein guter Vater sein wird, wenn er eines Tages heiraten und Kinder haben möchte. Aber ich ... wir ... da ist nichts." Wo war Lilly die letzten drei Wochen gewesen?

„Du willst mir weismachen, dass du kein Interesse an diesem anbetungswürdigen Cowboy da draußen hast?"

Sheri legte sehr vorsichtig den letzten Hot Dog auf die Platte. Sie konnte nicht lügen. Sie hatte die Nase voll davon und antwortete unverblümt. „Ich würde lügen, wenn ich behaupten würde, dass ich nicht darüber nachgedacht hätte. Aber es kann einfach nicht sein. Bitte, bitte sag mir, dass das hier kein neuer Kuppelversuch ist – dass *sie* nicht schon wieder planen, uns zusammenzubringen."

Lilly wurde rot. „Mmmm, naja — sie haben gesagt, sie hoffen, dass ihr beide aus der Welt schaffen könntet, was auch immer zwischen euch geraten ist. Sie hoffen, dass dieses Wochenende euch dabei helfen kann. Aber sei nicht böse ", fügte sie eilig hinzu. „Sie wollen das zwischen euch nur wieder geradebiegen."

Sheri fing an zu lachen. Wirklich, hatte sie etwas anderes erwartet?

„Es ist egal", sagte sie, und ihr Lachen verstummte. „Zwischen mir und Pace ist nichts" sagte sie, und Wehmut machte sich in ihr breit. „Zumindest nichts von Wert, und je eher sie das begreifen, desto besser." Sie warf die leere Hot-Dog-Packung in den Müll und ließ den Deckel mit einem dumpfen Schlag zufallen.

Es gab nichts, was irgendjemand tun konnte. Pace Gentry war kein Narr. Es war Sheri, die der Idiot gewesen war, und wer wusste das besser als sie?

KAPITEL ZWANZIG

Pace beobachtete, wie die Kinder mit ihren aufgebogenen Kleiderbügeln um den Picknicktisch schoben und sich beeilten, ihren Hot Dog auf den Spieß zu stecken und ans Lagerfeuer zu gehen. Und was für ein Lagerfeuer das war! Cort hatte es so groß gebaut, dass es beim Brennen den ganzen Nachthimmel erhellte. Pace stand abseits in der Dunkelheit und suchte Sheri in der Menge. Als er sie nicht fand, war er überrascht von der Welle der Enttäuschung, die durch ihn hindurch schwappte.

Seit das zwischen Sheri und ihm passiert war, war er ziemlich beschäftigt gewesen. Sie hatte aufgehört, an seinem Haus vorbei zu joggen. Trotz allem, was passiert war, hatte er ihre Abwesenheit bemerkt und trotz allem hatte er sie vermisst.

Als er sich zu den Kindern umsah, staunte er, dass er hier war. Als Cort ihn gebeten hatte, ihm bei einer Wochenend-Jugendfreizeit zu helfen, die er initiiert hatte, hatte Pace geglaubt, er hätte den Verstand verloren. Cort hatte ihn gedrängt und war überzeugt gewesen, dass Pace großartig dafür geeignet war, den Kindern Tipps rund um das Reiten zu geben. Pace hatte zuerst gezögert. Dann hatte er sich daran erinnert, warum er Idaho verlassen hatte – um ein Werkzeug zu werden, anderen Menschen zu helfen, darum hatte er die Einladung angenommen. Das hier war seine Gelegenheit, seine Liebe zu Pferden als Brücke zu nutzen, um mit einer Gruppe von Kindern zu interagieren. Um etwas von der Freude zu teilen, die Pferde in sein Leben brachten.

Er hatte bereits zugesagt, dass er helfen würde, als er erfahren hatte, dass Sheri auch kommen würde. Da er Cort bereits sein Wort gegeben hatte, gab es für ihn kein Zurück mehr. Er konnte ihr nicht aus dem Weg gehen. Und trotz der Kluft zwischen ihnen gab es einen Teil tief in ihm, der sie sehen wollte. Im Laufe der Wochen hatte er sie nur von Weitem in der Kirche gesehen. Sie hatten sich beide große Mühe gegeben, einander aus dem Weg zu gehen. Obwohl es ein paar Gelegenheiten gegeben hatte, in denen offensichtlich geworden war, dass die alten Damen sich bemühten, sie zusammenzubringen, war Sheri offensichtlich entschlossen, sich von ihm fernzuhalten. Sobald Norma Sue ihn zu ihrer Gruppe gerufen hatte, war Sheri zu ihrem Jeep verschwunden.

Sein Gewissen hatte ihn die ganze Woche gequält, Frieden zu schließen. Immerhin hatte sie sich entschuldigt, doch er hatte sie weggeschickt.

Sie hatte ihn im Grunde um Vergebung gebeten, und er hatte sie gemieden. Was an diesem Verhalten war ehrenwert? Was für ein Mann des Glaubens verhielt sich so?

Ja, sie hatte ihn angelogen. Sie hatte versucht, ihn zu benutzen. Das Seltsame war nur, dass es den alten Damen anscheinend egal war, ob sie getäuscht worden waren oder nicht. Sie wussten, was passiert war. Roy Don hatte ihm erzählt, dass Sheri ein Treffen bei Roy und Norma Sue einberufen, alles erklärt und sie gebeten hatte, ihr zu vergeben, dass sie so hinterhältig gewesen war. Offensichtlich hatten sie das Richtige getan. Sie hatten ihr vergeben.

Er steckte also in einem Dilemma. Er musste ihre Entschuldigung akzeptieren und darüber hinwegkommen, und ein Teil von ihm wollte das mehr, als er verstehen konnte. Es war dieser Teil, der ihm Angst machte.

Sheri kam mit einem Tablett Hot Dogs in der Hand nach draußen. In dem Moment, als er sie erblickte, machte sein Herz einen Sprung. Alles um ihn herum war so aufgeladen, wie es das war, kurz bevor er in den Steigbügel eines Broncos trat. In vielerlei Hinsicht erinnerte Sheri ihn an einen wilden Bronco... so voller Wendungen und Widersprüche, dass es schwer war, mit ihr Schritt zu halten.

Sie trug ausgewaschene Jeans, ihre roten Stiefel und ein Tanktop. Er lächelte automatisch, als sie ihren Blick hob und seinem begegnete. Sie übte einen Zauber auf ihn aus.

Doch sie hatte ihn enttäuscht.

Im Flackern des Feuers tanzten Schatten über sie,

und die Zeit schien stillzustehen. In diesem Moment traf er eine Entscheidung. Es war seine Pflicht, ihre Entschuldigung anzunehmen. Er würde es tun, um über sie hinwegzukommen und aufzuhören, an sie zu denken. Er setzte einen Fuß vor den anderen und schob sich zwischen den Kindern zu ihr durch. Sie beobachtete ihn den ganzen Weg. Als er direkt vor ihr stehenblieb, verspürte er den Wunsch, sie zu berühren. Er verdrängte ihn und kam zum Kern der Sache.

„Wir müssen reden."

Sheri war erschrocken, als sie sah, dass Pace sie anstarrte. Als er durch die Gruppe von Kindern auf sie zu gestürmt kam, hatte sie das Gefühl, das sie an dem Tag gehabt hatte, an dem sie daran schuld gewesen war, dass er vom Mustang abgeworfen worden war. Er hatte ein Glitzern in den Augen und eine Zielstrebigkeit in seinem Schritt, die gewaltig war. Im flackernden Feuerschein sah er aus wie ein Sheriff, der einem Gesetzlosen gegenüberstand.

Es war furchteinflößend, doch sie wollte sich nicht

mehr von ihm einschüchtern lassen. Es stimmte, sie hatte einen Fehler gemacht, ihn so zu benutzen, wie sie es getan hatte. Doch sie hatte sich entschuldigt, und wenn er es nicht akzeptieren konnte, dann sollte es so sein. Er würde mit Sicherheit keine Forderungen an sie stellen.

„Dann rede", sagte sie und trat von der Gruppe der Mädchen weg, die Pace mit offenem Mund anstarrten. Sie war sich nicht sicher, ob sie Angst vor ihm hatten oder von ihm fasziniert waren. Es war wahrscheinlich ein bisschen von beidem. „Ich hab zu tun, Cowboy." Sie hob ihr Kinn und ging zum Haus, um Nachschub zu holen. Im Nu war Sheris Ärger außer Kontrolle geraten. Er wollte reden, und sie wollte reden, warum war sie dann plötzlich so wütend auf ihn?

„Ich helfe dir", sagte er und ging neben ihr her.

„Nein, danke", schnaubte sie und ging schneller. „Ich komme gut allein klar."

Sie erreichten die Küchentür. Sie wollte die Fliegengittertür öffnen, doch er hob seine Hand über ihre Schulter und hielt die Tür zu. Sie riss heftig daran und wirbelte dann herum, um ihn böse anzustarren.

Plötzlich fand sie sich praktisch in seiner Umarmung wieder, wich zurück und presste ihren Rücken gegen die Tür. „Warum tust du das?", blaffte sie, frustriert von seiner Nähe. Sein Duft hüllte sie ein, der Geruch von Leder und Seife. Es war ein sehr ablenkender und ansprechender Duft, den sie vermisst hatte.

„Ich muss mit dir reden", sagte er langsam. Seine Augen waren dunkel und seine Brauen waren unter dem Rand seines Hutes zu sehen.

„Das ist ein bisschen unangenehm. Findest du nicht?"

„Was soll das heißen? Und was ist los mit dir?"

„Mit mir? Was mit mir los ist? Ich komme und entschuldige mich bei dir, und du lässt mich abblitzen, als hätte ich eine unverzeihliche Sünde begangen, als ich ausnahmsweise das Richtige getan habe. Drei Wochen lang versuchst du nicht einmal ansatzweise, mit mir zu reden, und plötzlich verlangst du praktisch, dass ich mit dir rede." Sie wusste, dass sie überreagierte, doch sich selbst zu sagen, dass sie sich beruhigen sollte, war als ob... ja, es war, als würde sie mit Pace Gentry reden – einem starrköpfigen

Ziegenbock! Wenn er reden wollte, konnte sie ihm sagen, was sie dachte. „Und außerdem! Wenn du denkst, dass ich zu Kreuze kriechen und dich nochmal um Verzeihung bitten werde, dann hast du dich gewaltig getäuscht, Cowboy."

Er trat zurück und riss seinen Hut vom Kopf. Sein dunkles Haar fiel in seine Stirn, und er fuhr mit einer Hand hindurch und starrte sie an. „Das erwarte ich nicht von dir", sagte er.

Die Sanftheit in seiner Stimme überraschte sie. Sie war ein wenig verlegen, als sie von einem Fuß auf den anderen trat. „Na dann, und was erwartest du dann von mir?"

„Ich dachte, wir könnten vielleicht von vorne anfangen. Nachdem du meine Entschuldigung angenommen hast, dass ich mehr von dir erwartet habe als von mir selbst."

Zumindest war das ein Anfang. „Das glaube ich nicht", sagte sie. „Ich habe es nicht geschafft, die alten Damen davon zu überzeugen, ihre Idee aufzugeben, dass du und ich füreinander bestimmt sind, ganz aufzugeben. Wenn sie sehen könnten, dass wir wieder miteinander reden, würde alles wieder von vorn anfangen. Ich meine, zu wissen, dass wir uns einig sind, dass zwischen uns alles wieder in Ordnung ist, wäre schön. Aber das wäre dann auch schon alles."

Er klopfte mit grimmiger Miene mit seinem Hut gegen seinen Oberschenkel. „Wäre es denn so schlimm, wenn sie denken würden, dass etwas an ihrer Vorstellung dran sein könnte, dass wir richtig füreinander sind?"

Sheris Herz hörte auf zu schlagen. Setzte einfach für einen verrückten Moment lang aus, als etwas, das sie nicht kannte, in ihr aufflammte. „Es wäre niemandem gegenüber fair. Vor allem nicht dir gegenüber", sagte sie und rang das seltsame Gefühl nieder.

„Ich verstehe nicht, was du meinst."

„Schau, Pace." Sie glaubte, dass es an der Zeit war, einfach alle Karten auf den Tisch zu legen und es ihm ein für alle Mal klarzumachen. „Für mich hat sich nichts geändert. Ich habe nach wie vor nicht vor zu heiraten. Ich schleppe zu viel Ballast aus meiner Vergangenheit mit mir herum, um es zu riskieren. So, wie meine Eltern waren, und so, wie ich bin, ist es sehr wahrscheinlich, dass ich mich für den Rest meines Lebens nicht hundertprozentig auf einen Mann festlegen kann. Nicht, dass ich damit sagen will, dass du überhaupt in Betracht ziehen würdest, mit mir zusammen zu sein. Ich denke nur, dass du das wissen solltest."

Er runzelte die Stirn. „Ich bitte dich nicht, mich zu heiraten. Ich bitte dich nur, mit mir auszugehen."

Sie hatte nicht wirklich gedacht, dass er ans Heiraten denken könnte. Warum also tat seine Bemerkung so weh? Sie schob ihr Kinn vor. „Das glaube ich nicht. Ich versuche gerade, mir über ein paar Dinge klarzuwerden", sagte sie mit Nachdruck, um sich genauso zu überzeugen wie Pace.

„Was zum Beispiel?"

Sie musterte ihn. „Zum Beispiel, warum ich hier bin. Ich war so beschäftigt damit, vor dem wegzulaufen, was ich bin, dass ich mich selbst nicht mehr wirklich kenne. Und ich will wissen, was meine Aufgabe ist. So durcheinander ich auch bin, ich weiß, dass es irgendeinen Grund gibt, warum ich auf dieser Erde bin."

Pace streckte plötzlich die Hand aus und

streichelte mit seinem Finger über ihre Wange. „Du bist eine wundervolle Frau, Sheri. Du wirst es herausfinden. Doch ich verstehe immer noch nicht, warum du so hart zu dir bist. Ich verstehe auch nicht, warum du dich so vehement gegen das Heiraten ausgesprochen hast."

Sie wich von seiner Berührung zurück; sie lenkte sie mehr ab als sie ertragen konnte. „Mir ist bewusst geworden, dass etwas nicht richtig ist an dem Erfolgsgefühl, das ich empfinde, wenn ich sehe, wie die Träume aller anderen wahr werden. Ich weiß jetzt, dass genau das mein Problem ist – es sind die Träume der anderen. Es ist Zeit für mich, meine eigenen zu finden."

Er setzte seinen Hut auf, und sie konnte die Frustration in seiner Haltung sehen. Warum war er so frustriert?

„Das ist alles schön und gut. Aber warum müssen deine Träume den bloßen Gedanken an Heiraten ausschließen?"

Jetzt war sie wieder frustriert. „Ich verstehe nicht, warum es dir so wichtig ist, aber wenn du es wissen musst — ich würde niemals riskieren, zu heiraten,

Kinder zu haben und sie das durchmachen zu lassen, was ich in meiner Kindheit durchgemacht habe."

„Warum glaubst du, dass du deinen Kindern dasselbe antun würdest? Das würdest du nicht. Für mich sieht es so aus, als müsstest du anfangen, ein bisschen mehr an dich zu glauben."

Sheri wurde schwindelig. War er schwerhörig? „Genau das habe ich doch gesagt."

„Wenn dem so ist, dann hast du genug Verstand, um zu wissen, dass du eine großartige Mutter wärst."

Er sah sie so eindringlich an, dass sie ihm einen Moment lang glaubte. Nein, sie wollte ihm glauben, doch sie tat es nicht. „Das zeigt nur, wie wenig du über mich weißt. Ich muss das Essen rausbringen, bevor die Kids anfangen, zu meutern."

Er musterte sie für einen Moment, dann griff er über ihre Schulter und öffnete die Tür. Sie schob sich hindurch, ein vollkommenes Nervenbündel, als er ihr folgte. Sie wollte, dass er einfach nur ging.

Das Letzte, was sie brauchte, war, dass er einen Wunsch in ihr weckte, von dem sie genau wusste, dass sie ihn sich niemals erlauben würde.

Und genau das geschah.

KAPITEL EINUNDZWANZIG

Gegen fünf Uhr morgens gab Sheri jeden Versuch zu schlafen auf und schlich in die Küche, um sich eine Kanne Kaffee zu kochen.

Es war eine wilde Nacht in einem Haus voller junger Mädchen gewesen. Alle Jungs einschließlich Pace, Cort, Ron und dem Jugendpastor, der die Kinder gebracht hatte, schliefen die Straße runter in dem Haus, in dem Lilly gewohnt hatte, bevor sie und Cort geheiratet hatten.

Sheri hatte nicht gewusst, wie lebhaft Zehn- bis Zwölfjährige sein konnten. Auch wenn Lilly ihr gesagt hatte, dass sie nicht bei ihnen bleiben musste, hatte sie gewusst, dass es nach der verwirrenden Begegnung mit Pace nicht gut für sie wäre, allein zu sein. Also war sie geblieben und hatte einen schönen Abend gehabt.

Sie hatten bis zwei Uhr morgens gesungen und gefeiert. Sobald die Mädchen herausgefunden hatten, dass sie eine Nageldesignerin war, zauberten sie mehr Lack aus ihren Rucksäcken als sie in ihrem Salon hatte und baten sie, ihnen die Finger- und Fußnägel zu lackieren. Dieser Bitte war sie gerne nachgekommen, da sie so wenigstens ein paar Stunden den Gedanken an Pace entkommen konnte.

Doch kaum waren alle gegen drei Uhr in ihren Kojen verschwunden, stiegen die Gedanken an Pace wie dichter Nebel in ihrem Kopf auf. Als sie sich eingestand, dass an Schlaf nicht zu denken war, lockten der Gedanke an Kaffee und Süßigkeiten sie in Lillys Küche zu Lillys Bananen-Toffee-Vorrat. Zum Glück wusste Sheri, wo sie ihn aufbewahrte. Leise machte sie sich in der Küche ans Werk und schaltete die Kaffeemaschine ein. Dann nahm sie den Deckel von dem großen Blechbehälter, der neben der Hintertür stand. Darin befanden sich die Kaubonbons, für die Lilly und Samantha, Lillys Esel, eine große Schwäche hatten. Normalerweise bevorzugte Sheri Schokolade, doch im Moment würde sie nicht wählerisch sein. Sie nahm sich eine Handvoll Toffee und schob sich das erste Stück in den Mund, als ein Geräusch ihre Aufmerksamkeit auf das Fenster neben der Tür lenkte.

„Oh!"

Sie hätte beinahe alles fallengelassen, bis sie bemerkte, dass das große Auge, das sie anstarrte, Samantha gehörte. Während Sheri sich wieder beruhigte, war sie froh, dass sie nicht so laut geschrien hatte, dass sie das ganze Haus geweckt hatte, presste Samantha ihre Nase und ihre Lippen gegen die Fensterscheibe. Das Endergebnis war etwas, das aussah wie Samtlippen, die riesige Zähne in einem sehr schiefen Lächeln entblößten.

In diesem Moment wurde ihr klar, dass Samantha das gelbe Toffee in ihrer Hand gesehen hatte und ihr damit klarmachen wollte, dass sie gerne teilen würde.

Trotz ihres schweren Herzens lächelte Sheri. Sie goss sich schnell eine Tasse Kaffee ein, griff nach der Süßigkeit und ging hinaus, um sich zu dem neugierigen Tier auf die Veranda zu setzen.

„Hey, Samantha, wie geht's dir, Mädchen?" Sie

hielt ihr ein bereits ausgepacktes Stück Toffee auf ihrer flachen Hand entgegen, wie sie es bei Lilly gesehen hatte, und sah zu, wie der kleine Esel seine Lippen auf ihre Handfläche drückte und den Leckerbissen behutsam aufhob. *Das kleine Ding ist beinahe menschlich*, dachte Sheri, als sie die Treppe der Veranda hinunterstieg und Samantha glücklich schmatzend neben ihr her trottete.

Es war ein herrlich warmer früher Morgen, und Sheri beschloss, ein Stück spazieren zu gehen. Sie trug ihren Kaffee und die Toffees über die geschotterte Auffahrt zu den Ställen, wo sie eine Hollywoodschaukel gesehen hatte. Sie ließ sich darauf nieder und nippte an ihrem Kaffee.

Samantha, die nicht zulassen würde, dass man sie vergaß, stand neben ihr und starrte auf die Tasche mit dem Toffee. „Hey, hör auf, meinen Süßkram anzustarren. Du schmatzt immer noch an deinem ersten Stück." Sie musste lachen, als der Esel lautstark schluckte und dann seine Lippen verzog, um zu demonstrieren, dass es Zeit für ein weiteres Stück Toffee war.

„Du kleiner Vielfraß. Weißt du eigentlich, dass du ein bisschen arg rund bist?"

Samantha blinzelte nur, als wollte sie sagen, dass es nur ein paar Dinge im Leben gab, für die es sich lohnte, eine gute Figur zu opfern. Sheri musste zugeben, dass sie das Toffee auch mochte.

Sie schlug ihre Beine unter, stellte ihre Tasse auf die Armlehne und wickelte zwei Toffees aus. Ein paar Sekunden später blickte Sheri begleitet von Samanthas rhythmischem Schmatzen in Richtung Horizont und den dünnen Lichtstreifen, der die Nacht vom Morgen trennte. Es erinnerte sie an den Morgen, an dem Lacy sie aus dem Bett gezerrt hatte, um die Lieferung der Mustangs zu beobachten. An diesem Morgen hatte sie Pace offiziell kennengelernt. An diesem Morgen hatten ihre Probleme begonnen. Heute waberte ein weicher Nebel über dem Boden, wo die Weide sanft vom Hof abfiel. Sheri fühlte sich entspannt, in einen schläfrigen Tagtraum versunken.

Sie hatte kürzlich die Filmversion von Jane Austens klassischer Romanze „Stolz und Vorurteil" gesehen. Es war kein alter Western, doch sie hatte ihr sehr gefallen. Als sie jetzt darüber nachdachte, bemerkte sie, dass Pace sie mit seiner ruhigen Art an Mr. Darcy erinnerte. Der Gedanke brachte ein müdes Lächeln auf ihre Lippen. Sie hatte die Geschichte nicht gekannt, weil sie das Buch noch nie gelesen hatte. Im Laufe der Jahre hatte sie Kommentare über Mr. Darcy gehört und sich einen älteren Mann mit grauem Haar vorgestellt – ein Butler oder so was in der Art. Erst im Film wurde ihr klar, dass Mr. Darcy der gutaussehende Held war, der dazu neigte, sich äußerst knapp auszudrücken, und eine scheinbar schroffe Haltung hatte. Doch wenn man es schaffte, darüber hinwegzublicken, war er wirklich wunderbar.

Genau wie Pace.

In einer der schönsten und romantischsten Szenen der Filmkunst, die Sheri jemals bewundert hatte, ging Mr. Darcy durch das Moor. In einem wehenden weißen Hemd, dunklen Reithosen und Stiefeln schritt er durch den Morgennebel und sah aus, als hätte ihn die Heldin in ihrer Sehnsucht nach ihm erträumt. Jetzt, als sie hier saß und beobachtete, wie das Gras in der frühen Morgendämmerung im sanften Lichtschein vom feuchten Nebel glitzerte, fühlten sich Sheris Augenlider schwer an, und sie wünschte sich, dass Pace kommen würde. Sie konnte Pace sehen, groß und gutaussehend, ohne Hut, die Haare aus dem Gesicht gestrichen, als wäre er mit den Händen rastlos hindurchgefahren, während er auf Morgenlicht gewartet hatte, damit er seinem Herzen zu ihr folgen konnte.

Sheris Herz pochte in ihrem Hals, als sie sich geradezu lächerlich anstrengte, Pace im Nebel auszumachen. Natürlich war es nur ein Film und ein Held, den es im echten Leben nicht gab. Sheri blinzelte und wandte den Blick vom Horizont zu ihrer leeren Kaffeetasse, die sie in ihrer Hand hielt. Sie konnte sich nicht einmal daran erinnern, den Kaffee getrunken zu haben, so sehr war sie in ihren Gedanken verloren gewesen.

Sie schloss ihre Augen, und sah Pace' Gesicht vor sich, als er sie gebeten hatte, noch einmal von vorne anzufangen.

Und ihr Herz wünschte sich, es wäre dazu in der Lage.

„Fass sie nicht an, Francis."

„Hatte ich auch nicht vor. Glaubst du, sie hat hier draußen geschlafen?"

„Was ist mit ihren Haaren?"

„Was ist das Problem? So sieht meine Mom auch aus, wenn sie morgens aufwacht."

„Ick. Du meinst, du musst dir das jeden Tag ansehen?"

„So sehen Mütter eben aus. Man gewöhnt sich daran."

Sheri träumte. In ihrem Traum hörte sie Jungen reden, konnte aber nicht verstehen, wovon sie redeten. Benommen rieb sie sich die Augen, streckte sich und drehte sich auf dem schmalen Einzelbett um, um noch ein bisschen länger zu dösen. Komisch, sie erinnerte sich nicht daran, dass das Bett so klein und hart war.

„Hey Leute, was schaut ihr da an?"

Sheri zuckte zusammen und erkannte Pace'

Stimme, als sie aus ihrem Bett rollte. Sie erwachte mit dem Gesicht nach unten im Gras und starrte auf ein Paar abgewetzte Cowboystiefel mit gravierten silbernen Sporen.

„Ich gehe wohl recht in der Annahme, dass du keine gute Nacht hattest", sagte Pace gedehnt über ihr.

Sheri blickte auf und sah in seine lachenden Augen. Um ihn herum standen sechs zehnjährige Jungen, die sie anstarrten, als wäre sie eine Außerirdische von einem anderen Planeten. Wenn sie so furchtbar aussah, wie sie sich fühlte, dann war das ein Alptraum. Ihr Mund war trocken, und sie nahm an, dass sie mit offenem Mund auf der Hollywoodschaukel geschlafen hatte. Sie schluckte, blinzelte und wünschte sich, ein Loch möge sich vor ihr auftun und sie verschlucken. Sie brauchte einen Moment, um sich daran zu erinnern, warum sie überhaupt hier draußen war.

„Okay, die Show ist vorbei. Verschwindet, Jungs."

„Geht klar, Mr. Pace", sagte ein Junge und wandte sich zum Gehen, blieb dann aber stehen und grinste ihn an. „Aber Sie müssen schon zugeben, dass es lustig war, sie hier draußen so mit offenem Mund schlafen zu sehen."

„Ja", kicherte ein anderer. „Mann, ich frage mich, ob sie irgendwelche Käfer verschluckt hat."

Sheri hustete.

Pace lächelte sie an und streckte ihr eine Hand entgegen. „Komm, du kannst jetzt aufstehen."

Sie ergriff die angebotene Hand und ließ sich von ihm vom Boden hochziehen. Sofort erinnerte sie sich an die seltsame Vision, die sie gehabt hatte, als das angenehme Gefühl von Pace' Berührung Gedanken an einen durch den Nebel wandernden Mr. Darcy aufsteigen ließ.

Sie versuchte, ihre Hand aus seiner zu ziehen, sobald sie auf den Beinen war.

„Nein", sagte er und hielt ihre Hand fest, dann zog er sie an sich heran, bis sie nur ein paar Zentimeter trennten. Im Gegensatz zu ihr war er frisch geduscht und roch so gut, dass sie ihn einfach inhalieren wollte, so herb und frisch. Stattdessen zog sie fester an ihrer Hand und wich von ihm zurück, als er sie losließ.

Sein Lächeln sagte, dass er genau wusste, was sie

tat. Genau wie sie vermutet hatte, wusste er genau, was er getan hatte, als er sie so nah an sich herangezogen und ihre Hand so lange gehalten hatte. Was hatte er jetzt vor?

Hatte er etwa nichts von dem gehört, was sie letzte Nacht gesagt hatte? Sie hatte alles klar formuliert, und doch sah er aus und verhielt sich so, als wäre nichts passiert.

„Süßes Outfit", sagte er amüsiert, während sein rauchiger Blick über sie glitt.

Sheri blickte an sich hinab und bemerkte, dass sie ihre Smiley-Pyjamahose und ein leuchtendgelbes T-Shirt trug. „Wahnsinnig witzig", keifte sie gereizt. „Wie spät ist es?"

„Sieben Uhr, Morgenmuffel. Die Jungs wollten runterkommen und vor dem Frühstück eine Runde reiten. Wenn ich gewusst hätte, dass wir dich hier finden, wäre ich früher gekommen."

„Frühstück! Ich muss Lilly helfen gehen", keuchte sie, dankbar, dass sie eine Ausrede hatte, um die Flucht zu ergreifen. Pace war auf dem Holzweg, wenn er glaubte, dass sie ihre Meinung über das, was sie gesagt hatte, ändern würde. Es war egal, dass sie kaum geschlafen hatte, selbst, dass sie eventuell einen Käfer verschluckt hatte. Oder dass ihr Gehirn wegen des Schlafmangels wie Brei war. Mr. Darcy, ja klar! Was hatte sie sich nur gedacht?

Sie hatte hier einen Job zu erledigen, und dann musste sie ihren Weg finden. Die einzige Chance, wie Pace irgendetwas mit diesem Weg zu tun haben könnte, war, wenn sich ihre Gene ändern würden.

Und das war wohl kaum möglich.

Sie konnte einfach nicht darauf vertrauen, dass sie nicht in die Fußstapfen ihrer Eltern treten würde.

Nach einem lauten Frühstück war eine Heuwagenfahrt für die Kinder geplant. Es war auch Sheris erste, und sie war genauso aufgeregt wie die Kinder, auch wenn der Stress ihrer Begegnung mit Pace wie eine dunkle Wolke über ihrem Kopf hing.

Entschlossen, einen klaren Kopf zu bekommen, konzentrierte sie ihre Energie wieder auf die Gruppe Jugendlicher. Sie hatte sich zwischenzeitlich entspannt.

Alles hatte sich verändert, als sie zahllose Zehen- und Fingernägel angemalt hatte. Es war wirklich seltsam, als ihr bewusst geworden war, dass die Mädchen tatsächlich ihre Gesellschaft suchten. Sie hatte für sie keine Maske aufgesetzt und kam zu dem Schluss, dass das ein Grund gewesen sein könnte, warum sie sie mochten.

Als alle auf den mit Heu bedeckten Anhänger geklettert waren, den Cort hinter seinem Traktor zog, war Sheri mehr als bereit, sich inmitten einer Horde kichernder Mädchen in das weiche Heu fallen zu lassen.

Lilly hatte die schönste Singstimme, die Sheri jemals gehört hatte, und bald sangen alle mit, als sie über die Weiden fuhren. Cort lenkte den Traktor durch frisch gemähte Heufelder und am Rande eines von Bäumen gesäumten Weihers entlang.

Unterwegs entdeckten die Kinder mehrere Tiere, darunter eine Klapperschlange. Als einer der Jungen darauf zeigte, schrien alle Mädchen, einschließlich Sheri. Sie hasste Schlangen und hatte kein Problem damit, es zuzugeben. Pace saß mit Pastor Ron am hinteren Ende des Anhängers und beruhigte die Ängste der Mädchen.

Der Mann hatte keine Probleme, die Aufmerksamkeit der Kinder auf sich zu ziehen. Wenn er sprach, hörten alle zu, und er hatte ein gutes Händchen für sie. Sheri war ein bisschen überrascht. Doch warum sollten sie ihn auch nicht mögen? Sie beobachtete ihn mit Interesse, als er der Gruppe erklärte, dass sie zu weit weg waren, als dass die Schlange ihnen etwas anhaben könnte, doch dass es eine gute Warnung war, vorsichtig zu sein, wenn sie unterwegs waren. Sehr schnell stellten die Jungs Pace Fragen über sein Leben als Cowboy. Eine Frage führte zur nächsten, und bald erzählte er Geschichten über sein Leben allein draußen auf dem weiten Land. Sheri fragte sich, ob ihm überhaupt bewusst war, wie gut er mit den Kindern umgehen konnte.

Obwohl sie nicht an ihn denken wollte, war Sheri fasziniert, als sie Pace' Geschichten über seine Vergangenheit lauschte. Wer wäre das nicht? Er hatte Recht gehabt, als er dem Weg gefolgt war, auf den er sich berufen gefühlt hatte. Er könnte ein großartiger

Einfluss sein.

Die Fahrt wurde zu einer Lektion in Respekt vor der Natur. Es war offensichtlich, dass er sein geliebtes Idaho immer noch vermisste und dass er die Wildnis des Great Basin liebte. Wenn sie ihm zuhörte, wollte selbst sie in einer Hütte in der endlosen Weite leben.

Er hatte eine so liebenswerte Art, von seinen vielen Abenteuern zu berichten, dass man förmlich an seinen Lippen hing. Sheri überraschte es nicht, wie aufmerksam die Kinder ihm zuhörten.

Er war nach Mule Hollow gekommen, um einen Weg zu finden zu helfen, und jetzt berührte dieser einsame Mann, genau wie er es sich erhofft hatte, die Leben anderer. Sheri bewunderte ihn, und sie wusste in ihrem Herzen, dass das erst der Anfang seines neuen Lebens war.

Sheris Sehnsucht nach mehr in ihrem Leben wuchs, wenn sie Pace beobachtete.

KAPITEL ZWEIUNDZWANZIG

Pace wollte gerade Sams Diner betreten, als Cassie ihn beinahe umrannte, als sie durch die Schwingtür pflügte.

„Hey, Pace, du bist spät dran. Der Mittagsansturm ist schon vorbei. Aber du hast Glück. Sam hat noch was zu essen da." Sie blieb auf dem Gehsteig stehen und lächelte zu ihm auf. Sie hatte ein Babygesicht, und Pace musste sich daran erinnern, dass sie fast zwanzig war und nicht die sechzehn, die sie zu sein schien.

„Ich wollte dir danken", sagte sie.

„Wofür?"

„Dafür, dass du Jake unterrichtet hast. Es macht ihm wirklich Spaß, mit dir zu arbeiten."

„Er hilft mir, und er lernt schnell. Ich bin stolz

darauf, dass er mir hilft. Er hat mir erzählt, dass du darüber nachdenkst, ein paar College-Kurse in Ranger zu belegen."

„Ja. Ich möchte ein paar BWL-Kurse belegen."

„Klingt für mich nach einem Plan."

„Ja, ein Mädchen braucht einen Plan. Okay, ich muss weiter. Pass da drin auf. Sam ist schlecht gelaunt."

War das neu? Er kannte Sam nicht anders. „Was ist jetzt wieder los? Hat jemand einen Nickel in die Jukebox gesteckt?"

Cassie schüttelte den Kopf. „Nein, es geht um Adela. Für einen klugen Mann stellt er sich wirklich ziemlich dämlich an. Ich habe ihm gesagt, dass er es einfach tun muss. Er muss sie bitten, ihn zu heiraten und glücklich bis ans Ende leben."

„Und was hat er gesagt?"

Cassie hüpfte die Stufen hinunter und öffnete die Tür ihres Autos. „Er hat mich zugegebenermaßen überrascht. Er hat gesagt, dass er darüber nachgedacht hat." Sie machte eine Pause, bevor sie sich auf den Fahrersitz fallen ließ. „So langsam, wie er denkt, könnte es natürlich bis nächstes Jahr dauern, bis er eine Entscheidung trifft. Jemand muss da reingehen und ihm einen Schubs geben."

Pace blickte ihr hinterher, als sie davonfuhr, dann ging er hinein. Er selbst war, was Sheri anging, zu einer Entscheidung gekommen. Seit der Jugendfreizeit hatte er ständig an sie gedacht und wusste, dass er sie in seinem Leben haben wollte. Er würde Sheri Marsh den Hof machen, ob sie es wollte oder nicht. Ihm war bewusst geworden, dass er sich noch nie so gefühlt hatte, wie er sich fühlte, wenn er in ihrer Nähe war. Sie erhellte seinen Tag, und er dachte die ganze Zeit an sie. Er hatte versucht, ihr etwas Abstand zu gewähren, doch es machte ihn verrückt, weil er wusste, dass sie nur einen Steinwurf von ihm entfernt lebte und er keine Zeit mit ihr verbringen konnte. Er dachte fast an nichts anderes mehr.

„Hallo Sam", sagte er und rief Applegate und Stanley einen lauteren Gruß zu, nicht sicher, ob sie ihre Hörgeräte eingeschaltet hatten.

„Guten Tag, Pace", sagte Sam und warf sein Geschirrtuch über die Schulter. „Ich höre, ihr hattet ein hübsches kleines Camp für diese Kirchengruppe bei Cort."

„Ja. Es war wirklich nett." Pace setzte sich an die Theke und nickte, als Sam die Kaffeekanne hochhielt. „Sam, kann ich dir was sagen?" Er warf einen Blick zu Applegate und Stanley hinüber, doch sie waren in ihr Spiel vertieft.

Sam stellte Pace' Kaffee auf die Theke und nickte. „Sicher kannst du das. Kümmre dich nicht um die beiden. Hast du was auf dem Herzen?

„Als ich vor einem Monat nach Mule Hollow gekommen bin, wusste ich nicht, was mich erwartet. Du weißt, wie sehr ich mein Leben in Idaho geliebt habe."

Sam schnaubte. „Ja, ich weiß. Braucht Mut, das zu tun, was du getan hast."

„Darüber wollte ich mit dir reden. Jeder denkt das, aber ich muss zugeben, dass ich nicht den Mut hatte, den mir jeder zuschreibt. Ich hatte die ganze Zeit einen Plan B." Er spielte mit seiner Tasse. „Ich dachte mir, dass ich, wenn ich mir bestimmte Optionen offenhalte und mich nicht festlegen würde, ich nach Idaho zurückkehren könnte, wenn es hier nicht klappt."

„Daran ist nichts auszusetzen", sagte Sam und wischte den Tresen ab.

„Außer, dass ich ein Betrüger bin. Ich hatte die Möglichkeit, während mir alle auf den Rücken geklopft haben, weil ich meinem Glauben gefolgt und zu neuen Ufern aufgebrochen bin."

Sam warf sich erneut das Geschirrtuch über die Schulter und verschränkte die drahtigen Arme. „Ich verstehe immer noch nicht, was daran falsch ist. Du hast etwas getan. Das können die meisten von uns nicht behaupten."

Pace trank einen Schluck Kaffee und überlegte, wie er vorgehen sollte. „Was ich zu sagen versuche ist, dass sich jetzt alles geändert hat. Es hat mir wirklich Spaß gemacht, diesen Kindern praktische Erfahrungen mit Pferden zu erlauben, und ich bin mir nützlich vorgekommen. Das hat mir gefallen."

„Hört sich an, als ob du an einem Plan für deine Zukunft arbeitest."

Pace nickte langsam. „Und genau da wird es schwierig. Es ist mehr als dass ich erkannt habe, dass ich in der Lage sein könnte, einen Unterschied im Leben von Kindern zu machen. Es geht auch um Sheri."

Sams Miene änderte sich. „Oh Junge."

Pace lachte leise. „Genau das habe ich auch gesagt. In den ersten Wochen habe ich dagegen angekämpft. Aber dieses Wochenende ist mir klargeworden, dass ich meinen Plan B aufgeben und alles auf eine Karte setzen muss."

„Was meinst du?" Sam hatte angefangen, Tassen abzutrocknen, doch er hielt inne.

Pace lächelte. „Ich werde der Sache zwischen Sheri und mir eine Chance geben, wenn sie es zulässt."

Sam sah sich im Diner um. „Ich habe mein Leben in diesen Mauern verbracht und zugesehen, wie alle anderen ihr Leben da draußen geführt haben und durch sie in gewisser Weise daran teilgenommen. Ich bewundere dich für das, was du tust, Pace. Was sagt Sheri zu alldem?"

„Sie hat mir im Grunde gesagt, dass ich verschwinden soll."

„Wundert mich nicht", schnaubte Sam. „Sie ist

nicht eine, die um den heißen Brei redet, und ich habe sie nie für jemanden gehalten, der sich niederlässt und eine Familie gründet."

„Sie hat Angst, dass sie scheitern wird. Sie muss aufhören zu glauben, dass sie die Fehler ihrer Eltern wiederholen wird, und darauf vertrauen, dass sie ihr eigenes Leben in einer guten, stabilen Beziehung führen kann. Und ich denke, ich bin hier, um ihr dabei zu helfen. Manchmal musst du deinem Herzen vertrauen und nicht der Angst, die dich zurückhält."

Sam stützte beide Hände auf die Theke. „Das ist eine harte Nuss. Ich weiß das, denn so ungern ich es auch zugebe, aber ich lebe selbst mit Angst."

„Wie kommt's?"

„Ich bin mein ganzes Leben lang Junggeselle gewesen. Ich habe mich in Adela verliebt, als ich sie das erste Mal gesehen habe. Wir waren damals nur Kinder, aber ihr Herz hatte bereits Theo Ledbetter gehört. Theo war der glücklichste Mann auf Erden, denn er hatte das Privileg, sein ganzes Leben lang von Adela geliebt zu werden und sie als seine Frau zu haben."

„Aber Theo ist seit Jahren tot."

„Fast sechzehn Jahre", polterte Applegate vom Fenster herüber.

So viel zu dem Thema, dass sein Hörgerät ausgeschaltet war, dachte Pace. „Ich habe nie verstanden, warum ihr beide nicht geheiratet habt."

„Ein Mann muss fragen, bevor eine Frau Ja sagen kann", rief Stanley, und Pace kam zu dem Schluss, dass die beiden alten Männer offensichtlich nur an selektivem Gehörverlust litten.

„Also das ist wohl wahr", nickte Sam und funkelte seine beiden Freunde finster an.

„Warum hast du sie nicht gefragt?", fragte Pace.

„Kannst ruhig die Wahrheit zugeben, Sam", stichelte Applegate. „Dir ist nicht zu helfen, bis du zugibst, dass du ein Problem hast. Ist das nicht so, Stanley?"

„Ja–"

„Angst", fiel Sam Stanley ins Wort. „Ich bin ein dummer alter Feigling. Da. Seid ihr zwei alten Böcke endlich zufrieden?"

Pace blickte zwischen ihnen hin und her. „Aber es

ist offensichtlich, dass sie dich liebt, und mehr als offensichtlich, dass du sie liebst."

„Das ist wahr. Aber alles ist so behaglich, wie es ist. Ich habe Angst aufzugeben, was ich habe. Wenn ich versuche, etwas daran zu ändern ... mache ich vielleicht alles kaputt."

Als Pace den älteren Mann ansah, verstand er es plötzlich. Er klammerte sich an das, was sie hatten, anstatt etwas Besseres zu versuchen. So, wie Pace sich an sein altes Leben geklammert hatte. Sam musste loslassen, so wie er es getan hatte. „Sam, sieht so aus, als hätten wir viel gemeinsam."

„Was meinst du?"

Pace begegnete dem düsteren Blick des kleinen Mannes mit einem Lächeln. „Was du tun musst, ist, ein bisschen Vertrauen haben und dein Idaho aufgeben. Genau wie ich."

KAPITEL DREIUNDZWANZIG

„Ohh! Oooohhh, das kitzelt!"

„Esther Mae, du musst stillhalten, wenn du willst, dass es gut aussieht."

„Ich weiß, aber ich bin so kitzelig."

„Tut mir leid, aber ich bekomme die Streifen nicht gerade hin, wenn du jedes Mal zuckst, wenn ich deine Zehen berühre."

„Ja, Esther Mae", sagte Norma Sue von ihrem Platz aus und blickte Sheri über die Schulter. Sie stand dort, seit Sheri begonnen hatte, eine winzige amerikanische Flagge auf Esthers großen Zehennagel zu malen. „Halt still, sonst weht deine Fahne im Wind."

Esther Mae umklammerte die Armlehnen des

Stuhls mit einem Griff, der Sams Händedruck glatt in den Schatten gestellt hätte. „Ich versuche ja, still zu sitzen, aber pass auf. Ich könnte dich treten, ohne dass ich es will. Wenn ich nicht so kitzelig wäre, würde ich diese Nagelkunst wirklich mögen. Sie drückt so perfekt aus, wer ich bin. Ich glaube, ich werde auch einen dieser niedlichen Strass-Zehenringe probieren. Ohh!", quietschte sie und riss ihren Fuß aus Sheris Griff. „Tut mir leid. Versuch's nochmal."

„Einen Zehenring!", entfuhr es Norma Sue, als Sheri erneut Esther Maes Fuß in die Hand nahm. Das würde die seltsamste amerikanische Flagge werden, die sie jemals versucht hatte, auf einen Zehennagel zu malen.

„Ganz genau – einen Zehenring."

„Esther Mae", sagte Norma Sue und dehnte den „Mae"-Teil ganz bewusst. „Du drückst dich auch so ganz gut aus. Es ist eine Sache, sich was auf die Zehennägel pinseln zu lassen, aber ein Zehenring?"

„Norma Sue", sagte Adela leise von dem Friseurstuhl, auf dem Lacy gerade ihren Haarschnitt beendet hatte. „Ich finde es schön, dass Esther Mae etwas Neues ausprobiert. Manchmal ist eine Veränderung gut."

Lacy löste den Frisierumhang von ihrem Hals. „Adela, du bist eine freie Frau", sagte sie lächelnd. „Du kennst mich, ich denke, Veränderung ist eine großartige Sache. Ich liebe Veränderung."

„Ich auch", sagte Esther Mae und nickte. „Nur, weil wir fast siebzig sind, ist das kein Grund, Langeweile aufkommen zu lassen. Sheri, ich werde einen dieser Ringe nehmen. Den roten bitte. Je funkelnder desto besser."

Norma Sue schlug sich mit der Handfläche gegen die Stirn. „Okay, okay, ich gebe auf. Wer bin ich, dich davon abzuhalten, Spaß zu haben? Adela, du bist heute besonders still."

„Geht es dir gut?", fragte Lacy, und als Sheri zu ihnen hinüberblickte, bemerkte sie die plötzliche Traurigkeit in Adelas Augen.

„Naja, da wir gerade über Veränderung sprechen. Ihr alle wisst ja, dass meine Tochter mich vor ein paar Wochen gebeten hat, nach Abilene zu ziehen."

Norma Sue schnaubte. „Ja, das war das

Lächerlichste, was ich je gehört habe."

„Ich habe darüber gebetet. Und ich denke, dass ich es vielleicht tun werde."

Im Heavenly Inspirations Salon war es noch nie so still gewesen wie in diesem Moment. Sheri war so schockiert von der Ankündigung, dass sie fast die Flasche mit dem weißen Lack fallengelassen hätte.

Adela und wegziehen? Das war unvorstellbar.

Wirklich, niemand hatte auch nur einen Gedanken daran verschwendet, als Adela es zuvor erwähnt hatte. Mule Hollow ohne Adela? Auf keinen Fall.

„Aber warum?", jammerte Esther Mae, und ihr Zehenring war vergessen. „Dein Leben ist hier."

„Adela, was ist los?", fragte Lacy.

Adela begegnete ihren Blicken mit traurigen blauen Augen. „Ihr seid meine Freundinnen, und ich dachte nur, ich sollte euch vorwarnen."

„Du kannst nicht gehen!", schnaubte Norma Sue und trat neben ihre lebenslange Freundin.

„Genau", stimmte Esther Mae zu. „Es geht um Sam, oder? Wenn dieser alte Sturbock nur endlich zur Besinnung kommen und dich heiraten würde, dann ..."

Adela schüttelte den Kopf. „Esther Mae, es geht nicht um Sam. Es ist einfach praktisch."

„Praktisch, mein Huf!", blaffte Norma Sue. „Nein, hier geht es um Liebe, und du weißt es. Ausgerechnet du läufst davon? Ich kann's nicht fassen, Adela."

Sheri war mit Esther Maes großer Zehe fertig, schob den roten Zehenring auf ihren dritten Zeh und hörte der Unterhaltung zu. Die ganze Woche war sie jeden Morgen aufgewacht und hatte sich zwingen müssen, einen Fuß vor den anderen zu setzen, während sie alle praktischen Gründe aufzählte, warum sie aufhören sollte, an Pace zu denken. Sie sollte sich über den Plan für ihr Leben klar werden, doch sie konnte nicht aufhören, an Pace und seine Träume zu denken.

„Adela", sagte Sheri, hob einen kleinen Nagelhautstift auf und rollte ihn zwischen ihren Fingern. „Warum bittest *du* Sam nicht, dich zu heiraten?"

„Na, das ist wenigstens eine Idee", bemerkte Esther Mae.

„Ja, Adela." Lacys Augen leuchteten auf. „Du kannst ihn nicht einfach aufgeben und hierlassen. Denk einfach darüber nach. Er wäre so traurig und unausstehlich, dass keiner von uns hier wissen würde, was er mit ihm anfangen soll."

Adela wurde rot. „Ich kann ihn nicht überfallen. Sam muss sich schon selber darüber klar werden."

„Komm schon, Adela, ein bisschen Staub aufwirbeln schadet nie", lachte Lacy. „Und wenn du sowieso weggehst, kannst du es doch darauf ankommen lassen…"

Adelas leuchtendblaue Augen, die immer so voller Weisheit waren, sahen jetzt hin- und hergerissen aus. Sheri kannte das Gefühl. Sie erinnerte sich an den ersten Tag, an dem sie diese Augen gesehen hatte. Sheri hatte in ihrem ganzen Leben noch nie friedlichere Augen gesehen. Sie hatten sie an Lacys Augen erinnert. Lacys Augen waren so blau, und ihr starker Glaube strahlte aus ihnen. Sie suchten immer nach Wegen, anderen zu helfen.

Pace tat dasselbe. Und sie liebte ihn deswegen. Es stimmte … er brachte sie dazu, der beste Mensch zu sein, der sie sein konnte. Und obwohl sie davon geträumt hatte, ein Leben mit ihm zu führen, war es besser, sich vorerst aus seinem Leben herauszuhalten. Sie war sich immer noch nicht sicher, ob sie sich selbst vertrauen konnte, denn ihre Vergangenheit verfolgte sie immer noch.

Adela war anders. Es tat Sheri in der Seele weh zu sehen, dass sie ins Straucheln geraten war, und plötzlich wusste sie, dass sie etwas tun musste.

„Adela, du musst manchmal um das kämpfen, was du willst. Du hast dafür gekämpft, dass alle anderen das Glück haben, von dem du überzeugt warst, dass sie es verdient haben. Sitz nicht da und glaub auch nicht einen Moment lang, dass ich nicht weiß, dass du nicht an all diesen Kuppeleien beteiligt warst."

„Das ist wahr", sagte Esther Mae. „Sie hat dich durchschaut, Adela."

„Du bist diejenige, die sich diese „Ehefrauen gesucht"-Kampagne für Mule Hollow ausgedacht hat", fügte Norma Sue hinzu.

Lacy stemmte die Hände in die Hüften und neigte den Kopf zur Seite. „Du musst um das Prinzip kämpfen. Ich meine wirklich, Adela, komm schon. Lass uns Sam aus seinem Elend befreien."

Adelas Augen leuchteten auf und spornten Sheri an.

„Du weißt, dass du nicht von hier wegziehen und uns alle verlassen kannst." Sheri ging zur Tür und öffnete sie weit. Etwas in ihr wollte sehen, dass Adela für ihr Recht auf ein glückliches Leben kämpfte. „Jetzt komm schon, was sagst du? Heute ist ein großartiger Tag für einen Heiratsantrag."

„Du wirst es tun. Du wirst es wirklich tun!"

„Halt den Mund, Applegate. Du hast mir jahrelang damit in den Ohren gelegen, also lass es mich jetzt tun."

„Richtig." Applegate blieb stehen und sah zu, wie Sam seine Schürze abband, auf die Theke warf und sein Hemd ordentlich in seine Hose steckte.

„Du hast recht, Pace", sagte er. „Es kommt eine Zeit, in der ein Zurück in die Vergangenheit keine Option mehr ist. Man muss in die Zukunft blicken. Wenn ich nichts unternehme, um ihre Meinung zu ändern, wird meine Adela ihre Siebensachen packen und wegfahren. Und was wird dann aus mir? Ich bleibe allein zurück und bereue den Rest meiner Tage, dass ich meine Ängste nicht überwunden und sie gebeten habe, mich zu heiraten."

„So ist es, Sam", sagte Applegate. „Hier, lass mich deine Haare ordentlich machen." Er leckte sich über die Handfläche und bewegte sie in Richtung des Kopfes seines Freundes. „Wenn ein Mann eine Frau bitten will, seine Frau zu werden, braucht er keine Schmachtlocke, die ihm ins Gesicht hängt. Das ist eines Mannes deines Alters nicht würdig."

„Finger weg, App!" Sam wich Applegates feuchter Hand aus und ging entschlossenen Schrittes zur Tür. Pace konnte ein Lachen nicht unterdrücken. Stanley und Applegate sahen aus wie ein Paar zu groß geratener Kinder, als sie ihm hinaus ins Sonnenlicht folgten.

„Wo ist sie, Sam?", fragte Stanley.

„Sie ist bei Lacy, um sich die Haare und Nägel machen zu lassen, wie jeden Freitag um eins."

„Worauf warten wir dann noch?", fragte Applegate lächelnd. Applegate lächelte – Pace fand, dass das an sich schon ein Wunder war.

Sam räusperte sich, hob sein Kinn und blickte die Straße hinunter zu Lacys Salon. „Du hast Recht, App. Kommt, lasst uns keine Zeit verschwenden."

* * *

Sheri sah fasziniert zu, wie Sam eine kleine Parade anführte, die die Mitte der Main Street entlang ging. Sie wäre beinahe niedergetrampelt worden, als sie die anderen ans Fenster gerufen hatte.

Ein Blick, und Norma Sue und Esther Mae wirbelten herum und hoben die arme Adela hoch und zerrten sie hinaus auf den Bürgersteig.

Es war ein interessanter Anblick. Sam, kaum mehr als eins fünfzig groß und entschlossen wie Pace Gentry, der ihn zusammen mit seinen Kumpels Applegate und Stanley unterstützte.

Sheri hatte einen großartigen Blick auf Sams und Adelas Mienen, als er vor Adela stehenblieb. Wenn es jemals zwei Menschen gegeben hatte, die einander liebten, dann diese beiden. Sam wischte sich mit einer

Hand von der Stirn durch sein Haar, während Adela ihre eleganten, feingliedrigen Finger hob, um eine Haarsträhne direkt hinter ihrem Ohrläppchen zu berühren.

„Hallo, Adela", sagte er mit sanfter Stimme, die allein ihr vorbehalten war.

„Hallo, Sam", antwortete sie, ihre Stimme noch gehauchter als sonst.

Ohne weitere Umstände zu machen, ging er auf ein Knie. „Meine süße Adela. Ich bin ein stolzer alter Hund, aber einer, der dich mehr liebt als das Leben selbst. Und auch wenn ich lange gebraucht habe, den Mut zusammenzukratzen, dich zu bitten, mich zu heiraten, dann frage ich dich jetzt. Wirst du mir die Ehre erweisen, meine Frau zu werden?"

Sheris Herz schwoll an, und eine Träne schlich sich aus ihrem Augenwinkel. Es war so romantisch! Adela nahm sein Gesicht in ihre Hände und sah ihm tief in die Augen.

„Mein Sam, mein süßer Sam. Ich hatte schon gedacht, du würdest nie fragen. Ja. Meine Antwort ist ja."

„Na bitte!", rief Sheri, pumpte mit der Faust in die Luft und strahlte, während alle mitmachten und klatschten, als Sam aufsprang und Adela in seine Arme nahm. Alle brachen in freudiges Gelächter aus, und sogar Applegate Thornton fing an zu strahlen wie ein Hund, dem man den Bauch krault. Sheri nahm an, dass das eine Geschichte für die Wochenzeitung war. Sie würde perfekt neben Adelas und Sams Hochzeitsankündigung passen.

Eine weitere Hochzeit für Mule Hollow ... Ein Wunsch erwachte in ihr, und sie schloss die Augen, um das Bild von ihr und Pace aus ihrem Kopf zu vertreiben.

„Können wir reden?"

Das ist jetzt einfach nicht fair, dachte sie, als sie die Augen öffnete und Pace einen halben Schritt vor sich stehen sah. Aus Angst, ihn sehen zu lassen, was sie dachte, hatte sie während Sams Antrag jeden Blickkontakt mit ihm vermieden.

„Sicher." Und schon ging es los – ihr Mund und ihr Herz meuterten! Er ging los, und sie ging neben ihm her, angezogen von ihm, obwohl sie ihre roten

Stiefel dazu zwingen wollte, ganz schnell in die andere Richtung davonzulaufen.

„Wie geht's dir?"

Also waren sie wieder beim Smalltalk angekommen. „Fein", krächzte sie. Ihre Kehle fühlte sich an wie ein Sandkasten, während ihr Herz wild pochte. „Ganz fein."

An der Ecke der Main Street bog Pace nach links ab und ging weiter an leerstehenden Gebäuden vorbei. Und plötzlich waren sie allein.

Er lächelte und blieb stehen. Er drehte sich um, berührte die Haare an ihrer Schläfe und riss ihre bereits bröckelnden Verteidigungsmaßnahmen ein. Sie wollte ihm sagen, dass sie ihn liebte, doch sie konnte es nicht. Sie musste erst lernen, ein besserer Mensch zu sein. Sie musste sich zuerst über den Zweck ihres Lebens klarwerden, damit sie ihn nicht von seinem Weg abbrachte. Doch der Ausdruck in seinen Augen machte all ihre Abwehrmechanismen unbrauchbar.

„Die Sheri Marsh, die ich kenne, würde nicht das Wort *fein* gebrauchen. Sie würde Worte wie *cool* und *großartig* oder *erste Sahne* verwenden. Sie würde nicht sagen, dass alles fein ist. Es ist ein langweiliges, trockenes Wort, das jemand verwendet, wenn er nicht sagen will, dass das Leben gerade in Wirklichkeit langweilig ist. Oder banal."

Sie verschränkte die Arme vor der Brust und starrte ihn an. Sie versuchte, sich zu distanzieren, doch er stand da und lächelte sie an und sah schöner aus, als ein Mann aussehen dürfen sollte. Es war nicht fair.

„Wie wäre es mit einem Film? Geh mit mir ins Kino, Sheri."

Dieser Mann war unerträglich. Er wusste genau, was er in ihr auslöste, und es war ihm egal. Vollkommen egal.

„Nein. Ich kann nicht. Gibt es sonst noch was, worüber du mit mir sprechen wolltest?" Da. Sie hatte es geschafft, sich entschlossen und beherrscht anzuhören.

„Nein, Sheri, das ist alles. Ich möchte mit dir über uns reden."

Oh Mann. „Es gibt kein *uns*."

„Und wann gedenkst du, ein *uns* zuzulassen? Ich habe meinen Entschluss gefasst, und ich will dich."

Er wollte sie! Sheri hätte vor Freude einen Luftsprung machen können, stattdessen wirbelte sie herum und stapfte von ihm weg. Sie musste weg. Sie brauchte Distanz. Sie war nicht bereit.

„Sheri, du kannst nicht weiter davor davonrennen."

Sie wirbelte herum. „Ich renne nicht."

„Doch, das tust du. Du hast Angst."

Da hatte er recht. „Schau, Pace, ich habe dir klar und deutlich meine Meinung zum Thema Ehe gesagt und dir erklärt, dass ich nie lange Beziehungen habe. Das macht mir Angst. Und dich sollte es abschrecken."

„Du kannst nicht ewig von einem Date zum nächsten hüpfen."

Ha! „Das geht dich wirklich nichts an. Ich habe dir bereits gesagt, dass ich damit durch bin."

„Sheri, du bist nicht dafür gemacht, alleine zu leben, und du weißt es. Du hast glücklich ausgesehen, als Sam Adela seinen Antrag gemacht hat."

„Wer würde sich auch nicht darüber freuen, dass Sam Adela endlich gebeten hat, ihn zu heiraten? Natürlich macht mich das glücklich. Das hat nichts damit zu tun, dass du dich entscheidest, zu … zu–"

„Zu was? Zu versuchen zu Ende zu bringen, was du angefangen hast? Zu versuchen, dich davon zu überzeugen, dass wir füreinander bestimmt sind wie Adela und Sam?"

„Was ich angefangen habe, war eine Scharade."

„Nein. Was du angefangen hast, war eine Romanze unter dem Deckmantel einer Scharade. Ich glaube, du weißt genauso gut wie ich, dass etwas, das größer ist als wir beide passiert ist, seit wir das erste Mal aneinandergeraten sind."

Sheri verschränkte die Arme und wich seinem Blick aus, weil Mr. Schlaumeier Buckaroo einen selbstgefälligen Ausdruck in seinen wunderschönen Augen hatte und sie nicht glaubte, ihre Gefühle lange vor ihm verbergen zu können, wenn sie ihn weiter ansah. Oh, warum machte sie sich überhaupt die Mühe?

„Okay." Sie begegnete seinem rauchigen Blick. „Ich hoffe, das macht dich jetzt glücklich. Es ist wahr. Ich habe mich noch nie so gefühlt, wie wenn ich in deiner Nähe bin. Aber, Pace, ich kann mich nicht darauf verlassen, dass es von Dauer ist. Glaub mir, ich weiß, wie es mit mir läuft. Es kann eine Woche, einen Monat anhalten — hey, vielleicht sogar ein oder zwei Jahre, aber am Ende würde ich nicht bleiben. Das ist der Grund, warum ich mich entschlossen habe, nicht mehr mit Männern auszugehen. Was Ehe, Kinder und Scheidung angeht, gehe ich kein Risiko ein." Sie wusste, dass es stimmte. Ihre Vergangenheit stürzte plötzlich auf sie ein und erinnerte sie an all die Gründe, warum sie niemals heiraten würde. „Je schneller du das verstehst, desto besser ist es für uns beide."

„Dann war's das? Du bist die Letzte, von der ich dachte, dass sie kampflos eine Niederlage hinnehmen würde."

Sie machte drei Schritte auf ihn zu und blickte finster zu ihm auf. „Da ziehst du schon wieder deine Schlüsse über mich, wo du überhaupt keine Ahnung hast, was in meinem Kopf vorgeht. Du weißt nicht, wie es sich anfühlt, abgeschoben zu werden, als wäre man das Haustier der Familie. Du weißt nicht, wie es sich anfühlt, überhaupt keine Kontrolle über irgendeinen Aspekt seines Lebens zu haben."

Pace trat so nah an sie heran, dass sie die Wärme spüren konnte, die von ihm ausging, doch sie war so überwältigt von den Ressentiments, die sie so lange unterdrückt hatte, dass sie sich nicht bewegen konnte. Sie konnte nur auf die Taschen seines Hemdes starren und gegen die Tränen ankämpfen, die ihr in die Augen stiegen. Sie atmete schwer, und als sich zu ihrem Entsetzen seine Arme um sie legten, sank sie gegen ihn. Nur für einen Moment ließ sie sich von ihm stützen. Er war wie ein Bollwerk, und einen Augenblick lang ließ sie sich gehen.

„Sheri, alles wird gut. Du musst nicht weiter weglaufen. Sprich mit mir, Sheri. Sag mir, was du möchtest. Was du wirklich willst. Hör auf, Angst zu haben." Er strich über ihre Haare, und sie packte sein Hemd fester, spürte, wie sein Herz unter ihrer Wange schlug.

Sie dachte an Mr. Darcy, der durch das Moor lief. „Ich will ein Märchen! Aber ich habe Angst."

„Wovor?"

„Vor mir. Das habe ich dir gesagt. Pace, ich will dich nicht durch die Hölle schleifen, denn ich kann nicht darauf vertrauen, dass ich mich nächste Woche nicht langweilen werde – dass ich dich im Stich lassen werde."

„Ich habe keine Angst davor, Sheri."

„Nein."

„Also denkst du nicht, dass es sich lohnt, für unsere Liebe zu kämpfen? Liebst du mich?" Seine Stimme klang ruhig und geduldig wie bei seinen Pferden. Doch seine Augen loderten, das Stahlgrau dunkel vor Emotionen.

Sheri nickte, bevor sie es verhindern konnte. „Ja. Ja, ich liebe dich. Ich habe versucht, es nicht zu tun. Ich habe es wirklich getan – aber was weiß ich schon über Liebe? Schau nur, woher ich komme."

Er nahm ihr Kinn und strich mit seinem rauen Finger süß und zärtlich über ihre Wange. „Du musst anfangen, an dich zu glauben. An die Güte und den Glauben, die tief in dir sind. Sheri, du bist stark und echt, und das darfst du nicht vergessen. Du konntest dein Leben nicht kontrollieren, als du ein Kind warst, das den Launen der Dummheit deiner Eltern ausgeliefert war. Aber deine Entscheidungen jetzt – die kannst du kontrollieren."

„Das kann ich nicht. Ich kann mir meiner nicht sicher sein."

„Doch, das kannst du. Sheri, du musst aufhören, deine Vergangenheit zu deiner Krücke zu machen und dein Herz und deinen Glauben zum Leuchten bringen, indem du die Angst loslässt."

Sheri trat von ihm zurück. Sie versuchte, ihn zu beschützen. „Glaubst du, dass es das ist, was ich tue?"

„Ja, das ist es. Weil ich dasselbe getan habe. Wie Sam–"

„Es ist nicht dasselbe."

„Das ist es. Die Entscheidungen, die du getroffen hast, stammten aus deiner Vergangenheit. Sheri, fass dir ein Herz und lass all den Schmerz und den Groll los, den du empfindest. Entscheide dich, dich nicht für den Rest deines Lebens von deinen Eltern kontrollieren zu lassen. Sheri, du bist eine wunderbare Frau – wenn du es doch nur selbst wüsstest. So sehr ich mir auch wünsche, dass du jetzt in meine Arme kommst und mich heiratest, möchte ich noch mehr, dass du dich so siehst, wie ich dich sehe, als die erstaunliche, furchtlose Frau, die du wirklich bist. Lass einfach die

Angst los, die dich zurückhält.“

War es wirklich nur ihre Angst, die sie noch zurückhielt? Sie runzelte die Stirn, und ihre Gedanken kreisten.

Pace berührte erneut ihre Haare, ließ dann aber seine Hand sinken. „Ich wollte dir sagen, dass ich dich liebe und ich hier bin, wenn oder wann du mich willst. Ich werde jetzt gehen und dich in Ruhe lassen.“

Sheri sah ihm nach, als er sie losließ und ging.

Australien.

Ihr Magen überschlug sich. War sie ein Idiot? Da stand sie und blickte Pace, dem großen, starken Mann ihrer Träume, nach, als er von ihr wegging. Mit diesem kleinen Stocken in seinem Schritt und diesem besonderen Lied seiner Sporen, und sie dachte an *Australien*? Ja, wenn sie jemals den Mut aufbringen könnte, endlose Stunden in einem Flugzeug dorthin zu fliegen, würde sie es gerne sehen ...

Er ist ein weiterer Traum, den du aus Angst verlierst ...

Die Worte flüsterten durch ihre Seele. *Vertrau mir, Sheri.*

Sheri schnappte nach Luft und blickte zum

Himmel auf. Tränen stiegen ihr in die Augen. Hatte sie gerade gehört, was sie zu hören glaubte?

„Pace." Ihre Stimme war schwach, doch er hörte sie und drehte sich um. Hoffnung strahlte in seinen Augen. „In den letzten Tagen habe bin ich genau das immer wieder in meinem Kopf durchgegangen", sagte sie. „Und du hast Recht, ich habe mich von meiner Angst zurückhalten lassen." Dann lächelte sie, wohl wissend, dass sie nicht wollte, dass Pace Gentry je wieder von ihr wegging.

Er blieb stehen und ließ sie ihre lebenslange Angst verlieren. Und ein Leben voller Möglichkeiten sehen. Sie trat einen Schritt auf ihn zu und hielt seinen Blick fest, während er wartete. Genauso, wie er auf seine Pferde wartete. Genauso, wie er ihnen Raum gab, eine Entscheidung zu treffen. Die Entscheidung, von der er wollte, dass sie sie trafen.

Sie lächelte. Lächelte albern, groß und breit und machte einen weiteren Schritt…

Pace öffnete die Arme ... und Sheri ließ los und lief ihrer Zukunft entgegen. Ihrer gemeinsamen Zukunft, Seite an Seite, Herz an Herz.

EPILOG

Pace trat leise hinter Sheri. Sie stand auf ihrer Veranda und nippte an ihrem Abendkaffee, während sie den Sonnenuntergang am Horizont beobachtete. Er legte seine Arme um ihre Taille und schmiegte sein Kinn an ihre Halsbeuge.

„Wie geht es Mrs. Gentry heute Abend?" Er lächelte, als sie ihren Kopf an seinen lehnte und sich in seine Umarmung kuschelte.

„Mrs. Gentry geht es fantastisch, da Mr. Gentrys Arme um sie liegen."

„Gut zu wissen, denn ich habe nicht vor, dich jemals wieder loszulassen."

Sie waren seit zwei Wochen verheiratet. Sheri hatte darauf bestanden, dass sie sofort heirateten.

Sobald sie sich entschieden hatte, war sie mit voller Kraft vorangeprescht, und er hatte sie gelassen. Es hatte ihm zuerst Sorgen gemacht, dass sie aus Angst handelte, Angst, dass sie kalte Füße bekommen und wieder davonlaufen könnte. Doch sie hatte darauf bestanden, dass sie sich frei fühlte, und dass sie nicht wochen- oder monatelang warten musste, wenn sie jetzt wusste, was sie wollte. Ihn. Er hatte ihr geglaubt, weil es ihm genauso ging, und die letzten zwei Wochen mit ihr als seiner Frau waren die besten seines Lebens gewesen.

Er war angenehm überrascht, wie viel Freude sie daran hatte, ihm mit den Pferden zu helfen. Ihr intensives Interesse war ein Band, das er nicht erwartet hatte, aber er liebte es.

„Weißt du, worüber ich gerade nachgedacht habe, als du dich angeschlichen hast?", flüsterte sie gegen seine Schläfe.

Er schloss die Augen, neigte sein Gesicht zu ihrem Hals und küsste sie hinter ihrem Ohr. „Worüber?"

„Über dich, uns. Pace, ich bin so glücklich. Ich meine, ich bin es wirklich."

Sie stellte ihre Tasse auf das Geländer der Veranda, drehte sich in seiner Umarmung um und schlang ihre Arme um seinen Hals. „Ich kann mir nicht vorstellen, glücklicher zu sein als jetzt. Genau in diesem Moment."

Überwältigt küsste Pace sie, denn er empfand genauso. „Ich liebe dich, Sheri", flüsterte er heiser und strich mit seinen Fingern durch ihre Haare, während er in ihre funkelnden Augen blickte. Dann räusperte er sich. „Ich muss etwas mit dir besprechen. Glaubst du, du könntest dir ein paar Wochen frei nehmen?"

„Für dich sofort. Was hast du vor? Noch eine Jugendfreizeit?"

„Dieser Anruf, den ich gerade hatte, war der Rancher, für den ich in Idaho gearbeitet habe."

„Und was wollte er?" Sie küsste seinen Hals und sein Ohr.

„Er hat gerade eine neue Ranch gekauft und mir einen Job angeboten."

„Einen Job?" Sie legte ihren Kopf in den Nacken, um ihn anzusehen.

„Ein kurzer Job. Er möchte, dass ich auf seine

neue Ranch gehe, mir seine Pferde ansehe und dort mit seinen Cowboys arbeite. Nur für ein paar Wochen. Ein paarmal im Jahr. Es ist ein gutes Angebot. Ich kann hier immer noch mein eigenes Geschäft aufbauen und Cort weiterhin bei den Jugendfreizeiten helfen, die wir in Zukunft regelmäßig organisieren wollen."

„Klingt cool."

Er lächelte. „Ja, wirklich cool. Ich würde nur da rausgehen, um dafür zu sorgen, dass alles so läuft, wie Mr. Marks es möchte."

„Großartig. Wann fahren wir? Ich wollte dein Idaho sehen, seit du mir das erste Mal davon erzählt hast. Wir werden so viel Spaß haben. Können wir in einer dieser Hütten ganz weit draußen campen? Nur du, ich und die Kojoten?"

„Naja, wie wäre es mit dir, mir und den Dingos?"

„Was?" Ihr blieb der Mund offenstehen. „Du meinst Australien?"

„Ja, ich meine, ich … wir müssen nicht gehen." Ihr Gesichtsausdruck beunruhigte ihn. „Ich weiß, was du vom Fliegen hältst."

„Im Ernst?" Sie strahlte.

Ihr Strahlen erfüllte jeden Winkel seines Herzens, und ihre Augen glitzerten verschmitzt. Genau das sagte ihm, dass das Leben mit Sheri niemals langweilig werden würde.

„Also, was sagst du? Denkst du, wir können deine Flugangst überwinden?"

Sie streichelte mit der Hand über seine Wange, und ihr Blick wurde ernst. „Ja. Wann geht's los? Australien – bereit oder nicht – ich komme!"

Pace lachte und drückte sie an sich. Bereit oder nicht, das nächste Abenteuer wartete auf sie …

Weitere Bücher von Debra Clopton

Die Holden Brüder – Die Cowboys von Mule Hollow
Das Herz eines Cowboys
„Das Vertrauen eines Cowboys"
Die Wahre Liebe Eines Cowboys

Windswept Bay
Von Diesem Moment An
Irgendwo Mit Dir
Mit Diesem Kuss & Für Immer Und Ewig
Warten Auf Liebe
Mit Diesem Ring
Mit Diesem Versprechen
Mit Diesem Schwur
Mit Diesem Wunsch
Mit dieser Ewigkeit

Die Cowboys von Mule Hollow Serie
Liebe Mich, Cowboy
Tanz Mit Mir, Cowboy
Immer Ärger mit Lacy Brown
… plus Baby macht fünf
Mein Herz gehört dir, Cowboy
Halt mich, Cowboy
Sei mein, Cowboy
Operation: Bis Weihnachten Verheiratet

Über die Autorin

Die Bestseller-Autorin Debra Clopton hat bereits über 2,5 Millionen Bücher verkauft. Ihr Buch OPERATION: MARRIED BY CHRISTMAS soll sogar als ABC Familienfilm verfilmt werden. Debra ist bekannt für ihre modernen Westernromanzen, texanischen Cowboys und temperamentvollen Heldinnen. Romantik und eine Prise Humor werden immer miteinander verflochten, um den Leser zum Lächeln zu bringen. Als Texanerin in sechster Generation lebt sie mit ihrem Ehemann auf einer Ranch im Herzen von Texas und freut sich immer über Zuschriften von ihren Lesern.

Besuche Debras Website unter
debraclopton.com/deutsch

Melde dich für ihren Newsletter
www.subscribepage.com/KostenloseTexascowboyromantik

Triff sie auf Facebook unter
www.facebook.com/debra.clopton.5

Folge ihr auf Twitter unter @debraclopton

Kontaktiere sie unter debraclopton@ymail.com

www.ingramcontent.com/pod-product-compliance
Lightning Source LLC
Chambersburg PA
CBHW060617100726
47907CB00006B/1655